Para Carles deseando
que le guste esta historia
tan peculiar.

M.ª Cardeña (?)
abril 2010

Para Carlos, un buen lector de una pequeña escritora.

Bienvenida

Para Carlos con mis mejores deseos

Dolores Espinaz

Para Carlos, con todo mi afecto,

José Santi

a mis amigos Carlos Izabel y familia para que lean este libro con cariño pues parte de las historias que yo cuento pasaron en C/ Trinidad Nº 8

EL CRIMEN DE ARCHIDONA

Tlf.: 952 71 43 95
Fax: 952 71 43 42
Pavia, 8 - 29300-Archidona (Málaga)
e-mail: aljibe@edicionesaljibe.com
www.edicionesaljibe.com

I.S.B.N.: 978-84-9700-623-1
Depósito legal: SE-1866-2010

Cubierta: Equipo de Ediciones Aljibe
Maquetación: Equipo de Ediciones Aljibe

Imprime: Publidisa. Sevilla.

NOVELA MULTIAUTOR

EL CRIMEN DE ARCHIDONA

EDICIONES
ALJIBE

A Mercedes Aguilera

AGRADECIMIENTOS POR ORDEN ALFABÉTICO:

Ana María López Cano
Ana María Moral García
Antonio González Arjona
Antonio Jesús Garrido Vegas
Antonio Pacheco Orellana
Ascensión Pascual Montero
Charo Conde Ayala
Clemente Quintana Pozo
Cristian Segovia Álvarez
Encarnación Gil Luque
Fernando Eulogio Morales Luque
Francisco Ruíz Ávila
Francisco Sevilla Alcántara
Francisco Sevilla Núñez de Castro
Isabel Nuevo Torres
Isidoro Otero Cabrera
Isidro Martín Luque
Jesús Lara Lara
Jordi Cuevas Gemar
José Jiménez
José Luis Solís Sánchez-Lafuente
José Vicente Astorga Miranda
Juan Álvaro Lumbreras López
Juan Domingo Luque Naranjo
Mana Caggiano
Manuel Garrido Pérez
Marcos Cándido Miranda Rubio
Mercedes Montero Frías
Mercedes Pérez-Cervantes Romero
Miguel Garrido Montenegro
Milagrosa Nuevo Ábalos
Pilar Medina García
Rafael Córdoba Cano
Sebastián Jesús Gómez Luque
Víctor Nuevo Ábalos

NOTA PREVIA

En enero de 2008 y gracias a Archinoticias.com, un foro de Internet que gira en torno a noticias y comentarios sobre Archidona, se lanzó la idea de escribir una novela entre todos los usuarios que lo deseasen. Con unos trazos simples, un punto de inicio sobre unos hechos reales que ocurrieron a finales del s. XIX, y la simple consigna de que se puede añadir lo que se desee pero continuando el hilo narrado, sea real o imaginado, se redactó el texto que ahora tiene en sus manos.

Con este libro no buscamos la verdad única, sino abrir la mente a los contrastes gracias a la imaginación que sus autores nos aportan, los cuales no han conocido la identidad del resto de participantes hasta la finalización del trabajo. Nadie es responsable de la conducción que puedan llevar a cabo otras personas, sólo lo es de sus propios contenidos y no se tiene que estar de acuerdo con los de los demás. Eso sí, nos respetamos y aunque todos nos interrelacionamos, sin saberlo movemos el eslabón que hace falta para formar la cadena del camino de nuestras vidas. O de esta obra.

Ninguna persona es poseedora de la verdad absoluta. Hay realidades diferentes, verdades contrastadas e imaginaciones de la realidad. Todo es verdad y real o puede que la verdad sea que todo puede no ser real.

José Santiago Gonález Aguilera

PENA DE MUERTE

José Santiago González Aguilera

«Fallamos que debemos condenar y condenamos, a don Ricardo Peris Mercier, como autor de dos delitos de asesinato consumados, ejecutados en un solo acto, con la circunstancia modificativa de alevosía, y las agravantes genéricas de premeditación conocida, uso de artificio ocasionando grandes estragos y haberse cometido el delito en la morada del ofendido, y sin ninguna otra eximente o atenuante, a la pena de muerte, accesorias de inhabilitación absoluta de forma perpetua, si no se hubiera remitido expresamente, caso de indulto de la pena principal, debiendo entregar al hijo de los interfectos la cantidad de diez mil pesetas y el pago de todas las costas, desde que se abrió el Juicio Oral y la tercera parte de las anteriores, declarando de oficio las restantes....»

MARÍA DOLORES

Antonia María Rodríguez Rogel

En estos términos estaba redactada la sentencia contra Ricardo Peris, que una mañana de niebla rezagada y sombras persistentes, dicen que cometió el horrible crimen de asesinar a Manuel Palomero, conocido médico archidonés, y a su esposa, María Dolores González, de treinta y dos años. Un joven matrimonio expulsado por Peris de su particular paraíso, donde la vida era la prolongación de un bello sueño que quedó reducido por el odio y los celos de Peris, a una sombra en tránsito hacia la nada.

María Dolores había nacido en el verde rincón asturiano de Navia donde su padre, archidonés de nacimiento, ejercía como maestro de escuela y su madre, también archidonesa, añoraba el paisaje seco de su tierra y la cercanía de sus padres. Por este motivo la familia visitaba Archidona con relativa frecuencia y durante una de esas largas visitas, la muchacha conoció al que con el tiempo sería su marido. Sucedió un invierno en el que María Dolores y su madre prolongaron unas semanas su visita de Navidad, ya que querían acompañar más tiempo a la abuela que había estado durante todas las fiestas aquejada de unas calenturas.

Era ya vísperas de la Candelaria y la muchacha expresó su deseo de ver las famosas hogueras de las que tanto se hablaba por aquellos días. Para complacerla, su abuela le prometió que la acompañaría hasta los Cuatro Cantillos donde, según ella, se encendían las mejores hogueras del pueblo. Y allí se dirigieron a quemar la tarde junto al fuego, entre un gentío que se aglomeraba en las esquinas mientras caía el invierno como una inmensa maza. Por las calles adyacentes llegaba un goteo interminable de gente, niños alborotados, hombres con atuendo de fiesta y mujeres embozadas en mantones negros. Aquel invierno había nevado mucho en el pueblo y el frío parecía haberse incrustado en la cal de las paredes para proyectarse luego, inmisericorde, sobre las manos y los rostros con una gélida fuerza. En Archidona además del frío infernal de los inviernos había unos colores predominantes, el blanco de la nieve y de la cal de las paredes y el negro de los mantones de las mujeres, avejentadas prematuramente por sucesivos lutos que apenas daban tregua al color. En el norte en cambio los días eran verdes y azules y aquel contraste embotaba sus sentidos y la transportaba a un paisaje que ahora dormía dulcemente en su memoria. Dolores nunca pensó que su fértil paisaje natal, todo cielo y mar, pudiera llegar algún día a cobrar dimensiones de recuerdo ni a hacerle sentirse como un rehén de su pasado.

Archidona era el pueblo de sus antepasados y no era la primera vez que lo veía porque había estado ya otras veces y lo recordaba en todos sus detalles. Era verdad que el rescate de la realidad, a través de nuestra memoria podía ser tan intenso como ella lo experimentaba aquella tarde. Tenía la sensación de que aquel era un pueblo donde el tiempo se había detenido, aquello era, más que una sensación, una comprobación porque la muchacha se lo había oído muchas veces decir a sus padres y ese día su abuela se lo acababa de recordar cuando le explicaba aquella tradición secular de encender hogueras en las calendas de febrero.

–Se encienden para alumbrar el camino de la Virgen hacía el templo –le había dicho su abuela mientras se dirigían a los Cuatro Cantillos para ver las candelas en ese céntrico lugar donde la noche diluía su oscuridad a la luz mortecina de las farolas y el espacio se bifurcaba en cuatro calles perpendiculares y empinadas.

Ahora se admiraba al comprobar como, bajo el monólogo luminoso de alguna estrella solitaria, las llamas que empezaban a crepitar sobre los adoquines abrían una brecha de luz en la monotonía del invierno y atraían a gentes de todas las edades. En pocos minutos el público se había colocado en círculo alrededor de la hoguera, que proyectaba en los rostros un contraste fantasmagórico de luces y sombras y desdibujaba los rasgos y los perfiles. A través de aquel juego asombroso, María Dolores veía los rostros arrugados de los campesinos, solemnes y devotos los de las mujeres, y siempre sonrientes los de los niños. Observando aquellas inestables sombras en los rostros, la muchacha detuvo su mirada en la cara de un joven que se había colocado frente a ella, al otro lado de las llamas. Era el típico muchacho del sur, la piel cetrina, el pelo oscuro y ondulado y unos hermosos ojos en cuyo fulgor se sintió prisionera, pues los diecisiete años son espléndidos para vivir y soñar. De aquel fulgor emergía una especie de efluvio que se hacía notar en su pecho como un extraño laberinto de mariposas, como un sortilegio que conjuraba el miedo a lo desconocido.

Con la ilusión danzando en sus ojos, su mirada recorrió de arriba abajo la silueta espigada del muchacho y entonces comprobó que en su cara morena había también regueros de luz y que los muros tibios de sus piernas eran como augurios de un mundo distinto. En un momento determinado, el muchacho le sonrió y ella le devolvió una generosa sonrisa desde el destello de coral de sus labios rojos. Entonces el tiempo desapareció y en el espacio sólo quedaron sus ojos, el resplandor de las llamas y la sonrisa del joven. Anchos devaneos ebrios de juventud porque la ilusión a los diecisiete años es como una flor entreabierta. Con una curiosidad mal disimulada María Dolores volvió a mirar al muchacho y entonces se dio cuenta de que él también la miraba, lenta y ceremoniosamente como si quisiera explorar su interior. Sus ojos y los de él danzaban en la misma hoguera y hubiera deseado perderse en el último rincón del alma del desconocido.

Inmersa en aquel mundo de miradas, ajena a las salvas de escopeta que disparaba un hombre vestido de guardabosques, nerviosa y sin saber que hacer con sus manos, la muchacha no se había dado cuenta de que, poco a poco, las llamas habían desaparecido y ahora en el suelo sólo quedaban un montón de rescoldos avivados por el relente de la noche y envuelto por las canciones de un corro de niños que ponían una nota festiva en el silencio del invierno. Fue su abuela quien la devolvió a la realidad invitándola a regresar a casa y, aunque un cierto cansancio dormía en sus ojos, hubiera deseado quedarse allí toda la noche, bajo la última estrella, contemplando a aquel muchacho desconocido que no cesaba de mirarla. Pero un retazo más de noche no iba a salvarla de la soledad ni a redimirla de la tristeza y aceptó la retirada sin emitir una sola queja.

Al iniciar el camino de regreso volvió la cabeza para mirar por última vez al joven y se dio cuenta de que éste la estaba contemplando con un gesto tan triste que la desarmó. Su esperanza se deshacía en hilachas de inquietud al tiempo que la oscuridad abría otra vez las fauces del invierno y notó que comenzaba a invadirla el peso de la ausencia. No sabía el nombre del muchacho, ni de donde procedía pero, a pesar de ello, una especie de aguijonazo le punzaba en algún punto de su ser ante la idea de no volver a verlo nunca más y de que la vida, inevitablemente, derivara en olvido o congelara un recuerdo en penumbra.

Con la incertidumbre propia de quien no puede controlar los acontecimientos, bajaba por una de las calles del brazo de su abuela mientras pensaba que acababa de recibir una auténtica cuchillada de juventud y que por ello, durante mucho tiempo, la perseguirían sus insomnios. Aunque hasta entonces nunca se había codeado con la tristeza, ahora le martilleaba insistentemente en la cabeza la triste idea de que era posible que no lo volviera a ver jamás y ante aquel pensamiento su mente se perdía por una gran alameda amarilla mientras la noche imponía su silencio cerca ya de las cansinas riberas del sueño y la puerta de la casa se abría ante ellas y luego se cerraba a sus espaldas subrayando la inédita lección de distancia que acababa de aprender aquella tarde.

Más allá continuaba el mundo y la noche era una mancha negra y fría sobre las siluetas de unos tejados coronados de grandes chimeneas. Las espuelas de la ausencia aguijoneaban los costados tibios de su memoria y le impedían conciliar un sueño que, al final, encontró en el pensamiento de que el desconocido quizás también se sentía invadido por el mismo eco de derrota y dulzura. Aquella duda sólo se tornaría en certeza varios años después, porque no volvió a ver al muchacho, ni al día siguiente, ni a los restantes, ni durante los largos días que pasó en Archidona. Y dos años después, cuando volvió de nuevo por el pueblo, sus ojos ya no se encontraron con los de Manuel sino con los de Ricardo Peris.

LAS CUADRILLAS

Miguel García Peña

Unos meses más tarde, como cada año, vinieron a la Vega de Archidona y a sus cortijos cuadrillas de segadores de los pueblos cercanos. Acudían con toda la familia y pasaban en las fincas toda la temporada hasta que se acababa la faena. Una de esas familias, natural de Alfarnate, venían andando, cruzando montes y ríos y contaban lo difícil que les había sido llegar con las subidas de los cauces.

–¡Que susto he pasado! Mi José me llevaba a cuestas y el agua me cubría los pies. Creía que mi hermano se iba a ahogar, el agua le llegaba al cuello y encima se reía y hacía como que se caía. Yo no paraba de llorar –decía Victoria, la pequeña de cuatro años de la familia Tapia.

–¡Mamá, Papá! Los roscos "Carreros" que traíamos de regalo para los "amos", se han mojado y están de pena –gritó Eloísa, otra de las hermanas.

La tercera hermana, María, que ya se sentía mayor porque tenía diez años y ya apuntaba formas de mujercita, se fue corriendo, detrás de unos matorrales, a arreglarse con Rafaela, su madre, pues al mojarse enteras al pasar el río, el vestido se les quedaba pegado al cuerpo y se sentían desnudas. Mientras tanto, Pepe, el padre, y su hijo José, recogían como podían las herramientas y utensilios que llevaban.

PUESTOS DE DULCES

Miguel García Peña

Monsalud, la hija de María la del horno, también de Alfarnate, solo venía a Archidona a vender dulces "Carreros" en las fiestas. De todas las celebraciones, la que más le gustaba era la feria. Monsalud iba acompañada por Victoria, una vecina que siempre tenía "más hambre que los pavos de Solute", por eso sabiendo el hambre que "manejaba" su acompañante, hacía un poco la vista gorda y le decía que se podía comer sólo los dulces que estuviesen estropeados porque no servían para venderlos. Victoria, para ayudar a los estropeados y cuando la hija de la del horno se distraía un poco, al mejor de los roscos le atizaba un golpe y con cara de "no haber roto nunca un plato" (o un rosco) le preguntaba si se lo podía comer.

La dueña estaba enamoriscadilla de un archidonés y todo el tiempo se lo pasaba alzando la cabeza por si lo veía. Mientras tanto Victoria rezaba para que apareciera pronto, pues cuando el paisano se arrimaba a la mozuela, Victoria se ponía tibia de dulces.

Otra de las ocasiones en las que venían al pueblo era durante Semana Santa. A Victoria durante la "Embajá" del Miércoles Santo en la iglesia de la Victoria se le olvidaba incluso el hambre. ¡Cuánto le habría gustado hacer de angelito y recitar aquel canto que se sabía de memoria solo de oírlo!, pero aquello era imposible pues ella era mujer, pobre y además de otro pueblo.

MENDIGO EN UNA ERMITA

Miguel García Peña

Cuanto le habría gustado a Victoria llevar el tronito del "Niño de la Bola", una vez consiguió tocar al niño y a la bola y sintió un calor-frío recorriéndole todo el cuerpo, que acabó provocándole un temblor de alegría y placer. Pero ella no lo podría llevar nunca, pues era mujer y las mujeres no podían ser horquilleras, además era pobre y de otro pueblo, ¡No la dejarían llevarlo!

Fue entonces cuando recordó con pena la imagen que vivió esa mañana temprano, cuando aún no tenía más que ocho años y se había quedado en los soportales de la Ermita de la Virgen de Monsalud de Alfarnate para acompañar a la hija de María la del horno a vender a Archidona. Un hombre moribundo había pasado la noche en aquel soportal. Llevaba varias semanas con su larga agonía, tendido en el suelo con una manta que casi andaba sola. Ya no se podía mover y se veía un reguero de piojos saliéndole de una pupa abierta que tenía en la cabeza. El hombre tenía un palito con el que se rascaba, y algunos críos se lo quitaron y lo tiraron a unos metros del enfermo y se reían cuando la criatura desesperada por el picor intentaba llegar al palito sin éxito alguno. Cuando llegó Lolita, corrió a dárselo con miedo, pues todos le gritaban que no se acercase o se llenaría también de piojos.

En ese momento en que estaba delante del Dulce Nombre, se le saltaron las lágrimas y lloró amargamente recordando la escena que vivió aquella mañana y por eso se olvidó de pedirle algo al Señor para ella y rezó por aquel desdichado ser humano que aunque fue a refugiarse en la casa de Dios no lo socorrió nadie.

LAS VOTACIONES

Miguel García Peña

Aquel año tocaban elecciones y Victoria no sabía muy bien qué era eso, lo único que sabía era que le gustaba, pues la vez anterior, su madre paró a su padre cuando éste se disponía a ir a votar, ya que solo votaban los cabezas de familia, y le preguntó que adonde iba , a lo que Pepe le respondió «quita, "joé", a votar por Fulano que está dando un pan por el voto». La "Falica", que así la llamaban cariñosamente, le informó que desde Archidona habían traído un carro lleno de panes para que el otro candidato lo repartiera y que este daba dos panes por voto. A Victoria le encantaban las elecciones, pues eso de ver entrar en su casa dos panes como "dos soles" no se daba todos los días y por ello siguió a su padre hasta el colegio electoral, por si tenía que ayudarlo a llevar los panes.

La familia Tapia vivía en la calle Ejido, a las afueras de Alfarnate, en una casa muy vieja pero con unos muros de casi medio metro de espesor. Junto a la casa, se encontraba otra de nueva construcción. Un día durante una tormenta, el vecino llamó a Pepe y le ofreció su casa, pues le parecía más segura por ser nueva. La "Falica" se negó a abandonar su nido y cada cual se quedó en su casa, pero a media noche se escuchó un gran estruendo y cuando salieron a ver que había pasado, la casa nueva había desaparecido. Por suerte, o por el destino, nadie salió herido pero acabaron las dos familias en la casa vieja. Poco después Victoria miró por la rendija del portón y vio cómo la familia gitana que estaba instalada en el campo de enfrente, además de estar empapados, corrían peligro, y por ello le dijo a su hermano José y a su padre, que la Paquita, su amiguita gitana, lo estaba pasando mal y que le daba pena. Pepe llamó a los gitanos y los invitó a entrar y calentarse con el fuego, aunque en aquel albergue improvisado en el que se convirtió su casa ya nadie pasaba frío. Así pasaron más de una semana y cada uno se tuvo que arreglar como pudo, sin que los que repartieron los panes semanas antes a cambio de los votos, se preocupasen de aquellas personas para nada. Allí no fue ningún político ni siquiera a preguntar.

SUBIDA AL SANTUARIO

Miguel García Peña

Un mes antes, durante la subida a la Ermita de la Virgen de Gracia el 14 de agosto, alrededor de las once de la noche, un grupo de jóvenes corrían para llegar a la misa de las doce. Hacía ya un rato que María Dolores había visto subir a sus padres, que con total seguridad le estarían guardando un lugar en un banco de los primeros (a la madre le gustaba acercarse al altar para ver bien a la Virgen), pero dejaba los primeros asientos libres por que tampoco le gustaba destacar. Llevaba en Archidona desde junio y por más que buscó no encontró aquello con lo que llevaba dos años soñando, sus ojos, los de aquella noche entre las candelas.

Al llegar a Santo Cristo se les unió un grupo de muchachos, entre los que estaba Ricardo. Ella lo veía como si estuviera fuera del grupo, -no integrado-, y su buena condición le hizo acercarse a él con intención de animarlo y junto con los demás pasaron ratos muy agradables durante aquella madrugada.

RICARDO PERIS

Antonia María Rodríguez Rogel

Ricardo Peris aún se consideraba un extraño en Archidona. Había llegado hacía unos meses con un recién inaugurado cargo de registrador y encontró un pueblo dilatado en su olvido como un mar que duerme su blancura. Fue un mes de abril, cuando la primavera se desangraba por los geranios de las ventanas entre un bullir de golondrinas que segaban la luz de las fachadas con sus hoces de sombra. Aún no había tenido tiempo de digerir las últimas escisiones de su vida ni los golpes caprichosos del destino. Añoraba el paisaje azul de su Valencia natal, hilando en su memoria distancia con recuerdo, como un enamorado insomne que ve pasar la vida. Nunca pudo imaginar que las exigencias de su flamante cargo lo llevaran a aquel lugar de aire vagabundo, donde no había mar y el horizonte aparecía quebrado por la sierra o perdido en la vega. No obstante tenía veintiséis años y toda una vida por delante. No debía experimentar aquella penosa sensación de ver la vida como un camino sin retorno.

Ricardo era un hombre alto y apuesto aunque el verdeazul de sus ojos reflejaba un vértigo infinito o un cierto temor a la incertidumbre, circunstancia que le otorgaba un aspecto huraño y enigmático y un carácter propicio a la soledad y al ensimismamiento. A Peris le gustaban las mujeres bellas y se le iban los ojos contemplando los labios rojos de las muchachas pero, aunque su vida amorosa no fuera precisamente una página en blanco, a sus veintiséis años aún no había encontrado a su mujer ideal y había dejado su corazón en suspenso pensando que algún día amaría apasionadamente a una mujer muy bella y que eternamente juntos, emprenderían un camino uno junto al otro.

El nuevo registrador sentía sobre sí la mirada ávida de esperanza de las muchachas de Archidona, ilusionadas por un joven rubio, bien parecido y de excelente posición social. Pero él se cobijaba en su pasado y en la larga nómina de mujeres que lo amaron, aún sin expectativas de futuro, porque sus instintos se veían siempre reforzados por una especie de sentimiento de posesión que le obligaba a sustituir la ternura por la pasión y que, lejos de aunar los sentimientos, los disipaba. Todos sus amores habían sido siempre así. Sin embargo, la mañana que aquella joven entró en su despacho, la trama del amor perdió sus miedos y la vida se le trocó en una cálida emanación. La joven acompañaba a un matrimonio de mediana edad, él la había visto alguna vez por el pueblo, siempre a lo lejos. Incluso una noche de romería la vio en el "Camino de la Virgen" aunque con los rasgos de diosa velados por el tul oscuro de la noche, lo que no le permitió captar el encanto de su rostro en todo su esplendor. Pero ahora la tenía allí cerca, delante de él, y su mirada le saqueó el paisaje del alma y lo hizo rehén de sus ojos y esclavo de su sonrisa. La muchacha tenía el pelo castaño, los labios rojos y carnosos y en sus ojos color de miel temblaban las briznas de luz de aquel octubre intenso y amarillo. Llevaba un vestido azul que resaltaba la esbeltez de su talle y las sinuosidades de su cuerpo, el pelo lo llevaba semirecogido con una hebilla de concha y en la mano izquierda una pulsera plateada con su nombre, María Dolores. Con aquella sobria vestimenta, sin maquillaje y mostrando unos ademanes refinados, a Peris le pareció sutilmente bella, lacerantemente hermosa, lo más cercano a la perfección que nunca habían visto sus ojos y notó una sensación de inquietud como si un osado pirata la arrebatara el tesoro brutal de sus dominios. Aquella bella muchacha desterró de su mente el recuerdo de todas las mujeres de su vida, que aún aleteaban en los aledaños de su memoria.

Durante la tramitación del documento el registrador se percató de que la joven era hija de aquel matrimonio y al final del acto, con ademanes de galán, se levantó del sillón, bordeó la mesa del despacho y les estrechó la mano en señal de despedida. En ese momento la muchacha lo miró fijamente y este notó la quilla de su mirada clavada en el mar verde azulado de sus ojos y sintió en su piel el cálido terciopelo de su mano, el paso galopante de su sangre en sus arterias y el redoble alocado de su corazón.

Cuando los visitantes abandonaron el despacho, el registrador, absorto y cautivo, sacó su agenda personal y anotó en ella la dirección de la muchacha. Luego, a través del cristal de la ventana, miró hacia la calle donde el otoño había detenido su luz dorada y tibia que salpicaba los cristales por entre las frondas de una acacia amarillenta.

RECLUTAMIENTO A CUBA

Miguel García Peña

A la vez, la vida en el pueblo seguía su curso, y en uno de los reemplazos fueron destinados casi todos los mozos de la comarca de aquel año a Cuba y entre ellos le tocó a José el hermano mayor de la familia Tapia. La noticia les llegó en plena recogida de la aceituna en Archidona. Victoria lloró desesperada porque aunque no sabía donde estaba Cuba, sí sabía que era muy lejos y que tendría que navegar muchos días y le dijeron que antes de zarpar estarían meses en el barco, cargando un peligroso armamento pesado y aprovisionamiento. Ella pensó que nunca más volvería a verlo y con él se sentía muy protegida ya que era con el que más jugaba de toda su familia.

Lo que Victoria no sabía es lo que en Cuba les esperaba a aquellos mozos, pues fueron muchos años de horror en la defensa de unos territorios en los que ni José ni los soldados que fueron allí se jugaban nada. Bueno, mejor dicho, la mayoría de ellos se jugaban lo único que tenían: la vida.

Casi todos llegaron a la isla caribeña porque no tuvieron para pagar el canon al ejército, en cambio otros se libraban porque sus padres sí que tenían el suficiente dinero.

Muchos años después, siendo ya Victoria abuela, les contaría a sus hijos y nietos como su hermano volvió de Cuba y ya en España, instintivamente, seguía guardándolo todo, hasta los papelillos más pequeños de cinco por cinco centímetros, para pulidores decía, porque no se podía tirar nada, todo haría falta algún día. Paradójicamente después también participaría en la guerra del norte de España.

A Victoria, con doce años, la contrataron unos señores de Málaga que tenían familia en Archidona, después de que sus padres se negaran a quedarse en un cortijo para trabajar allí con toda la familia durante todo el año, él no se fiaba de los "amos", pues con tres hijas y su mujer, prefería hambre durante el invierno en Alfarnate, que comida y falta de seguridad en el cortijo de Archidona y es que él conocía bien lo que temía, pues no era la primera vez que en la comarca, algún señorito se pasaba de "canalla" y luego se detenía a algún inocente y pagaba los desmanes del "nacido de alta cuna pero con sentimientos de baja cama".

Pepe dejó ir a su hija menor a cuidar niños a Málaga porque sus otras dos hijas ya trabajaban de sirvientas y así estarían las tres más arropadas. En la casa donde cuidaba de cuatro críos, Victoria lo pasaba bien pues cuando estos se dormían, la hija mayor de los señores, que tenía diecinueve años, la enseñaba a coser mientras hacia la ropa de cama para casarse. De vez en cuando su familia iba a verla y le contaban como estaban las cosas por el pueblo, y cuando hablaban de la Semana Santa solía caérsele las lágrimas de nostalgia.

–¡Que bonita Archidona! –decía pensando en su hermano y en sus padres, de los que no sabía mucho, aunque seguro que irían este año también con su cuadrilla a segar a los campos de Archidona.

ESCASEZ DE TRABAJADORES

Miguel García Peña

Ese año en la procesión de la bajada de la Virgen de Gracia al pueblo, no se hablaba de otra cosa que de la falta de mano de obra que meses atrás había habido para recoger la cosecha y lo que Pepe, el "Cachorro de Alfarnate", le había hecho al "amo" de la finca. Victoria que estaba ayudando a Eloisa, la hija de la señora para la que trabajaba en Málaga, escuchaba los relatos de Gracita, la prima de Archidona, que estaba pasando una temporada en casa de sus tíos para avanzar la ropa de novia.

–¿Qué le ha pasado a mi padre? –preguntó Victoria asustada al oír el nombre y el apodo de su padre, pues la familia Tapia tenía por apodo los "Cachorros" y Victoria por supuesto era la "Cachorra".

Gracita terminó de contar la historia de forma acelerada debido tanto a la vehemencia de la cría, como a la sorpresa de tener delante a la hija del protagonista de muchos días de cháchara en Archidona.

La historia real fue que Pepe el "Cachorro" con su cuadrilla de Alfarnate estaban segando en una finca del pueblo y se temía por el retraso de la recogida ya que la falta de segadores les obligaba a ir de una finca a otra como ya lo venían haciendo muchos años atrás, pero aquel verano falló una de las cuadrillas que venían de Jaén, por lo que había abundante trabajo; el "amo" de la finca en cuestión había muerto unos meses antes y el heredero, que no conocía bien las reglas no escritas entre segadores y propietarios, se presentó a caballo, y con las botas de montar, la fusta en la mano y dirigiéndose a los trabajadores que comenzaban a faenar en su tierra, gritó «Vamos Cachorro, que te estás haciendo viejo, dale a la hoja con más bríos.» Ante esto Pepe soltó la herramienta, cogió su hatillo y se marchó. El nuevo "amo" se reía y le seguía gritando «Hala, vete, que estás viejo». A la media hora, y desde la linde de la finca, el "Cachorro" le gritó a sus trabajadores que en la finca de Fulano les aumentaban el precio de la fanega cuatro reales, y terminó diciendo «Vamos, dejad lo que estáis haciendo y que lo recojan otros».

Y así cuentan que Pepe el "Cachorro" tenía tanto dignidad, como amigos, si bien lo peor para "el de las botas y la fusta" fue que todo el pueblo, que lo conocía y no por su simpatía, se alegró de que aquel año no pudiera recoger su cosecha.

Victoria al día siguiente informó a sus hermanas de tal acontecimiento y seguidamente se dirigieron al carrobolsa, que no era sino el transporte de línea de la época (lo llamaban así porque los pasajeros se sentaban en su interior en un habitáculo que tenía forma de bolsa y la mitad del cuerpo quedaba mas bajo que los varales del tiro de caballos) artilugio móvil que tenía parada en una posada llamada "La Corona de Puerta Nueva", allí Victoria empezó a preguntar a todos los congregados por el paradero de su padre, y acabó por darle al conductor del carruaje un recado para el "Cachorro" y la "Falica".

LAS CARTAS

Antonia María Rodríguez Rogel

Hacía varios meses que María Dolores estaba recibiendo cartas de admiración de Ricardo Peris. La primera vez se extrañó de aquella carta de trazos rectilíneos y verbo brillante que encerraba sucesivos logros y requiebros y cuyo remitente le resultaba un nombre desconocido. Más adelante preguntó a sus allegados y se sorprendió de que el registrador se mostrara tan prendado de una muchacha a la que había visto solamente un rato en su despacho. Fue durante el último otoño, el día en que acompañó a sus padres a tramitar las escrituras de la casa que habían comprado apenas cuatro meses después de su regreso definitivo a Archidona a donde llegaron en un lento viaje en tren desde el norte de España y después de veinte años de estancia en tierras asturianas.

Hacía ya algunos años que el tren había abierto inesperados caminos de esperanza para los ausentes de su tierra. Eran todavía trenes incómodos con asientos de madera y un extraño olor a sudor y a comida en insólita mezcla. Los viajeros resultaban variopintos y a veces estrafalarios: el soldado con su macuto lleno de enseres que desprendía el típico olor a humedad; las monjas de amplias tocas, siempre de dos en dos; la mujer amamantando al hijo, el señor de barba y bigote que fumaba en cachimba, el niño asombrado y preguntón o el aldeano que subía al tren llevando un gallo en un capazo cosido por los bordes del que sobresalían por extremos opuestos la cabeza y la cola del animal. En todas las estaciones se detenía el tren en una parada breve pero tediosa mientras bajaban y subían los viajeros precipitadamente como si los moviera un incontenible afán por llegar pronto a su destino. Después de cada parada, tras un silbido de la máquina, el tren reanudaba su marcha, monótonamente, por un paisaje que destilaba silencio y olvido. Aquellos viajes de María Dolores y su familia hacia Archidona siempre habían sido lo mismo. Primero, las tierras verdes y frondosas de Asturias frecuentadas a menudo por manadas de vacas que pastaban plácidamente dejando oír el dulce sonido de la esquila y mostrando su indiferencia por aquel monstruo que, a su paso, atronaba el aire. Un paisaje de verdor uniforme al principio cuya mancha se perfilaba luego, definiéndose en formas, a medida que el tren se acercaba, y perdiéndose luego en la lejanía para al final quedar reducido a un recuerdo que destilaba nostalgia.

A continuación venía la estepa castellana, surcada de caminos y poblada de encinas y de aldeas junto a un río en cuyas inmediaciones se veía a veces un pastor con ovejas o cabras. Y en medio del viaje, la larga espera en Madrid mientras salía el expreso de Andalucía, al que aguardaban cientos de viajeros que entretenían las horas ante una fiambrera repleta de tortilla de patatas o de un botijo con agua. Por la expresión de algunos goteaba el cansancio del viaje y la impaciencia por el tiempo perdido. Al abandonar Madrid y sus aledaños empezaban a dejarse ver las interminables llanuras de La Mancha, plenas de épicos espacios de molinos de viento y rebaños de merinos, en fácil armonía, interrumpida, de tarde en tarde, por el rugir de la locomotora y por el traqueteo de los raíles bajo el metálico roce de las ruedas.

El tren era como una serpiente de cabeza negra y cuerpo multicolor que arrojaba humo y vapor de agua por los ojos, impregnando el viaje de un peculiar olor que castigaba muchas veces a los viajeros curiosos arrojándoles por la ventanilla diminutos granos de carbonilla que molestaban en los ojos.

María Dolores recordaría siempre aquellos viajes en tren que duraban dos días y medio. De pequeña, observando el paisaje durante el día y durmiendo sobre el brazo de su padre por la noche y ya de mayor se dedicaba a devanar el algodón del tiempo en hilos de ternura al recordar a unos abuelos que la esperaban siempre emocionados o al contemplar como, cuando anochecía, los faros de la locomotora desvalijaban el paisaje y rompían con una brecha de luz la oscuridad de la noche.

Le gustaba sobre todo atravesar el difícil trayecto de Despeñaperros, la antesala de Andalucía, un paisaje abierto en precipicios y escarpados barrancos al borde de curvas sinuosas por las que la gran serpiente metálica reptaba con calculada precaución bajo el cielo azul del verano o el algodón deshilachado de alguna nube aislada. Al final de ese paisaje abrupto aguardaba dócilmente Andalucía, que alegraba el corazón de su madre cuya vida volvía a erguirse en una amplia sonrisa porque el paisaje seco de su tierra y el sol inmisericorde de junio parecían hacerle salir de su letargo y abrirse plenamente a la vida. El terruño era el terruño a pesar de la aridez de un verano con tórridos calores y campos de rastrojos o vetustos olivares, ese paisaje era el anuncio de Archidona cuya estación había sido levantada al pie del cerro llamado la Romera del que tomó su nombre.

La Romera, tendida al sol como un lagarto y envuelta en el silencio verde grisáceo de sus olivos, era el final de su viaje en tren, en todo el fragor de la tarde. Allí, en la explanada que se extendía al otro lado del andén, esperaba siempre el coche de caballos de su abuelo y su abrazo cálido y generoso. Después, siete kilómetros apenas para llegar a su villa natal en un viaje íntimo y familiar amenizado por las cigarras que serraban el calor de la tarde y por la voz entrañable de su abuelo narrando los aconteceres familiares. La Romera era una estación inusualmente alejada del pueblo y las buenas gentes del lugar, entendidas en trenes y en adioses, se sentían muchas veces aisladas del pueblo al estar tan lejos porque, según decían ellos, los dueños de las tierras limítrofes con Archidona se negaron a que las vías del ferrocarril se instalaran en ellas. «¡Por culpa de los "señoritos"!», afirmaban doloridos, aunque la palabra "señorito" no tenía por aquel entonces la connotación despectiva que encierra ahora, sino que significaba, simplemente, persona de clase acomodada y la usaban con total respeto, incluso las criadas para referirse a sus señores los llamaban directamente "señoritos", en lugar de señor, sin que nadie se sintiera agraviado u ofendido por este tratamiento.

Pensaba María Dolores, ya en las cercanías de Archidona, que seguramente aquel regreso definitivo al pueblo de toda la familia le supondría perderse para siempre los largos viajes en tren que satisfacían su curiosidad y sus ansias de infinitud y le abrían los horizontes de su mundo. Supondría también aceptar una capa de olvido sobre el pueblo donde había pasado su infancia porque nadie puede atar definitivamente paisajes dilatados por la distancia ni obviar los naufragios del tiempo y la memoria .Guardaría, no obstante, aquellos años donde se guardan las evocaciones y emprendería un nuevo camino en su villa natal de casas blancas y paisaje enquistado en el tiempo.

Ahora estaba allí, desde hacía unos meses, convocando su exultante juventud y con las perspectivas de la nueva vida que le ofrecían las cartas del registrador. Los primeros días de aquel verano, siempre que pasaba por los Cuatro Cantillos recordaba al muchacho alto de mirada profunda y oscura como la noche y atractiva sonrisa. Aquel joven al que vio de forma fugaz la noche de las hogueras. Pensó que en adelante no tendría que vivir con la molesta carga de una ausencia porque lo encontraría cualquier día al volver una esquina o al pasar por algún lugar del pueblo y entonces podría bucear de nuevo en sus ojos y restaurar su sueño roto. Pero aunque miró por todas partes en ningún sitio encontró el rostro de aquella noche luminosa y llegó a la conclusión de que seguramente el joven era un visitante ocasional, que se marchó otra vez del pueblo y que difícilmente regresaría. Entonces vislumbró un encuentro imposible, dejó de soñar nombres escritos en el viento y el tiempo deshojó las flores del recuerdo. Lentamente se evaporó su sueño y la memoria empezó a ignorar aquel fuego apagado para asumir el doloroso pecado del olvido.

Cuando el alma se quema por los acontecimientos y las oscilaciones del mundo, los recuerdos se disuelven en el tiempo, los sueños se esfuman y, aunque de vez en cuando el sentimiento imponga su veto, lentamente, muy lentamente se instalan otros sueños. Y el que acabó de instalarse en el corazón de María Dolores le llevó a atender la reiterada petición de Ricardo Peris de quedar una tarde para charlar un rato.

ENAMORAMIENTO

Antonia María Rodríguez Rogel

La cita no fue una tarde, sino un terso mediodía de invierno al salir de la misa de doce. A María Dolores la acompañaba su hermana y una amiga y al bajar la escalinata de la iglesia vieron a Ricardo Peris que esperaba en la plaza. Vestía un traje azul marino con chaleco a juego sobre el que destacaba la cadena plateada de un reloj de bolsillo. Estaba recién aseado, con el pelo todavía húmedo y un aire altivo como el de un príncipe que espera a su princesa. Ricardo haciendo gala de un comportamiento de lo más cortés y galante, al acercársele las tres muchachas les tomó a una por una la mano y se las besó en una reverencia solemne y palaciega que se hizo lenta y embelesada cuando tomó la delicada mano de María Dolores. Después las dos acompañantes se quedaron discretamente atrás y ella caminó junto a Ricardo, sus manos yertas, sintiendo en su cara una sucesión indefinida de rubores e intentando derrotar al silencio que sellaba su boca. Él procuraba quebrar aquel silencio hablándole con la experiencia propia de quien ha vivido mucho.

Era una limpia mañana de invierno cuando ya había decaído el riguroso frío y aunque lucía un sol tenue, aún no reconfortaba. Sobre la sierra, coronada por algún jirón de nube, destacaba un cielo protector de azul profundo. En aquella plácida mañana pasearon por plazas y calles, narrando él fragmentos de su vida con un renacido brillo en el transparente verde azul de sus ojos mientras ella se dejaba anegar por su presencia y le sonreía. Poco a poco se esfumaron los silencios de la muchacha y le habló de sus proyectos con una ilusión que presagiaba, no un naufragio, sino un amor infinito. El día se vinculaba a los sentimientos en total armonía. Doraba el sol el esbelto campanario de las monjas mínimas sobre el que danzaba la mañana y, luego, calle abajo, inundaba de resplandor la vega, verde y somnolienta, con su agraria belleza. Sobraban a veces las palabras pero hablaron durante mucho tiempo, trenzando los minutos con palabras y promesas mutuas que se hacían desde una soledad recién redimida. Aquel primer encuentro propició otros muchos, alguno de ellos los dos solos, circunstancia que le recriminó su amiga Elena.

–No deberías hacerlo, en Archidona está muy mal visto verse a solas con un hombre y los cotilleos podrían hacerte daño –le había dicho recordándole las costumbres del tiempo y del lugar.

Pero María Dolores, deslumbrada por el mar luminoso de los ojos de Peris y por sus palabras seductoras, no parecía preocuparse de que el amor se disfrazara de osada cita. El registrador por su parte insistía complacido en su fácil conquista. Con una voz envolvente que le parecía salir del corazón pronto comenzó a llamarla Lola y, más adelante, cuando ya se había perdido del todo en el perfil de sus labios y en la esbeltez de su talle, la empezó a llamar Lolita, al igual que hacía su padre cuando era pequeña. Tanta zalamería por parte de Ricardo acabaron por construirle un lecho de amor en el rendido corazón de la muchacha.

–Lolita, me tienes loco –le decía Ricardo muchas veces mientras la colmaba de regalos y mimos, acrecentando así un sentimiento que la hacía abdicar de sí misma y escribir en su corazón el nombre agigantado de aquel hombre brillante que le había enseñado a conjurar un pasado que ya era tierra y lluvia o pétalos marchitos sobre un rostro prescrito y archivado en la memoria y en el tiempo

CENA DE NOCHEBUENA

María Córdoba Gil

En estos días fríos de invierno la abuela de María Dolores cayó enferma, lo que hizo que dejara de frecuentar la casa de su amiga Elena. Veía transcurrir lentamente los días, esos días grises de lluvia que tanto la entristecían. También echaba mucho de menos la energía que la abuela transmitía a todos los que convivían con ella.

En vísperas de Navidad la salud de la abuela mejoró notablemente y de esta forma la vida de toda la familia recuperó su ritmo normal, comenzando así los preparativos para la cena de Nochebuena.

–Sería conveniente preparar algo especial para después de la cena porque papá tiene invitados –le dijo a María Dolores su madre.

–¿Es alguien especial? –preguntó esta con una mirada interrogante.

–Seguro que te alegrarás, viene Alejandro Sandoval, Antonio Segura y su amigo Ricardo, el nuevo registrador –respondió su madre con una dulce sonrisa en el rostro.

–Es maravilloso, mamá, maravilloso –exclamaba Dolores mientras que con una sonrisa cómplice abrazaba a su madre.

El día de Nochebuena amaneció frío y con una niebla intensa. El salón de la abuela era una estancia coquetamente amueblada, las paredes estaban tapizadas con una tela de flores minúsculas que transmitían bienestar y sosiego. En la chimenea los leños crepitaban creando una fuga de pequeñas estrellas. La rama de un árbol se inclinaba hacia la ventana que daba al salón como intentando acariciar el interior de la casa y a sus habitantes. Era un ambiente familiar entrañable.

Después de la cena a Dolores le latía el corazón con fuerza, pues cuando llegaron los invitados sus ojos no se apartaron de los de Ricardo y éste le dijo que le gustaría, si su padre se lo permitía y ella aceptaba poder visitarla a menudo. Ella le sonrió con una expresión de felicidad y contestó que aceptaba siempre que su padre lo considerara oportuno.

A Dolores la noche se le hizo corta pues flotaba como en una nube que envolvía todo su ser; se consideraba la persona más feliz del mundo. Cuando terminó la velada Dolores apoyada en el cristal de la ventana vio que la calle se disolvía en sombras inquietas y unos copos de nieve caían al suelo como si fuesen una alfombra nupcial, cosa que ella tomó como un buen presagio.

A raíz de esa noche comenzó el inicio de un romance que ellos creían que sería para siempre, sin embargo algo estaba ya tramando la destrucción de esta pareja.

RECUERDOS DE UN PRISIONERO

María Córdoba Gil

Un golpe seco saca a Ricardo de la dulzura del recuerdo para devolverlo a su cruda realidad. Su celda es un espacio pequeño, húmedo y sólo una leve rendija de una pequeña ventana deja pasar algo de luz, lo que le recordaba que aún seguía vivo. Sus esperanzas de sobrevivir en este lugar eran pocas y sus perspectivas de futuro nulas. Llevaba varios meses esperando la conmutación de su pena pero nada dejaba presagiar que llegarían buenas noticias. A pesar de la fortaleza de los primeros días su mente se iba debilitando y se acrecentaba la ira y el rencor hacia todos los que le habían llevado a este lugar. Era un penal de alta seguridad y aunque lo intentó al principio no pudo conseguir un trato especial por parte de los carceleros. Pensó que sería mejor morir, que seguir así, pero inmediatamente descartó esa idea porque él era un hombre luchador y pensó que si algún día fuera libre la venganza sería cruel, como cruel e inhumano era lo que a él le había ocurrido. Intentó volver a sus recuerdos del pasado, pero no podía porque la frialdad y la soledad se habían adueñado de su cuerpo y de su mente, por lo que acabó pensando en que quién hubiera elegido la soledad como castigo no habría podido escoger mayor humillación, desolación y amargura para al que se la imponen.

Los castigos físicos a los que se vio sometido fueron menos agresivos que esta soledad oscura que corroe el alma y hace perder la condición de ser humano y te convierte en algo difícil de definir. Poco a poco se fue calmando y deslizó sus recuerdos hacia esa época no tan lejana cuando era tan feliz al lado de una mujer que amaba desesperadamente.

–¡Dolores! ¡Dolores! ¡Dolores! –el grito resonó en su celda y roto de amargura se desplomó y deseó que el recuerdo lo alejara de aquel lugar y lo transportara a los días felices de su relación con Dolores.

Pasado un tiempo que para él fue una eternidad, se sumió en sueño inquieto, pero lentamente fueron apareciendo las imágenes dulces y nostálgicas de aquel tiempo pasado y añorado. Nuevamente su mente lo trasladó a ese pueblo del sur que fue su cielo y su agonía. Le vino la imagen de Dolores cuando con el calor del primer beso tembló entre sus brazos.

INICIO Y FINAL DE UN ROMANCE

María Córdoba Gil

La relación de Dolores y Ricardo se inició con la dulzura y la ternura que una joven de su edad era capaz de entregar y la de un hombre profundamente enamorado. Paseaban su amor con la alegría de poseerse mutuamente, pero pronto el fantasma de los celos hizo su aparición, al principio de forma suave pero luego de forma violenta. Dolores comenzó a pasear por el salón de su casa de forma inquieta. Los celos de Ricardo la estaban destrozando. Comenzó a perder la alegría. Tenía unos tristes sueños y no sabía por qué lloraba, únicamente una lágrima le quedaba como recuerdo de estas angustias nocturnas. Esos malditos celos hicieron que poco a poco se fuera distanciando de él.

Primero llegó la primavera luminosa con la suavidad de sus olores y colores y posteriormente le dio paso a los calores del estío. En la soledad del patio una parra tiembla y doblega sus tallos tiernos hacia el suelo, un suelo áspero y reseco que coge ásperamente la dulzura de la uva que cae tímidamente, de repente la quietud del patio se rompe bajo un desgarrado grito que sale desde el zaguán y llena la casa de pena. Dolores acude a ver que ocurre y se encuentra con Gracia, la criada de la abuela, llorando desesperadamente. Esta pobre mujer de rasgos suaves, piel marchita y esperanzas rotas, estaba desfallecida.

–¿Qué hemos hecho los pobres, Virgen Santa, que hemos hecho? ¿Acaso la vida de los obreros no vale nada?

¿Somos acaso animales para el uso y abuso de los que tienen dinero? ¿Por qué a mi hija, por qué? ¿Cómo se lo digo a su padre? –decía desconsoladamente.

Poco a poco se fue calmando y entre sollozos contó que su hija, una joven de poco más de quince años, la había seducido un hombre rico del pueblo y había logrado que la llevaran a la casa de alterne para poder conseguir sus propósitos. Desde su amor de madre intentaba comprender que sería de su vida en el futuro; si simplemente sería objeto de deseo para los hombres que pudieran pagarla y que luego la despreciarían y la dejarían olvidada a la orilla del camino donde ya no tendría futuro, sino un pasado que arrastraría siempre como una loza.

La desolación de Gracia marcó a Dolores tan profundamente que no podía apartar de su recuerdo a esta pobre infeliz forzada a atravesar la barrera de la niñez hacia un mundo cruel.

Mientras tanto, su relación con Ricardo se había deteriorado mucho a causa de esos celos que la acosaban. Un día mientras que los aromas de verano inundaban la casa, esos olores veraniegos de hierbabuena, dama y jazmín que al caer la tarde en esta época de estío eran como bálsamo para el cuerpo y el alma. Sentada en el patio junto a su madre le confesó que no iba a seguir su relación con Ricardo. Su madre le preguntó si lo había meditado seriamente, a lo que ella le contestó, con lágrimas en los ojos, que estaba segura del paso que iba a dar. Cuando Ricardo llegó por la tarde ella le comunicó lo que había decidido y él herido en su orgullo salió de su vida sin pedirle ninguna explicación, pero ella era la mujer que más había querido y que más querría en su tumultuosa vida.

MOTIVOS DE RUPTURA

Antonia María Rodríguez Rogel

Al principio la relación fue como una lluvia mansa que preludia el otoño y empapa la tierra, sin abrirle heridas, dejándole una fugaz impronta de rocío y un rumor de hojas húmedas. Pero, con el transcurso de los meses, el monstruo de los celos empezó a extender sus garras arañando el corazón de María Dolores con el escozor de un ascua viva. Ricardo se mostraba cada día más desconfiado y tenía extrañas imaginaciones que le hacían perder la compostura. Se quejaba de que la muchacha miraba a otros hombres y esta impresión levantaba tempestades en su mirada que se volvía indócil y caníbal mientras ella observaba perpleja cómo, quien decía quererla tanto, intentaba encerrar su vida en los estrechos límites de una relación que se volvía tortuosa al paso de los días. Dolores sorprendida por las acusaciones infundadas de Ricardo, a veces se quedaba sin palabras, en un silencio quebrado apenas por algún suspiro, este silencio era interpretado por él como un signo de claudicación. Entonces se volvía agresivo y la llamaba Dolores, a secas, pero cuando observaba en ella el dolor de las horas y los días, retrocedía sobre sus pasos, le pedía perdón y volvía a llamarla Lolita, o veces solamente Lola, se iniciaba así una tregua fugaz, marcada en ocasiones por efímeros dardos de sospecha que se transcurrían hasta que comenzaba con otra infundada sarta de reproches que invariablemente volvían a terminar en Dolores, a secas. Esa difícil geometría de nombres, esa mirada abocada al precipicio o esa conciencia desbordada fueron llevando a la muchacha hacia la desesperación, pues su relación era ya un lugar ausente de jardines y pronto le estalló en el rostro la tristeza. Llorar se convirtió para ella en un ejercicio solitario mientras él vigilaba su vida durante largos días de tedio, continuando su inclemente tortura.

Primero le prohibió retocarse los labios con carmín, luego, no usar determinados vestidos y finalmente le rogó que no saliera a la calle, salvo a su lado, porque el milagro de su risa luminosa atraía inevitablemente a los hombres. Aquellas prohibiciones desintegraban sus sueños, perdidos ya en la niebla de la sospecha y el rencor. Una y otra vez se preguntaba qué terrible fantasma habitaba el interior de aquel hombre, que tiempo atrás se había mostrado tan amable y complaciente, y en cambio ahora se había sumergido en un pozo oscuro de sinrazón. Tenía la impresión de que caminaba por un sendero equivocado, en tardes sin nombre y perseguida por el rostro horrible de los celos. Nada nuevo sucedía en su vida, todo era igual, circular e indolente y esta sensación la hacía tan frágil que se sentía morir de sólo no vivir. El nombre del que fue su amado estaba escrito en un lugar del corazón hecho ya añicos, con heridas abiertas al salitre del dolor y la parte de sus esperanzas aún no rendidas se revelaban para retomar su vida o para conseguir el deseo imposible de deshacer el ovillo del tiempo. Pero tenía miedo del genio de trueno de Ricardo, de su boca que destilaba tempestades y hasta de sus fugaces momentos de arrepentimiento. Así se convertía su vida en una duda y sobre ella se cernía el velo del desconsuelo, de la incertidumbre y del peso vacío del amor. Nunca había imaginado que Ricardo Peris pudiera erosionar su vida con el fantasma de los celos y la maleza de la intemperancia.

El amor se había terminado, los días goteaban inquietud y aquel último sueño se había esfumado para siempre. Tenía veintiún años y una sed insatisfecha de felicidad ¿era eso, acaso, un pecado? Vivir era algo más que dejarse sumergir en la tristeza y por eso tenía que romper aquel cristal canalla que la aislaba del mundo para liberar el inmenso médano de soledad que había sido su vida junto a Ricardo. Pensó que en el fondo nunca lo había amado, le había parecido brillante y seductor y se había enamorado de la languidez de sus primeros encuentros pero no podía seguir a su lado. Volvería a ser libre y emprendería una nueva vida lejos de los rincones de sombra y del resquemor del hastío. Se vería por fin liberada del mustio rodar de los días. Dejaría de ser transeúnte de sombras y cerraría los espacios dolientes volando a otro lugar donde las ilusiones no fueran saqueadas por aquellos extraños juegos de hiel y oscuridades de Lolita a Dolores y de Dolores a Lola.

Aquella misma tarde decidió el final de la relación. Primero hablaría con sus padres y luego buscaría el momento adecuado para decirle a Ricardo que todo estaba definitivamente muerto. Una estela de esperanza perfumó para ella aquella espléndida tarde de septiembre.

DESDE LA ESTACIÓN DE TREN

Miguel García Peña

En la estación de la finca de la Romera la esperaba su tío para llevarla en el carro familiar al pueblo y justo pasando por la calle Carrera, detuvieron el carruaje en la puerta del casino. Pretendían tomar café y algún mollete con aceite, cosa que venía anhelando desde Navia, pero allí se encontró con un desagradable incidente, su tío trató de que no lo viera pero María Dolores no solo lo vio sino que intentó afear a uno de los tres caciques que estaban jugándose a las cartas grandes cantidades de dinero. De pronto un jornalero entró al casino y desde la entrada se quitó la boina en señal de respeto, pues buscaba a su "amo" y acercándose le dijo «Mi "amo", ya es tarde y llevamos toda la cuadrilla mucho rato esperando fuera para cobrar y las familias esperan para comer». El aludido por "amo", cogió unas monedas y tirándolas al suelo sin mirar al trabajador dijo: «Toma joder, que ni echar una partida en paz con los amigos puede uno» y el jornalero recogió del suelo las monedas y con humildad salió y lo repartió con sus compañeros diciéndoles que el "amo" ajustaría cuentas mañana y que ahora se tenían que apañar con lo que les había dado.

La chica se fue a casa casi sin probar bocado. Aquel energúmeno de "amo" le había quitado el apetito y no habló durante toda la tarde ni con su tío ni con nadie. El buen rato del tren y su encuentro con Manuel se le agrió, pues no comprendía como podía haber en el mundo gente tan poco sensible como aquel cacique mal educado y tirano.

JOSÉ RECIBE UNA CARTA DE SUS HIJAS

Miguel García Peña

Aquella tarde cuando llegó el correo a Alfarnate, el conductor del carro-bolsa, dejó en la oficina un paquetito y una carta con remite de María, Luisa y Victoria y dirigida a D. José y doña Rafaela Tapia. Cuando el "Cachorro" cogió la carta de sus hijas, antes de abrirla le entró un nerviosismo temblón, por lo que no esperó ni a llegar a casa, la abrió por el camino por si eran malas noticias. Con el nerviosismo de dentro del sobre se le cayó algo al suelo, eran tres pesetas que le mandaban sus hijas, las cogió y se puso a leer. La misiva comenzaba así:

> *«Queridos papá y mamá, esperamos que a la presente os encontréis bien, nosotras estamos bien gracias a Dios...»*

José sabía que sus hijas no habían escrito la carta, pues ninguna de las tres sabía escribir, y sólo Victoria estaba aprendiendo a leer, y todo gracias a tomarle la lección a los niños que cuidaba, pues ellos le repetían una y otra vez: «¡Noooo, Victoria! La "R" con la "A", es "RA"», y así poco a poco fue como aprendió.

La carta continuaba explicándole a sus padres como se habían enterado del suceso con el joven terrateniente durante la siega en Archidona y le aconsejaban que tuviese cuidado, pues tenía fama de vengativo y cobarde y además tenía mucha "mano" con gente de poder.

Seguían diciéndoles:

«...adjunto les mandamos un poquito de bacalao salado, anchoas, mojama, algún chocolate y un trocito de turrón del duro, como el que algunas veces le llevabas tú, papá a mamá en feria y como habrás podido comprobar, tres billetes de a peseta cada uno metidos dentro del papel de esta carta, con eso podréis aguantar mejor el invierno, cuidaos, en Navidad la Victoria ira al pueblo, pues los señores donde trabaja se van de fiestas a Ronda a casa de unos parientes.

Ya nos contaréis con ella cuando vuelva de las vacaciones, si sabéis algo de Cuba y si os ha llegado carta alguna del Pepe.

Que Dios os guarde sanos y sabed que os queremos, recibid muchos besos de vuestras hijas que no os olvidan.

María, Luisa y Victoria.»

LECTURA DE LA CARTA

Miguel García Peña

Cuando José, llego a su casa y encontró a su esposa le dio la tan esperada carta de sus hijas. Victoria, la más pequeña de los tres hermanos, era para su madre la "Victorilla", ya que siempre era por los cuidados que necesitaba la mas mimada por sus hermanos. En cambio Juan, el mayor, se había marchado a Cuba, en un momento de precipitación por su espíritu aventurero y una juventud poco formada. Desde su marcha sus noticias eran escasas por no decir nulas.

La "Falica" cogió la carta que le entregaba José y la miró por ambos lados como queriendo adivinar su contenido y llena de alegría se la devolvió para comenzar con su lectura. El comenzó a leer palabra por palabra, dándole tiempo a su lectura ya que no quería que nada quedase olvidado. Ella se limitaba a escuchar pues su vista había ido disminuyendo y ya solo alcanzaba a dar unos pasos en los que más le ayudaba la memoria que la vista.

Ambos, sentados junto al fuego y recordando tiempos de todos juntos, se apresuraron a planear lo necesario para la próxima visita de Navidad. Ella quería tener la casa, preparada con la blancura propia de la fachada de su pueblo, las comodidades de sus habitaciones y lo necesario para que esos días fueran de una felicidad propia de este encuentro tan esperado.

LOS PASEOS EN MÁLAGA

Miguel García Peña

Aquel otoño en Málaga capital estaba siendo más benigno de lo normal y las tres hermanas, cuando dejaron el paquete en el correo se encontraron con Paco el pretendiente de Luisa, que trabajaba de camarero y les propuso ir a los baños del Carmen, que aunque ya no se bañaba nadie, se estaba muy bien a la orilla del mar con el sol todavía picantón y sentándose en una mesa al sol, pidieron cuatro helados. El camarero era amigo de Paco y entablaron una larga conversación. Luego, cuando les sirvió, Victoria se quedó un poco desconcertada ya que era la primera vez que veía un helado sin su cucurucho, y es que en esos sitios tan finos se servían en un platito con tu servilleta y una cucharilla. Al principio todo fue bien, comprendió que la pelea con aquel delicioso manjar lo tenía que librar con la cucharilla y a pequeños pedacitos, pero cuando el helado se le puso rebelde y se le escurría por todo el plato sin que ella lograra "pillar cacho", soltó la dichosa cuchara y cogió una de las bolas heladas con la mano y se la llevó a la boca, expresando tal satisfacción, por saborearlo, que las personas que la estaban observando, soltaron unas sonoras carcajadas.

El final fue que Paco pagó rápidamente y se levantó y estuvo toda la tarde diciéndole a Luisa «¡Con tu hermana no voy más a ninguna parte! ¡Que vergüenza he pasado!», pero las tres hermanas no paraban de reír y al final Paco terminó riéndose también al recordar el grito que dio aquella gorda "tan emperifollá" cuando la vio coger el helado con la mano. En aquel momento, por casualidad o con intención cogió por primera vez la mano de Luisa y como respuesta ella no la soltó, siguieron paseando por Málaga y Paco que iba mirando a las tres hermanas, no acababa de entender su suerte, él estaba cogido de la mano de una belleza y además rodeado de otras dos, a cual más bella y hermosa con unos tipitos de cintura de avispa y unas piernas que como le diría mas adelante Luisa con orgullo, «son las piernas de las "Cachorras" todas las mujeres de la familia Tapia son auténticas bellezas serranas alfarnateñas».

MARÍA DOLORES Y GRACIA

María Córdoba Gil

El crepúsculo que acogió a Dolores a su regreso a Archidona fue inquieto. El incidente que presenció en el casino la hizo volver a sentir la gran desigualdad social que existía. Se preguntaba que como alguien puede humillar a la gente pobre y quitarles su dignidad, el único bien que poseían.

Cuando llegó a casa de su abuela, acompañada de su tío, le pareció que el tiempo se hubiera detenido, todo aparentemente permanecía igual.

Cuando apareció Gracia, la criada de la abuela, se sobresaltó al verla muy enlutada. Era un luto profundo en la ropa y en el corazón. Su expresión de amargura era un grito de impotencia y desolación.

–Gracia, ¿Cómo estás? –le preguntó Dolores.

–Señorita, me alegro que esté usted aquí –le contestó alzando una mirada vacía e intentando esbozar una sonrisa, para inmediatamente agachar la cabeza.

Al mirarla, Dolores vio reflejada la sinrazón en la espalda encorvada de esta mujer de edad todavía joven y de corazón muy viejo.

–¿Cómo le va a su hija y a su familia? –preguntó Dolores a su abuela cuando Gracia salió de la estancia.

A la abuela se le entristeció el rostro y le dijo que las desgracias habían perseguido a esa familia desde aquél fatídico día. Su marido después de lo ocurrido a su hija, juró que mataría al canalla que había marchitado su juventud; al ser infame que deshojó pétalo a pétalo una flor sin comprender que nunca debía de haber pisado ese jardín. Así que un día frío de enero, cuando la escarcha y la soledad se adueñaban de los espacios, en un ataque de locura se fue al campo a esperar al canalla de don Manuel que tendría que pasar con su caballo para ir a ver como iba la recolección de la aceituna. Se situó estratégicamente detrás de unas piedras y en el momento que se acercó al lugar que él estaba le espantó el caballo, el jinete cayó al suelo y arremetió contra él propinándole una puñalada en el costado. El agredido comenzó a gritar y los jornaleros que estaban cerca acudieron y se quedaron perplejos al ver al marido de Gracia con las manos ensangrentadas y los hombros caídos en un gesto de derrota porque no había sido capaz de finalizar lo que había comenzado. Le detuvieron y durante su declaración le pegaron de forma tan brutal que ya no ha podido volver a caminar. Desde ese momento tampoco ha recobrado la lucidez; se ha sumergido en una locura maravillosa que lo aleja de un presente cruel.

La abuela prosiguió diciéndole que hacía poco menos de un mes la hija de Gracia había muerto a causa de un parto muy difícil. Y que en el entierro hubo muy pocas personas por miedo a las represalias. Incluso en las palabras de despedida, el cura la consideró una gran pecadora y que alejada del bien sería un alma de purgatorio, lo mismo que el niño que había muerto sin bautizar. Al oír estas palabras del cura el hermano menor de ella, Antonio, juró que vengaría la muerte de su hermana. Y dijo que no descansaría hasta que el miserable canalla de Don Manuel tuviera un final cruel en su persona y en alguien muy allegado a él, para que así comprendiera lo que se sufría cuando le hacen daño a las personas que uno quiere, y dicho esto echó a correr hacia el monte y aún no se sabe nada de él.

La abuela trató de desviar la conversación hacia otros

temas y le preguntó a su nieta sobre el viaje. Dolores al recordarlo le chispearon los ojos y la abuela comprendió que algo que le había devuelto la ilusión había ocurrido.

LA VISITA DE VICTORIA

Miguel García Peña

Durante la Navidad de aquel año, Victoria volvió al pueblo y lo primero que hizo fue ir a ver la capilla de la Virgen de Monsalud por si algún mendigo, similar al que estaba cargado de piojos en tiempos de su niñez, estaba allí abandonado. No encontró a ningún indigente, a quién que vio fue a una familia a la que habían desahuciado de su casa y que se refugiaban bajo el cobertizo de la ermita. Victoria se arrodilló en la entrada cerrada del santuario y rezó por aquel hombre que se le había quedado clavado en sus recuerdos. Al terminar vio a una de las chiquillas de aquella familia y pudo observar que tenía los mismo ojos que creía que ella ponía cuando iba a Archidona en feria o Semana Santa con Monsalud, la del horno, que por cierto se había casado con su archidonés y también se tuvo que ir a Málaga pues él trabajaba de funcionario en el Palacio de la Aduana.

Las jóvenes archidonesas vestían muy bien, igual que ella, ya que ahora lucía bonitos trajes que le daba la señorita Eloisa, la hija mayor de los señores y la hermanastra de los pequeños que ella cuidaba. Cuando la señorita Eloisa se los ponía una o dos veces se los regalaba y así tenía un vestuario que le permitió ponerse un vestido por la mañana y otro distinto por la tarde de cada día que estuviese en su pueblo. Se acercó a la chiquilla y le preguntó si tenía hambre. La pequeña, con una cara preciosa aunque churretosa, asintió con vehemencia y le puso la mano en señal de pedirle algo. A Victoria se le hizo un nudo en la garganta y le dio algo de dinero para que comprara comida, para acto seguido volver a su casa llorando y recordando el hambre que ella, con la misma edad que aquella niña, había pasado.

Mientras volvía a su casa, Victoria recordó aquel invierno en el que tenía seis años y toda la familia comía algo que la "Falica" cocinaba con un poquito de aceite, que no se sabía de donde lo sacaba pues siempre tenía la misma botella vacía. Ya ni hirviendo la botella en aquel mejunje se sacaba algo de grasa, como mucho un agua muy calentita y unas cosas verdes que no se veían en el campo y que el "Cachorro" nunca dijo de que "verdura" se trataba.

–Otra vez esto, a mi no me gusta –sollozaba Victoria mientras se tendía lacia por el hambre.

–Toma y tráete de la carnicería algo de asadura, porque ya ni vemos –dijo su padre a la "Falica" mientras le daba una moneda que cogió de no se sabe donde.

DOLORES CONOCE A MANUEL

María Córdoba Gil

Se fue el verano y con él muchos de los rumores que en el pueblo se difundían sobre la ruptura del noviazgo de Dolores y Ricardo. Se hicieron comentarios tanto en los lavaderos públicos donde la gente humilde lavaba la ropa, como en los casinos de gente bien. Los rumores no entendían de clases sociales. Eran malintencionados y dañinos, pues salían de la cabeza pero llegaban al corazón. Se decía que si Ricardo le había sido infiel, que si Dolores tenía un amor en las tierras del norte; incluso se llegó a decir que el padre de ella tuvo una discusión con él a causa de unos papeles. Con la marcha del verano, llegó un otoño de tardes cortas y noches interminables. Y tras éste de nuevo el invierno que la dejó nostálgica del mar que la vio nacer.

En esta época España estaba inmersa en la guerra de Cuba y el pueblo se vio sacudido por el reclutamiento de muchos muchachos jóvenes que tuvieron que partir a esa guerra lejana y brutal. Muchos de ellos se quedaron en el camino, descansando sus cuerpos en un mar desconocido sin que sus familias les pudieran dar sepultura en la tierra que los vio nacer. Las madres, pobres criaturas, se encerraban en vida. Se confinaban en un luto riguroso que sería su vestimenta para siempre. Un velo negro les cubría la cabeza mientras que un velo invisible les envolvía el corazón. La pobreza que existía era enorme. Los hombres deambulaban por las calles en busca de un jornal, con un brazalete de luto en el brazo en memoria de sus seres queridos y la desesperación reflejada en sus rostros. Tiempos difíciles para los pobres, siempre con muchas bocas que alimentar y sin ninguna ayuda del cielo o de la tierra. La mayoría de los hombres trabajaban como jornaleros en el campo y las mujeres "servían" en casa de los señores. Algunas entraban a trabajar a la tierna edad de siete u ocho años como niñeras a cambio de un plato de comida que la mayoría de las veces era escasa.

A Dolores el pueblo le estaba empezando a oprimir y le pidió a sus padres volver a los verdes prados del norte, donde creía que su alma tendría paz. Se marcharon un triste día de enero, el cielo lloraba una lluvia interminable y la soledad de las calles era desoladora. Al coger el tren y marchar hacia su tierra creyó encontrar la libertad de nuevo. Fue un viaje penoso porque al ir alejándose de los campos de olivares comprendió que Sus ilusiones de juventud se habían quedado atrás.

Reanudó por un tiempo su vida en Navia pero en vísperas de Semana Santa les dijo a sus padres que necesitaba volver al pueblo y que le permitiera ir a casa de su abuela por una temporada. Los padres aceptaron y comenzó de nuevo el retorno a las tierra del sur acompañada por una prima de su madre. El viaje en tren fue más ameno que el de ida, ya que venían gente de Madrid hacia Andalucía con la intención de pasar unos días. De repente entre ese grupo de gente unos ojos atraparon su mirada, unos ojos almendrados y entornados, que estaban embelesados contemplándola y que la trasladaron a una noche de la Candelaria de dos años atrás.

–Señorita, creo que nos conocemos –le dijo a modo de saludo– ¿Hacia donde se dirige?

–Voy al pueblo de mis padres, es un sitio precioso en primavera.

–¡Esa es mi tierra! –exclamó con una sonrisa en los

labios–. Ahí vuelvo yo definitivamente. He terminado mis estudios de medicina y me han adjudicado mi pueblo para ejercer mi profesión. Y usted, ¿Se va a quedar mucho tiempo?

–No lo sé exactamente, voy a casa de mi abuela y es posible que me quede todo el verano –le contestó Dolores con una expresión de duda en el rostro.

El tren avanzaba y lentamente iba abandonando la inmensa llanura para sumergirse en un mar de olivos que anunciaban que estaban en Andalucía.

–Soy Manuel Palomero, mi familia es archidonesa lo mismo que yo –le dijo muy cortésmente a modo de presentación.

–Me llamo Dolores y soy natural de Navia aunque tengo dividido el corazón entre el norte y el sur.

Y de esta forma fueron cambiando impresiones sobre diversos temas hasta que se dieron cuenta que habían llegado al final de su viaje.

UN AMOR EN BODA

Antonia María Rodríguez Rogel

El encuentro con Manuel fue providencial e inundó de total compañía la vida de María Dolores, que sintió como en su interior brotaban un sin fin de primaveras. Aquella misma tarde se buscaron por el pueblo como si se conocieran de toda la vida, y pasearon, con la complicidad de sus amigas, entre el silencio azul de las calles de Archidona.

–Te he esperado siempre –le dijo él dirigiéndole dulcemente el dardo de sus ojos.

–Yo te busqué por todas partes pero al final perdí la esperanza –contestó María Dolores desde la brisa alada de su sonrisa y el manantial rojo de sus labios.

Y desde aquel día ambos se recluyeron en su cielo particular sin otro inconveniente que las cartas que Ricardo Peris le dirigía con frecuencia a María Dolores. Unas misivas que al principio de la ruptura fueron cartas conciliadoras en las que le pedía perdón por sus fallos y le prometía la luna, pues en el fondo esperaba que la muchacha cediera a su incansable verborrea y accediera a reanudar la relación, pero ella nunca había contemplado tal posibilidad. Se sentía emancipada y libre y jamás volvería a la tortura de aquella relación tan descarnada y dolorosa como una herida fresca.

Las cartas de Ricardo Peris cambiaron del tono melifluo inicial a un tono amenazante cuando vio a María Dolores pasear con Manuel Palomero. En una de ellas le dio un ultimátum preocupante: o volvía con él o se suicidaba. Pero la joven no se amedrentó y lo tomó como un desagradable chantaje que el paso de los días corroboró descartando un hipotético suicidio del registrador. En su vida había ahora algo mucho más importante que los chantajes de Peris, un amor tan fuerte como para albergar perennes ilusiones y para reintegrarse en el paraíso perdido. El tiempo era pródigo en promesas y las cosas iban sucediendo según su turno. Tenían ideales, amor, juventud y risas. Motivos suficientes como para que su pensamiento caminara ahora por sutiles sendas de sosiego.

Lúcidos y felices, paseaban su amor por las calles del pueblo tanto en los días azules donde el amor era también azul como en las noches pacíficas en las que los ojos de Manuel eran también otra noche socavando la oscuridad y traspasándola. Noches, a veces levemente iluminadas por una luna a cuya luz hubieran deseado hurtarse y desaparecer para volver luego con una alba rosada y encendida de caricias. Espuma de ilusión y silencio rosado en las callejas donde el amor era también rosado y cálido con rumor de una sangre galopante.

Muchas noches en su alcoba, María Dolores permanecía insomne hasta casi rayar el alba, que desgarraba con corpúsculos de aurora las sombras y era en esos momentos cuando más pensaba en Manuel que tenía la noche en sus ojos y el moreno del sol en su piel. Por su parte, Manuel había encontrado en Dolores el pacífico mar donde la vida cobra su sentido y las bellas columnas que sostiene la vida de un hombre enamorado. Había conservado el mito de ella durante varios años y ahora se encontraba con que la mujer de carne y hueso lo trascendía y le ponía alas a su corazón. Era como habitar un bello edén en el que convocaban con fervor su mutuo regreso y se intercambiaban con las miradas. Manuel se había colado en la soledad de ella con el rumor de una brisa y la joven le había hecho recuperar su presencia perdida en la infinitud del tiempo, desdibujada por su propio mito, sobre el que habían cabalgado las ilusiones de él durante varios años.

Con el transcurso de los días, María Dolores empezó a preparar su ajuar de novia, envuelta en primaveras o con el ardiente sol sobre el tejado. Tras la melodía que entonaban los dedos transparentes de la lluvia en la ventana o el látigo riguroso de los vientos invernales. Primaveras, veranos, otoños, inviernos. Un ajuar largamente bordado, puntada a puntada, en el pequeño universo de la habitación donde en otro tiempo se había sentido habitada por la soledad.

Ávido de domingos luminosos, Manuel esperaba ilusionado aquellos días en que su amada dejaba los bordados y le invitaba a gozar de su franca risa y su mirada transparente. Mientras tanto, organizaba su consulta en la casa y a la vez visitaba el hospital forjándose un futuro sólido con el pensamiento siempre en ella. En aquel pueblo empinado sobre la sierra, entre olivos plateados y trigales verdes, trazaba su porvenir junto a la mujer en cuyos ojos puso su atónita mirada, una noche en las fronteras de la luz. Con ella a su lado se sentía capaz de tomarle medidas al mundo o de alcanzar el sol y ponerlo a sus pies.

Dos años y medio después de aquel reencuentro le pusieron fecha a su boda. Fue un atardecer cuando el sol se filtraba entre los pinos derramándose en resplandores verdes sobre una larga estela de silencio. En la azul lejanía la tarde se detuvo, ató su luz al horizonte con hilvanes anaranjados y se recogió luego dejando alargadas siluetas de sombra que subrayaron las infinitas extensiones del silencio.

EXISTENCIA DE BANDOLEROS

Miguel García Peña

En la comarca, durante el reinado de Alfonso XII el "Pacificador", hubo casos de jóvenes que, para su defensa personal, llevaban consigo grandes pistolas entre sus fajas. Proliferaban los llamados "bandoleros" y la Venta de Alfarnate sirvió como lugar de encuentros y por ella acabaron pasando desde monarcas hasta bandidos.

Uno de los asiduos de la posada era José Tapia hijo, que encontrándose licenciado y maleado por las dos guerras, se había vuelto un mujeriego y un jugador empedernido y era sobre todo por eso que su amistad era muy codiciada por los señoritos de la comarca. No pasaba noche en la que no se dejara caer algún incauto arriero que, después de vender la mercancía y volver a casa con bastante dinero, se parara a pernoctar en aquel idílico lugar. Se tomaba unos vinos y se jugaba, en ocasiones, hasta lo que no era suyo; y allí estaba José, con algún señorito adinerado, esperando a que los clientes de la posada llenaran la mesa de juego.

Como en todos los periodos del servicio militar, José tuvo tanto tiempo libre que si lo hubiese utilizado en aprender un oficio, sería el mejor de su gremio. Pero en ese periodo, cogió tal práctica con las cartas que, según se cuenta, algún incauto llegó a perder en aquella mesa de juego (siempre con trucos) hasta la casa familiar.

Durante aquellas frías noches en las que José volvía a casa, ocasionalmente se oían disparos. La primera noche que la "Falica" escuchó uno, se despertó sobresaltada y llamó a su marido.

–"Cachorro", "Cachorro", despierta que se ha escuchado un tiro –le dijo la "Falica" entre unos empujones que casi lo tiran de la cama.

Pepe la miró sin entender nada y dijo:

–Como si fuera algo nuevo –le contestó con una mirada que denotaba que no había entendido a lo que se refería su esposa.

–¡Que nuestro hijo está en la calle! –exclamó con un tono de apremio en la voz.

El pobre Pepe se puso como pudo lo primero que encontró de ropa y fue en busca de su hijo. A las pocas noches, se oyó otro tiroteo cruzado y antes de que la "Falica" le dijera nada, él le replicó con la sabiduría de su larga experiencia que esperara y que no le dijera más, que el sinvergüenza de su hijo estaba fuera; pues que hubiera estado dentro, y que fuese lo que fuese, ya lo recogerían por la mañana, dicho esto se dio la vuelta en la cama y siguió durmiendo.

LA CASA

María Córdoba Gil

La casa de la abuela de María Dolores estaba situada en la calle principal y desde un balcón se observaba la puesta de sol que con destellos anaranjados y perfiles azul violeta, anunciaban una noche de una belleza singular, en la incipiente primavera que comenzaba a brotar. Un cielo centelleante de estrellas que a pesar de no tener color era inmensamente colorista porque creaba sueños y esperanzas para algunos. Esta visión solo la tenían los afortunados, los adinerados, los que no trabajaban y sin embargo lo poseían todo. Para los pobres todo era diferente. Sus casas estaban situadas en calles pedregosas y empinadas que destilaban todas sus carencias en las paredes encaladas de un blanco terroso. Eran lugares pequeños, con un penetrante olor a animales y manzanilla. Los techos eran muy bajos, hechos de caña y en las paredes existían unas pequeñas gateras que les permitía que entrara un poco la luz y aire. Un suelo tosco de piedras era atravesado al caer la tarde por los animales que compartían vida y espacio con ellos.

Recogían leña y algunas raíces para poder calentarse y cocinar lo poco que tenían. Luego, a la luz parpadeante de los candiles, la oscuridad de la noche se desvanecía en sombras proyectadas en las paredes, aumentando los miedos, mientras que los maullidos de los gatos hambrientos hacían temblar a los más pequeños, que abrazados unos a otros esperaban que el alba les trajera la bondad de la luz. Sus lechos de panocha crujían de una forma inquietante, cuando el frío les trasmitía la desazón y la inquietud.

Sólo tenían muchos hijos, ninguna fe en el futuro y una total sumisión. Trabajaban sin tregua. Durante la siega se cubrían sus dedos con unos dediles que se hacían ellos mismos para evitar cortarse con la hoz. Los surcos de su cara se hundían un poco más bajo la inclemencia de un sol abrasador y añoraban la noche en la era, cuando a la luz de la luna de agosto expresaban sus sentimientos con un canto desgarrado y ancestral que les liberaba un poco el alma.

En otoño, durante la vendimia, sustraían las uvas del sarmiento seco para luego pisarlas con sus pies descalzos y así obtener el vino que alegraría la vida a quién no tiene necesidad de pensar en el mañana.

Este ciclo rutinario de trabajo les hacía envejecer de una forma prematura tanto el cuerpo como el alma. Sus regocijos eran nulos y las mariposas del hambre siempre revoloteaban en sus estómagos vacíos. Mucho trabajo y poco pan era lo que poseían. No tenían ni mañana ni ayer, sólo un hoy cargado de miseria y sujeto a las leyes de los poderosos, que se consideraban con el derecho a ser sus "amos".

Esta era la realidad que rodeaba a María Dolores en este pueblo sureño. La cara y la cruz de la vida. Despotismo y sumisión, éstos eran caminos paralelos que nunca convergían.

Ella vivía en el lado favorecido de la vida y por eso tenía la oportunidad de soñar con amores pasados y futuros.

EL REGRESO DE GRACITA

Miguel García Peña

Unos días antes del día de Navidad llegaron a Alfarnate, en su elegante tartana ocre y marrón, Gracita y su esposo. Venían desde Archidona cargados de talegas y cestas llenas a rebosar de toda clase de viandas y dulces, que sus tíos les entregaron para que las repartiesen, pues todos los años, desde hacía muchos, tenían la costumbre de donarlas a familias necesitadas.

Fueron al pueblo de Alfarnate por la curiosidad que tenía su esposo de conocer personalmente a un alfarnateño mítico entre los cortijeros archidoneses. Este hombre había sido reconocido como el más capaz de los segadores que acudían todos los veranos a la asfixiante vega archidonesa. Era conocido como Pepe el "Cachorro".

Su prima Eloisa les había recomendado expresamente, al saber que irían al pueblo de Victoria la niñera, que a su numerosa familia deberían regalarle una o dos; las más grandes y surtidas, en agradecimiento por el cariño que, allá en Málaga, la chiquilla ponía en el cuido de sus hijos pequeños.

Precisamente Victoria pasaba esos días tan señalados en el pueblo con sus padres.

–¡Mira papá! ¡Mira mamá! Esta señora es la hermana de mi señorita de Málaga, y él su esposo –dijo Victoria como presentación.

Una vez hechos los honores a los recién llegados, la "Falica", como mujer agradecida y digna que era, salió sigilosamente de su humilde casa, pues ella tenía la arraigada costumbre de obsequiar a todo forastero que pisase su casa comprándoles, en la confitería, que aunque siendo la única del pueblo, era muy conocida por la excelencia de sus roscos "Carreros", una cajita del preciado dulce y un kilo de los no menos famosos garbanzos, gordos y tiernos de cochura en la tienda de Juanico el "Garbancero", como apodaban al popular comerciante, y que tan buena fama culinaria proporcionaban a las altas y frías tierras alfarnateñas.

De la casa de los Tapia no salía ningún forastero que los visitase, señorito o pobretón, -eso no le importaba demasiado- sin roscos "Carreros" y garbanzos, porque eran "las mejores banderas del lugar", decía la "Falica" orgullosa. Aunque el dispendio supusiese que los suyos tuviesen que pasar días, enteros, a gazpachos con sopas y migas viudas. Ella era así de agradecida y obsequiosa, y los primos malagueños de estos señoritos se portaban muy bien con "Vitorilla", su niña chiquita.

A su vez, Gracita, antes de abandonar el precioso pueblo fronterizo de la luminosa Axarquía, se proveyó de todos los productos comestibles locales que cupieron en su moderno coche de ballestas bajas, tirado por dos poderosos caballos bretones, a los que el hijo mayor de la casa les había echado dos almudes de cebada, de la que tenían atrojada para la burra, y dos cubos de agua fresca, acarreada por sus hermanillos desde la fuente.

Lo más sorprendente que les ocurrió aquél memorable día fue que, al entrar en la última taberna del pueblo para que su marido tomara una maquinilla exprés de café, aderezado con tres gotitas de ron negro como era su costumbre, observaron en la repisa frontal del espejo una botella que reconocieron de inmediato, a pesar de las cagadas de moscas y el hollín del humazo tabacuno de tantos de años de exhibición. La botella era de un delicioso licor, subidillo de graduación, eso sí, que hacía años se fabricaba en Archidona, pero que dejaron de destilar el día en que el autor de la fórmula secreta se la llevó con él a la tumba.

Desde hacía años los cazadores de la comarca habían adquirido la costumbre de quitarse la escarcha del sombrero, en los puestos de caza al "alba" con reclamo de perdiz, a base de morterillos tirados al coleto o tragos directos de la botella, del elixir estomacal "El Cazador", como pomposamente titulaba la etiqueta de color verde y letras blancas con un ramo de tomillo y matagallos como orla. Y, por atrás en un pequeño rotulillo, se añadía: "Especial para matar el gusanillo."

No pudieron tomar el arrecife carretero de largo sin haber comprado dos panes caseros amasados a puño en una venta aledaña, que en aquellas horas desprendía por su panzona chimenea un olor que invitaba a echar el freno delante de su gran portón azul cobalto. Y una caja de aceitaos, y otra de mantecados alargados, de esos que tenían en lo alto del lomillo "escritos" con claras de huevo batidas, canela y azúcar tostada, y...

En los pueblos, ya se sabe, hay costumbres ancestrales ciertamente extrañas que casi nadie se ha detenido a analizar despacio, esto quizá ocurra porque los antropólogos escasean y las "cosas del pueblo" abundan.

En uno, por ejemplo, lanzan pavas desde lo más alto del campanario de la iglesia. En otro se apedrean con tomates maduros durante todo un día. No recordamos donde, los chavales se esfuerzan capturando lagartos para hacerles fumar cigarros. Pero en varios pueblos de la comarca la costumbre más significativa era bastante más romántica y civilizada. Consistía en que el mozo que pretendía los amores de una mozuela debía orinar, lo más insistentemente posible, en la esquina más próxima a la casa de su idealizado amor. La evidente señal marcaba el ardor amatorio, a la vez que señalaba inequívocamente a la pretendida, sin lugar a dudas.

Entrando en cierta edad, las casaderas que no encontrasen una generosa micción en la esquina de su casa, a lógica altura para que no fuese confundida con la de perro, o el bajante del canalón, en caso de no haber esquina a prudente distancia, podrían caer en un estado melancólico de difícil solución. A eso achacaba José el "Cachorro" la tristeza que súbitamente se apoderó de Victoria, en aquellos días. Aunque en su fuero interno sabía que su hija, tan pizpireta y juguetona aunque ya con cuerpo de mujer, no tenía suficiente edad como para que la esquina de su casa hiciese aún labores de mingitorio amoroso. ¡Y de eso sabía él un rato!

El 24 de diciembre, José, muy preocupado por su hija, decidió por fin "cojer el toro por los cuernos". «Vamos a ver "Victorilla". Gracias a Dios este año tenemos comida, y los mocitos del pueblo tienen la esquina de la casa hecha unos zorros por las meadas que echan. ¿Se puede saber que te pasa?»

Sin mediar palabra, un torrente de lágrimas inundaron los turgentes mofletes de la guapa mujercilla rodando hasta la comisura de los labios. Se acercó al hombro de su padre y sirviéndose de él como una reconfortante almohada, permaneció así hasta que los intensos hipidos se aminoraron.

–¡Papá, papá!. ¿Porqué nosotros tenemos tanto de todo y esos pobres que hay alojados en el cobertizo de la ermita no tienen ni agua para lavarse? ¡Dímelo, papá… Dímelo…!" No pudo seguir, la voz se le quebró y las lágrimas empaparon esta vez la blusa para los días de fiesta que estrenaba su padre.

–¡Puñeta! Si tú eres la alegría de nuestra casa y contigo ha venido la felicidad. Si para que seas feliz necesitamos traer por algunos días a esa gente, que se vengan y compartiremos lo que tenemos –dijo el "Cachorro" sin meditarlo ni preguntarle siquiera a su "parienta", pues como veterano curtido en desgracias y jornalero que era, echó mano de la solidaridad, que era la única arma efectiva contra una miseria que conocía de cerca.

Victoria, aún muchos después y siendo ya abuela, le recordaba aquellos días jubilosos en que se sintió por primera vez, en su vida adulta, útil a los demás, pues consiguió limpiarle los churretes de la cara a uno y lavarle las manos antes de comer a otro de sus nuevos amigos. Y hasta les enseñó a cantar villancicos picarones dedicados a "San José Bendito", que ella había aprendido de sus hermanos mayores.

LAS MISIVAS DE RICARDO

Antonia María Rodríguez Rogel

Las cartas de Ricardo Peris llegaban con una periodicidad inquietante, como una nube negra que trae el rumor de una tempestad. En las últimas, había iniciado la costumbre de intimidar a Dolores y de amenazar a Manuel, a quien consideraba culpable de que su antigua novia no quisiera reanudar aquella historia que no pudo ser desde el principio.

Una de aquellas cartas cayó en manos del médico, que montó en cólera al leer determinados improperios referidos a su novia y se dispuso a ir en busca del registrador a, en palabras de Manuel: «A partirle la cara y a hacer que se tragara sus palabras.» Entre María Dolores y su madre consiguieron aplacar su enojo recordándole que su respetable condición de médico y su estatus familiar eran impropios del escándalo que suponía buscar al registrador para agredirlo pues, al fin y al cabo, no era más que un hombre con el corazón en carne viva por una rabia y unos celos que lo llevaban al desequilibrio y lo sumergían en la desgracia.

Palomero lo entendió y una vez calmado, Dolores Sánchez-Lafuente le dijo a su hija que se guardara mucho de Ricardo, que los celos eran muy malos, y procurara que Manuel no se enterara de ciertas cosas porque las peleas entre hombres podían ser muy peligrosas.

Siguiendo ese consejo, cuando unos días después llegó una nueva carta de Ricardo, María Dolores la ocultó celosamente. En aquella disparatada carta el registrador había cambiado radicalmente el tono de la misiva y volvía a las formas de los primeros tiempos. La llamaba Lolita y le proponía huir, marcharse los dos juntos al Norte, la tierra donde ella había pasado bastantes años bajo los soportales de la lluvia y donde él prometía tenerla como a una reina. La invitaba a marcharse con él en busca de lo que para ella ahora era sólo nostalgia; los verdes prados y el mar grandioso transmutado en océano; el paisaje de los felices veranos de la infancia, lejos de los rigores y del ambiente cerrado de Archidona. Ricardo Peris pensaba que María Dolores no sabría resistir aquella tendencia a añorar los parajes de su niñez y caería en la tentación de aceptar su descabellada propuesta, pero la joven no llegó ni a responderle. Se limitó a hablar del tema con su madre que volvió a recomendarle mucha prudencia en aquel desventurado asunto y mucha precaución respecto a Peris, aquel perseguidor inmune a las negativas y que no cejaba en su empeño de recuperar como fuese el amor de la muchacha y que era como una presencia brumosa en el horizonte de unas vidas, rebosantes de esperanza.

Despechado por el silencio de la joven, Peris volvió de nuevo a las intimidaciones y las amenazas con un renovado énfasis como un lobo que aúlla en la noche esparciendo escalofríos en todas direcciones. Era incapaz de asumir la derrota o de levantar su crepuscular estrella y, atrapado en ese fracaso, descendía a los aledaños del infierno proyectando a su alrededor destellos de inquietud y odio

Aquel día, pensando al contraluz del atardecer en los ecos distorsionados de la última carta del registrador, María Dolores comprendió que solo el amor de Manuel la libraba de la tristeza y le hacía escapar de sí misma, por encima de las circunstancias, a un lugar donde no acechaba la impronta de la discordia, ni residía la indignidad de los celos o la obsesión enfermiza por la posesión. Sólo el amor de Manuel la salvaba de los renegridos espacios en los que trataba de sumergirla Ricardo.

A sus espaldas, la clara luz de junio hería el blanco impoluto de la cal del patio y lo dispersaba en una corporeidad blanca y deslumbrante que molestaba en los ojos.

LA BODA

Antonia María Rodríguez Rogel

La boda de Manuel y María Dolores se celebró un sábado del mes de agosto y a la ceremonia religiosa fue seguida, cuando pasaron los calores del día, por de un ágape nupcial que se celebró en el cortijo de los padres de Manuel.

En las paredes del patio delantero del cortijo, los caseros habían colocado macetas y faroles de aceite cuyo reflejo acariciaba los cristales de las ventanas que rodeaban el recinto en el que los novios y sus invitados bailaron hasta el amanecer al son melancólico de un acordeón. Allí, en medio del insomnio que guarda el campo en los veranos, entre el sonido metálico de los grillos y el perfume de los jazmines que llegaba desde los arriates del fondo Manuel y María Dolores sintieron que la magia de la noche y el resplandor de las estrellas dormidas abrían en su carne rubores de sangre y les invitaban a soñar en su seno. Por encima del campo, como un insomne pasajero, pasaba el mes de agosto rozando con su tibia brisa el perfume agreste de los olivos cuajados de frutos verdes y recibiendo impasible la melodía que desplegaban las notas decadentes de un vals traídas y llevadas por la brisa. Más cerca del patio, bajo la tenue luz que presagiaba el alba, un pájaro entonó su desnudo canto hasta el amanecer y, con la llegada de la aurora, cuando ya el sueño deambulada por los patios y el cansancio fustigaba las piernas, los novios se retiraron entre vivas y besos poniendo broche final a tan feliz día.

María Dolores tenía además otro motivo para ser feliz ya que, por aquellos días, inesperadamente, Ricardo Peris se había casado con una bella mujer de su tierra. Esta boda le devolvía la tranquilidad al hacerle concebir la esperanza de que su antiguo novio hubiera renunciado definitivamente a irrumpir en su vida con cartas de reproches y amenazas. Además de la tranquilidad que le había aportado la noticia, se sentía confortada de que el registrador hubiera encontrado también la felicidad pues su corazón era tan generoso como para dejar que el rencor pasara por su lado sin rozarla e incluso para alegrarse de que, al fin, encontrara la dicha aquel hombre en cuyos ojos se había mirado en otro tiempo.

Pensaba la joven que, gracias al matrimonio de Ricardo, el olvido desplegaría sus alas sobre ellos hasta dejar tan solo restos del temporal devueltos ya a la calma o un vago recuerdo de fragmentos desafortunados zurcidos en los recovecos de la memoria en la que ya empezaba a desdibujarse aquella sombra que los había perseguido durante tanto tiempo. La bella valenciana, de la que le habían hablado algunos conocidos, probablemente conseguiría el milagro de que Ricardo, atrapado en su ámbito, se olvidara para siempre de Manuel y de ella.

Eso era al menos lo que empezó a dejar entrever el paso de los días, de los meses y hasta de los años y esta época de tregua y sosiego fue la más feliz de sus vidas. Peris parecía haber encontrado la dicha en su matrimonio mientras María Dolores y Manuel paseaban tranquilamente por las calles, bajo los cielos azules y rosados del verano o en las tardes grises del otoño, siempre cogidos del brazo con un mimo de recién casados. En este tiempo afianzaron su amor y les nació un hijo que acabó de colmar su alegría. Un nuevo rumor de latidos acordes para inundar de ternura los pasadizos que se abrían en sus vidas y otro ser en el que reposar amorosamente su mirada. Sus sueños brillaban con fulgor de primaveras porque la fortuna se había posado sobre sus vidas y les sonreía.

EL REGRESO DE VICTORIA

Miguel García Peña

Victoria, la "Cachorra", de vuelta a Málaga se encontró con algunos cambios en los trabajos domésticos de la casa. Hasta entonces los recados los hacía la cocinera de antaño, la "Pimpina", pero ya estaba un poco torpe y preferían que no acarreara mucho peso. Al principio salían las dos, aunque al poco tiempo era Victoria la que se encargaba sola de esas labores. Recordaba entonces cuando recién llegada de Alfarnate, con sólo 12 años, salió y se volvió asustada llorando. Enseguida una señora le preguntó que le había pasado. «En el portal de enfrente hay un hombre con una capa, que me mira muy fijo y no retira la vista de mí, me da miedo». Entonces la señora la acompañó y le preguntó:

–¿Dónde está ese hombre?

–Allí, mírelo, que descarado, sigue mirándome igual.

–¿Dónde?

–¿Es que usted no lo ve? Pos a bien que no es grande.

Y señalando hacia la sastrería, casi con los ojos cerrados, la señora se dio cuenta que aquel hombre no era mas que un maniquí con una capa y un sombrero. Llevó a la niña a que lo tocara y se desengañara, y riendo volvieron las dos, después de hacer juntas los mandados.

Otra anécdota de aquella familia, que contaba Victoria a sus nietos, era las gracias que hacía el señorito Ricardito, uno de los niños que ella cuidaba. Era la víspera de Navidad, previo a sus vacaciones en el pueblo, cuando repartieron los aguinaldos al servicio, los padres mandaban todos los años a Ricardito para que se los diera en mano a cada uno, y como era muy guasón, fue a la cocina y delante de la "Pimpina" llamó a Victoria y le dijo: «Toma, para ti diez reales de aguinaldo y a la "Pimpina" sólo cuatro, porque los viejos ya sólo sirven para el guano» la cocinera montó en cólera y le dijo «Señorito sinvergüenza métase los cuatro reales donde le quepan» y por lo visto tuvo que intervenir la hermanastra, la madre y el padre del pequeño, dando grandes carcajadas y diciéndole a la "Pimpina" que sólo era una broma y que se lo habían dicho ellos para escucharla protestar. A pesar de los esfuerzos, no quedando tranquila, buscó a Victoria y le preguntó:

–¿Cuánto aguinaldo te han dado a ti?

–Una peseta, como a usted.

–Claro, tú que vas a decir –le dijo refunfuñando.

La verdad es que la tenían como de la familia y aunque cada día estaba más torpe intentaban que pudiera seguir con ellos el mayor tiempo posible.

Para seguir contando las anécdotas de los primeros tiempos de Victoria en Málaga, no podemos pasar por alto su primera vez en la sala de un teatro, fue un acontecimiento especial. Se encontraba en el cine y estaban todos los espectadores viendo una película, lógicamente muda, pero con una buena música de acompañamiento, de repente se ve venir un tren a lo lejos que se acerca más y más, parecía que se iba a salir de la pantalla, Victoria que lo veía por primera vez suelta un grito diciendo: «¡Nos va a matar a todos!». Cortaron la película y vino el encargado.

FELIPE COMPRÓ UN CORTIJO

José Santiago González Aguilera

El joven Felipe Fernández era amigo de sus amigos, siempre estaba para servir a todo el que le pidiese algo. Simpático y agradable, procedía de una familia muy humilde. Su padre era jornalero y solía coincidir en muchas ocasiones con Pepe el "Cachorro" como compañero de trabajo. Su madre, mujer de un profundo sentir religioso, supo inculcar en los corazones de su familia, el amor a Dios. Era cauce de encuentro y orgullo de su casa.

Felipe había regresado de la mili aquella misma tarde. Su familia brillaba de alegría, desbordaba felicidad. Se fue niño y volvió todo un hombre. Plasmaba ilusiones, y sabía contagiarlas.

Sin embargo, algo misterioso ocurría. No era la misma persona que un día tuvo que salir de su hogar para cumplir aquel servicio militar del que su familia no le pudo librar. Algo daba a entender que se acercaban cambios. No se sabía bien en que consistía, pero su rostro reflejaba un no sé qué. Un resplandor especial se expandía de su mirada. Era algo positivo, quizás sí, pero no estaba claro qué es lo que sucedía.

Todo estaba envuelto en risas y satisfacción. Un sonido melodioso resultante de la estimulación que manifestaba desde el interior de su esencia inmortal y que emanaba durante toda la noche hasta las primeras luces del siguiente día. Un amanecer que se estaba abriendo por un nuevo sol, preludio de su siguiente e inmediata vida.

Unas horas después, en pleno día, Felipe se dirigió hacia Archidona y buscó el Registro de la Propiedad. Se presentó ante Ricardo Peris y le entregó la escritura de compra de unas tierras. Éste fue el momento en el que se iniciaba para ambos la creación de una nueva amistad y de una despedida que al estrecharse las manos cerraba la aceptación por parte de Peris, de una próxima visita a la adquisición de Fernández.

EL DINERO PARA EL CORTIJO

Miguel Garrido Herrera

Felipe salió del registro contento, sentía algo con lo que había soñado toda su vida, ser cortijero, o mejor dicho, ser propietario de un cortijo, pues ya era cortijero y con papeles o escritura, en la que decía que él era el propietario y su cortijo estaba en el término de Archidona. Precisamente el pueblo que según decía él con frecuencia, era el pueblo más bonito de toda la provincia de Málaga, cuando hablaba con alguien de su pueblo, decía «Pero tú has visto otro pueblo mejor situado que Archidona, solo tienes que ponerte en Santo Cristo, y mirar así a la Vega, para ver que su situación es al sol saliente y no me dirás, que la vista es fea cuando se puede ver hasta Antequera».

Felipe era un hombre joven, que ya estaba licenciado, y tenía la palabra de don Ricardo Peris, que en breve podía llegarse otra vez pero ya no tenía que firmar nada, sólo subiría aquellas escaleras tan limpias de mármol blanco, para darle la mano a don Ricardo al que Felipe ya consideraba casi su amigo, guardando las distancias, pues él era un hombre de campo lo mismo que su padre. Pero don Ricardo era un señor de carrera y eso, lo mismo antes que ahora, las personas sensatas lo saben, lo respetan y lo entienden. Como Felipe estaba en el mundo, él respetaba a su posible amigo, si es que de verdad don Ricardo cumplía lo prometido y se llegaba a ver su cortijo y a tomarse un café con él y su familia.

Con ese pensamiento y casi hablando solo llegó a la posada de "La Corona" situada en el Paseo, que tan bonitos y verdes tenía sus árboles. Felipe, le pagó a Manolo la cebada que se había comido su caballo, le quitó la martaguilla, le puso el bocado, el ropón y le tiró al lomo la montura. Le apretó bien la correa de la cincha. Se acordó que un día su hermana dejó la cincha floja y al ponerle ella el pie en el estribo, se cayó de cabeza por el otro lado, con el consiguiente porrazo y espantada del caballo, que tardó toda la tarde en poder recuperarlo.

Felipe salió de la cuadra con la sonrisa en los labios, se montó en su caballo de bonita estampa y de color negro azabache, y le picó con el tacón para tomar rumbo a su casa. Pasó por los Caños del Paseo, bajó de la silla y el caballo se inclinó para beber agua.

Mientras su caballo bebía a Felipe le dio tiempo de sacar la petaca y liarse un cigarro, lo encendió y se dirigió a la iglesia de la Victoria pasando por la puerta de "La Cilla", para coger la dirección de la Estación de Salinas.

Pero al pasar por la puerta de la barbería del Paseo, que estaba donde antes lo tenía don Manuel, Felipe amarró su caballo a la reja de la ventana y pasó al interior de la barbería. Se afeitó y se cortó el pelo. Pensó que como era un cortijero ya podía llegarse al pueblo de vez en cuando o todos los días.

Felipe llegó a la conclusión de que había cambiado el gorro militar por una clásica gorra, para que le quitara el sol en el campo, pero terminaba de darse cuenta que después del corte de pelo se la había quedado grande, así que se dijo: «Bueno, cuando llegue a mi cortijo me pondré el sombrero de paño color ceniza, que ese seguro que sí me estará bien».

Felipe recordó mientras lo afeitaba aquel señor, que alguien le había contado que aquel barbero, se gastaba menos que Tarzán en zapatos, ya que subía y bajaba por la noche las escaleras de su casa, gastando una sola cerilla. Y además tenía todo el día a los aprendices de la barbería recogiendo del suelo la cerilla que los clientes gastaban, y que cuando tenía que subir por la noche a la cámara, encendía una cerilla en el primer escalón y cuando ya se estaba quemando los dedos, le arrimaba una de las cerillas ya gastadas.

Felipe pagó el servicio, desató su caballo de la reja de la barbería, se despidió de todos y arrimó su caballo a la citarilla del Paseo y dio un salto. El caballo con su dueño montado puso rumbo a los Molinillos, que era donde había comprado su primer cortijo.

El cortijo les gusto a todos porque tenía un buen río con cangrejos que pasaba muy cerca. También tenía una pequeña huerta. Decía Felipe que tenía la suficiente tierra como para que se entretuviera su padre y que podía dar frutas y verduras para el gasto de la casa y como no, también para algunos amigos, que como la cosa estaba mala nunca faltaba alguno merodeando y pidiendo o diciendo, que si algún día le hacía falta algunos jornales que contara con los amigos que para eso estaban.

El camino de los Molinillos, en el tiempo en que los hombres elegantes llevaban capas, era un camino por el que solo podían pasar cabras, pero su caballo se manejaba bien. También conocía las trochas y en pocos minutos estaba en los alrededores de la casa.

Cuando Felipe llegó, su madre estaba terminando de preparar la olla y su hermana Ramona salió a gritarle a su otro hermano para que soltara la yunta y se viniera a la casa para poder comer todos juntos. A su padre le gustaba ver a sus hijos reunidos en la mesa.

Tenemos que saber que en aquellos tiempos, los padres en las casas eran dioses, no se fumaba ni se bebía vino en las tabernas delante de él, y se le hablaba siempre de usted.

Santiago y su hermano, para soltar la yunta cuando estaban arando cerca de la casa, siempre esperaban a que su hermana los llamara para comer.

Su padre fue el que lo recibió, le ayudó con el caballo, tras lo cual los dos se sentaron en la mesa grande y cuadrada que tenía la casa en medio del salón. Felipe decía de la mesa, que la habían metido antes de hacer la puerta del cortijo, porque era demasiado grande, para poderla sacar o meter.

Su madre estaba pendiente a la olla, Ramona ponía las cucharas, no había mantel, no había tenedores, no había cuchillo, porque en aquel tiempo cada uno tenía su navaja.

Fue su padre el que le dijo a Felipe «Hijo siéntate aquí y cuéntame otra vez eso que nos dijiste ayer de la oportunidad que tuviste, a mi con la prisa no me quedó muy claro».

Felipe se sentó en la mesa mientras su padre escuchaba.

–Papá, el dinero que yo he traído de la mili y con el que hoy, gracias a Dios, tenemos este cortijito, es una historia muy larga de contar, o muy corta según se mire, o la queramos ver, porque hoy en día es fácil hacerse con dinero, pero lo que tienes que tener en esta vida es suerte papá, que fue lo que yo tuve. Papá te aseguro que yo nunca he robado nada a nadie.

–Hijo, eso fue lo primero que pensé cuando te vi sacar de la maleta aquellos billetes todos nuevos de mil pesetas, que tenías liados en "El Dígame" aquel periódico de toros.

–Papá, yo los lié en donde primero pillé. Tú te has

fijado mucho más que yo porque sabes hasta el título del periódico.

–Porque a mí de siempre me han gustado los toros. Hijo, yo una vez de cuando era joven hasta toreé en nuestra plaza, los arcos los tapábamos con carros, recuerdo que toreé un domingo de Ramos. Pero no nos desviemos que la olla ya está apunto de ponerla tu madre y no me has aclarado todavía nada, sigo sin enterarme.

–Mira papá, como tú sabes, las personas cuando sienten rumores o los tiros cerca, cogen miedo, algunos salen corriendo, con tanta prisa que hasta se dejan lo más imprescindible atrás, como es hoy y siempre el dinero. Te cuento; hace unos cuantos meses, cuando radio macuto decía que a mi promoción pronto nos licenciarían, salimos de maniobras al campo y yo me despisté porque perdí pie o tropecé, me caí y salí rodando por un barranco. Algunos compañeros me vieron y siguieron corriendo muertos de risa, de ver como me había caído y como rodaba por aquel pecho para abajo, pero cuando subía apoyándome en mi fusil, vi en la pronunciada pendiente una cueva, en la que yo como estoy delgado cabía bien. Entré para curiosear. Sentí a mis compañeros gritar mi apellido. Algunos me estaban buscando, pero como antes se habían reído de mí no quería salir. Solo asomé la cabeza, pero decidí esconderme y no responderle. Me adentré con un poco de susto, pero se me quitó de golpe cuando vi que salía del suelo un poquito de pleita nueva, tiré de ella y era un zurrón de pastor mediano, con algunos papeles y un montón de billetes, los mismos que hoy están escondidos en el bajo fondo que le he hecho al arca en donde mamá guarda su ropa. Papá, solo faltan los dos mil duros de la compra de esta casa, porque no le he pagado ni a don Ricardo la escritura. Le he dicho que le pagaré aquí cuando se llegue a tomar café y a ver nuestro cortijo. Parece un buen hombre y me ha dicho que se llegará. Papá, me parece que todavía quedan en el fondo del baúl unas ocho mis pesetas, pero eso no se lo cuentes tú a nadie, vaya que tengamos algún día un tropiezo. ¿Como lo ves, papá?

–Hijo, lo veo mal, porque imagínate tú como estará el hombre que lo haya enterrado en aquella cueva y vaya a recoger el zorros con su dinero. Para mí tenías que haberlo entregado

–Mira, papá, lo pensé pero ¿A quién se lo doy?, ¿Al sargento para que se quede con él?, ¿Lo reparto con mis compañeros que se habían reído de mí?, y si lo reparto entre todos seguro que no me queda a mi ni para comprarme una casucha en las cabezuelas. Papá, aquel dinero envuelto en papel no lo iba a dejar allí.

–Visto así y como están las cosas, para uno es algo.

–Bueno –dijo su madre. Ustedes dos, ¿Qué es lo que os traéis hoy entre manos?, ¿Qué es lo que tú no ves bien?.

–Nada. El caldo de olla que te ha salido algo oscuro.

–Eso es porque le he echado unas habitas verdes.

–Ramona, tráete el vino, ¡qué se nos enfría la olla!

–Mamá, usted se sienta, que yo ya termino de poner la mesa.

La familia calló. El padre de Felipe sacó su navaja y empezó a repartir rebanadas del pan, que algunos días antes, había hecho Ramona y su madre, las dos mujeres de la casa.

La comida, como en aquel tiempo en casi todas las casas, era sagrada. Todos estaban enseñados desde pequeños a que en la mesa no se podía uno reír ni hablar tonterías. El padre decía con frecuencia que la mesa se ponía para comer.

Pero fue Gregorio, el hermano menor de Felipe, el que rompió aquel sonido que hacían las cucharas al dar en el fondo de la fuente de olla, que su madre había puesto en medio de la mesa.

–Papá, hoy había pensado yo, que podía llegarme al pueblo para comprarme algo de ropa. El domingo vi en “Los Madrileños” una pelliza de las que yo he querido tener desde siempre.

–Pero Gregorio, si lo que se espera ya por aquí es calor.

–Bueno Papá, pero ya la tengo para el invierno que viene, que aquí tiene que apretar bien el frío.

Terminaron de comer y Felipe y su padre se metieron en el dormitorio. Felipe puso el baúl bocabajo y enseñó de dónde y cómo le podían dar el dinero para la pelliza que tanto le gustaba. Gregorio era el que había llevado casi todo el peso de la casa y todo el trabajo duro mientras él había estado defendiendo su Patria.

Los tres podían llevar de momento bien el cortijo. Uno araba, otro cavaba y su padre regaba la huerta y recogía la fruta que le pedían las mujeres cuando salía por la mañana de su casa con la azada al hombro.

Todo estaba bajo control, como los cinco eran ya mayores cada uno sabía su cometido y como lo que tenía que hacer.

La misión de Ramona era hacer las labores de la casa y lo que su madre le mandara. Además si hacía falta algo de la huerta y la tierra no estaba mojada podía recoger verduras.

Unos días más tarde, sobre las diez de la mañana más o menos, los dos hermanos estaban echando un cigarro debajo de un cerezo y vieron asomar por la vereda que tenían enfrente a uno con sombrero de paja que a lo lejos parecía que no tenía cabeza. Cuando estaba más cerca vieron de quién se trataba. Era el mismo don Ricardo, que se había puesto un sombrero tan grande que se le colaban hasta las orejas. Los tres no tuvieron más remedio que reírse, cuando Ricardo se quitó aquel sombrero y se lo puso a Gregorio que era algo bajito, y de verdad que parecía un muchacho sin cabeza.

Los dos hermanos dejaron el trabajo, Gregorio soltó la yunta y Felipe colgó su hazada en la cruz del cerezo. Los tres pusieron rumbo a la casa. De paso le fueron informando de las lindes y de los pensamientos que tenían.

–¡Papá, ven! ¡Que tenemos visita! –le gritó Ramona a su padre tal y como estaba acostumbrada a hacerlo.

–¿Quién es niña?

–Un señor del pueblo. Amigo de Felipe.

–Ya voy.

RICARDO VISITÓ A FELIPE

Miguel Garrido Herrera

Unos minutos después entró a su casa el padre de Felipe, disculpándose y sonriendo, pues se había metido en la acequia cuando volvía una torna y estaba de barro hasta las rodillas.

Los presentes no tuvieron más remedio que reírse, pues a pesar del respeto que todos le tenían, cuando a uno le pasa una cosa así o se cae, las personas que lo ven siempre se ríen.

Su mujer –medio en broma, medio en serio– después de decirle que estaba tonto y viejo, siguió diciéndole cosas mientras le daba otros pantalones de pana.

–Anda, sube y ponte éstos –le dijo señalándole las escaleras de la cámara.

–Papá, espera –le dijo Felipe. Mira, te presento a don Ricardo, que es el señor que nos está registrando la escritura en el pueblo.

Le dio la mano y muy tímidamente cogió los pantalones que su mujer le daba. Como ella veía que los presentes se reían, de ver la imagen que estaba dando su marido. Ella protestaba y miraba como estaba poniendo el suelo, con aquellos zapatos herrados llenos de barro, así que no paraba de meterse con él.

Mientras tanto, su hermana Ramona (como una mujer bien enseñada) ya estaba en lo suyo. Ante una persona de tanta categoría decidió sacar de la cómoda el mantel que su madre ponía en Nochebuena para cenar. También sacó una bandeja con mostachones y algunos pestiños, a los que le agregó miel para darle más buen ver, ya que eran los restos que todavía le quedaban de la Semana Santa.

Don Ricardo viendo el despliegue y la prisa que aquella muchacha se estaba dando en poner una bonita mesa, y trataba de llenarla con cosas buenas, pensó que todo era en su honor, pero calló y observó.

Cuando el cabeza de familia bajó ya estaba la mesa casi puesta. Se suponía que don Ricardo tenía que desayunar, porque la familia lo hacía siempre al clarear el día, y ya eran cerca de las 10 de la mañana, pero en honor de don Ricardo y por acompañarlo, todos repitieron, menos las mujeres que eran las encargadas de que en la mesa no faltara de nada.

El padre de Felipe fue el que primero dijo: «Venga don Ricardo, arrímese a la mesa, que esto que nos han puesto las mujeres lo tenemos que terminar.»

–Yo de verdad que os lo agradezco, pero ya he desayunado en mi casa. Mi mujer no me deja salir de casa con el estomago vacío.

–Buena mujer, así deben ser todas las mujeres. Al marido nunca se le desatiende, y su obligación es tenerlo siempre bien alimentado. Don Ricardo, si usted entra en su casa y su mujer está en casa de la vecina, es que cuando usted salió le dejó la cuerda demasiado larga. El sitio de la mujer es cerca de la chimenea o en la cocina.

–Si señor, lleva usted toda la razón. Yo cuando me levanto, mi mujer ya tiene puesto mi mollete y a su lado mi buena botellita de nuestro aceite de oliva. Pero, señora estos mostachones me están pidiendo a gritos que me los coma. Tienen una vista buenísima.

–Don Ricardo, coja usted, coja, coja –le dijo la dueña de la casa mientras le arrimaba la bandeja de mostachones.

–Gracias señora, cogeré uno.

–Tómese usted este cafecito que tiene leche de la "Lucera".

–¿Quién es la "Lucera"?.

–Don Ricardo, las cosas de mi madre. La "Lucera" es una de nuestras mejores cabras y mire usted que tenemos un rebaño en la que hay más de 30.

–Bueno venga de ahí. Probaré la leche de la "Lucera" y desayunaré otra vez, aunque sea sin mollete con aceite.

A modo de intelectual, prosiguió don Ricardo:

–¿Saben ustedes que el mollete es una pieza de pan blanda que nos llegó de los árabes?. Es en Andalucía donde es más popular junto con el aceite de oliva. Se dice que los molletes se conocieron en primer lugar aquí en Archidona. Nuestros molletes son los mejores y más buenos, porque los de Archidona los dejamos reposar más tiempo y nuestras mujeres le ponen más cariño.

Felipe se atrevió a decirle por primera vez después de haberlo estado escucharlo atentamente:

–Ricardo, ¡cuánto sabes!.

Toda su familia lo miró, pensando que Felipe era un atrevido pues había hablado a don Ricardo de tú.

–Mira Felipe, otra comida que es totalmente de los archidoneses es nuestra porra fría. Que como bien sabemos es lo que los hombres de campo comen al mediodía, que ellos mismos se preparan muy pronto, y que tiene un buen alimento. Pero nuestra porra también es la mejor a pesar de lo que ellos digan. Nosotros también en este laborioso y sabroso plato lo sabemos hacer los hombres. Nosotros aquí le ponemos migas de pan duro, aceite de oliva de primera, ajos, tomates, vinagre de nuestro vino, sal, huevos duros, taquitos de jamón o atún. Me sé también la preparación, de la porra que os la puedo decir de memoria.

–¿Sí? Don Ricardo –dijo la madre de Felipe.

–Sí señora y, como lo duda, se la voy a decir. Primero yo cuezo los huevos, luego pongo el pan en remojo, retiro las cortezas y las estrujo, pelo los tomates y los ajos, corto el jamón en taquitos, pico los huevos, machaco los ajos, luego los tomates con la sal en el mortero, después, lo machaco todo y poco a poco le voy añadiendo el aceite, luego el vinagre, lo pruebo para ver si está a mi gusto, lo paso del hornillo a la fuente, o al lebrillo si tienen que comer mucha gente. Y por último le pico por encima los huevos duros y le pongo los taquitos de jamón. Algunos también le pican un tomate, algo más entero en rodajas por encima.

–¡Señor Peris! Sí señor –exclamó la señora del cortijo–. Así es como se hace la porra archidonesa, y seguro que la persona que prueba la porra hecha de esa manera como usted nos ha contado nos dice que la porra archidonesa esta más buena que ninguna otra.

–Bueno familia –dijo Ricardo. Yo no he venido aquí para hablar de las recetas de la porra, yo he venido primero para ver vuestro bonito cortijo, y después para tirarme la mañana de pesca. A mi mujer le gustan los cangrejos, y por oídas sé, que cerca de aquí hasta se pueden coger con las manos.

–Sí, eso es verdad, pero no tanto. Mi hermano Gregorio algunas veces lo que hace es que le pone unos aretes con una lombriz y le amarra una cuerda y como el agua está tan clara cuando el cangrejo se engancha, mi hermano tira de la cuerda y lo saca del agua –le dijo Felipe a Ricardo cuando ya habían terminado de tomarse el café:

–Don Ricardo venga usted conmigo, que vamos a sacar del río una canasta de cangrejos para que se los coma su señora –le dijo Gregorio.

Los tres cogieron los preparos y pusieron rumbo al río. Los dos hermanos ensartaban las lombrices, Ricardo tiraba al agua los aretes y cuando los tiró todos, los tres se dedicaron a tirar de la cuerdas y cada arete traía uno o dos cangrejos. Cuando se acercó la hora de comer, Felipe escuchó que su hermana lo llamaba, se disculpó y se fue.

Cuando Felipe llegó a su casa, su madre le dijo lo que ella había pensado:

–Mira niño, ¿por qué no te llegas en un momento y cazas un par de conejos?. He pensado que como tenemos en la despensa tomates embotellados, podemos hacer hoy para comer una buena fritada de tomates con carne de conejo, que como este hombre es del pueblo, no comerá carne de conejo muy a menudo.

–Bien pensado mamá, voy a subir a la cámara por la escopeta.

Felipe tenía desde hacia tiempo una escopeta del 12 de un cañón, con la que tenía suerte y de vez en cuando, como por aquellos pericotales cerca del cortijo Pilatos había tantos conejos, le era fácil salir y traerse dos o tres en un momento.

Aquel día Felipe tuvo suerte y nada más entrar el la sierra del cortijo Pilatos, le tiró a un conejo y lo alcanzó. Pero su vecino Santiago y amigo o pretendiente de su hermana Ramona, al escuchar el disparo fue en su busca, liaron tabaco y Santiago Sotillos Rueda, que así se llamaba el pretendiente de la hermana de Felipe, aunque todavía no había hablado con su suegro, porque en ese tiempo eso de echarse una novia, era todo un ritual, que llevaba su tiempo, así que Felipe no sabía en el punto en que estaba el noviazgo de su hermana con su vecino y amigo Santi.

Felipe le contó lo que su madre había pensado para ponerle una comida buena y sabrosa a su invitado, al que el padre de Santi también conocía, por haberle hecho la escritura de su huertecita no hacía mucho. Santi y Felipe liaron los cigarros y se dispusieron a seguir a casa, pero Santi vio que cerca se movió algo. Con cuidado cogió una piedra y le hizo señas a su amigo para que se estuviera muy quieto. Dio unos pasos y tiró la piedra. Los dos escucharon algo chillar. Era una liebre, que pretendía dormir un rato. Pero Santi tenía tanta puntería que donde ponía el ojo ponía la piedra.

–Santi, mi hermana me había comentado, que tenías mucha puntería, pero no tanta como para matar un liebre en su cama, ¿no?.

–Eso te lo diría porque el domingo ella salió de tu casa, para coger cosas del huerto y de regreso, en lo alto de un olivo, se paró una tórtola y le pregunté: «Ramona, ¿te comerías esa tórtola frita esta noche para cenar?». Ella se echo a reír y me dijo: «¿Cómo que la tórtola esa está tan tonta para dejarse coger?» y le contesté: «No tiene que estar tonta, sino que esta piedra vuela más rápida que ella». Tuve mucha suerte y la maté de una pedrada. Tu hermana no se lo podía creer, y tal vez por eso te comentó lo de mi puntería tirando piedras, pero no creas, muchas veces también fallo.

Felipe se despidió de Santi y en el camino a su cortijo y cerca de Pilatos, de unas matas le salió otro conejo que también echó al zurrón.

Ricardo Peris Mercier terminó bien el día. Desayunó dos veces, comió olla con una buena pringada, tomates fritos con conejo y liebre. Al final la madre de Felipe discutió con él porque ella decía que don Ricardo había comido poco y con fatiga.

–Ricardo, no contradiga a mi madre, es verdad esta comiendo con fatiga.

–No Felipe, estoy bien pero es que ya no puedo más, con lo buena que está la comida que nos ha preparado tu madre.

–Y mi Ramona, que el que se la lleve se va a llevar una buena mujer y de su casa.

–Felipe, que me estás poniendo colorada.

Todos sonrieron y después de que Ramona sirviera la cebada tostada (que era lo que había) dieron por terminada la suculenta comida.

Ricardo se despidió de la familia de Felipe repitiendo varias veces las gracias por haber pasado un día tan bueno y tan completo con todos ellos.

Felipe acompañó a Ricardo hasta la vereda que podía llevarlo al pueblo, ya que en las pocas horas según decía, había pescado una espuerta, llena de cangrejos y la madre de Felipe le había metido también en la espuerta el último conejo que había matado Felipe. Los dos amigos al despedirse quedaron, en que una tarde en el pueblo se tomarían unas latillas de vino juntos y de paso Felipe recogería la escritura de propiedad de su cortijo en la zona de los Molinillos.

LA HERMANA DE FELIPE, CON NOVIO

Miguel Garrido Herrera

Por fin, una Nochebuena y con un frío que pelaba, al padre de Ramona, momentos antes de sentarse a cenar, le dio ganas de hacer pis, salió a la puerta y en la esquina del cortijo, cerca de el muladar donde él siempre iba a hacerlo todo, sorprendió a su hija hablando con el hijo de su vecino del cortijo. Primero se asustó, luego su hija le dijo:

–Papá, ya voy, estoy hablando con Santi.

–Hola jovencito, entra en el cortijo, que los muchachos te quieren convidar.

Los dos entraron. Santi no se lo creía. Pensó mientras caminaba detrás de su novia, que aquella Nochebuena la recordaría siempre, sobre todo por lo fácil que le había sido hablar con su suegro, para pedirle permiso para entrar en casa para cortejar a Ramona.

–Vaya hombre, por fin ya podemos salir a fumar a la puerta del cortijo sin tener miedo de que ustedes nos veáis –gritaron todos al verlos.

–¡Mamá!, ¡mamá! Sal del cuarto y tráete del baúl otro plato, que está aquí Santi y hoy se quedará a cenar con nosotros.

–¿Quién es Santi?.

Cuando salió saludó tímidamente a su futuro yerno.

–Santi, ¡Feliz Navidad!. Y tu familia, ¿está bien?.

–Sí señora. Me están esperando para comer.

–Bueno, pero como tú eres joven, das un salto y te llegas a tu casa para decirle a tus padres que esta noche cenas aquí con nosotros. Vamos, si así lo queréis.

–Sí, sí me llego y le pido permiso a mis padres. Felipe, Gregorio, vengo volando.

–Niña, coge el candil, sube a la cámara y te traes el otro candil que hay colgado en la viga de la entrada.

–Mamá a mi me da susto. Está todo a oscuras.

Gregorio se levantó, cogió la escalera, y sin candil ni nada, en dos saltos estaba otra vez, sentado en la chimenea, tratando de tocar la zambomba. La madre de Felipe se puso a ponerle la torcida nueva y llenarlo de aceite. Ella no sabía hasta cuando iba a estar aquel candil encendido aquella noche, así que mientras Santi llegaba, Ramona le puso más aceite al otro candil. Para ellos, con los dos candiles a toda marcha y los dos con torcida nueva, bien podían estar toda la noche cantando y dando saltos, ya que a nadie podían molestar.

–¡Jesús, qué alumbrado está esto!. Ramona, tu casa esta noche parece una feria –dijo Santi nada más empujar la puerta y entrar.

Vio que su suegro ya estaba sentado en su sitio, en el trono, en la silla del patriarca, en su rincón preferente. Como los cuñados tenían ganas de fiesta, Gregorio le preguntó: «Santi, ¿tú sabes algo de lo que se venía diciendo estos días, de que esta noche hay una fiesta en el cortijo de Rosendo?»

–Algo de eso me han dicho, pero yo no le he puesto atención, yo no podía ir sólo y tu hermana tampoco tenía permiso.

–Bueno eso era antes, ahora ya no es lo mismo. ¿Verdad papá, que tú después de cenar y pegar aquí algunos saltos, nos dejarás a los cuatro que nos lleguemos un rato?

–¿Los cuatro? Eso es que contáis conmigo, ¿No? –dijo Felipe.

–Claro hombre tú eres el mayor y tienes que gastar cuidado de tus hermanos pequeños.

La madre de Ramona miraba callada a Santi y a su vez pensaba como sería ese tío «*¿Tendrá las manos muy largas? O será formalito con ella. Buena me la ha liado el niñato ese.*» Ella misma se preguntaba y se contestaba. *«Con el frío que hace, lo bien que lo voy ha pasar yo de carabina, guardando a los tortolitos estos. Mi marido tenía que haber meado en la cuadra, como todo el mundo. Mira que mi niña con novio.»*

–Mamá, hoy los tres te vamos a ayudar a poner la mesa.

–¿Qué?, yo puedo sola.

–No, esta Nochebuena dejaremos a mi hermana con su amorcito.

Ramona se levantó de la silla que tenía al lado de Santi y fue a pegarle a su hermano. Estaba avergonzada.

–Papá, mira el niño lo que me dice. Se está metiendo conmigo.

–Gregorio, deja a tu hermana tranquila, por lo menos hoy que es Nochebuena, ya le haces rabiar bastante durando todo el año.

–Santi, usted ha visto que mal se llevan los dos más pequeños.

–Sí, en mi casa pasa lo mismo, son jóvenes y por mucho que trabajen en el campo, siempre tienen ganas de decir o hacer alguna travesura.

Después de cenar y tomar de postre algunos dulces y mantecados, lo típico de estas fiestas, y como no, tomarse unas copillas de aguardiente de la garrafa que Felipe le había encargado al recovero y que le había traído unos días antes del pueblo, se dieron cuenta de que ya le faltaban unas cuantas copas, ya que por la mañana el padre de Felipe le había tirado un trinque.

La familia Fernández al completo, después de cantar algunas coplillas propias de la Nochebuena, felicitaron a sus padres y salieron de la casa en la dirección en la que ellos sabían que estaba la fiesta.

Ramona se cogió del brazo de sus hermanos se metió en medio de los dos y su novio Santi, iba detrás de los tres, con su cigarro en los labios, aunque en algunos tramos de la vereda, tenían que ir juntitos y en fila india. Pero Ramona en todos los casos siempre iba en medio de sus hermanos, no podía ponerse cerca de Santiago porque aquel noviazgo era todavía muy reciente para que la pareja de novios se pegara demasiado.

Más o menos eso fue lo que le encargó su padre y su madre a Felipe al salir de su casa.

–Sí. Por mí podéis ir, pero me tenéis que prometer los dos que gastaréis cuidado con vuestra hermana –le dijo su padre.

–Hijo, tú padre tiene razón, a este hombre nosotros lo conocemos todavía poco y no sabemos las intenciones que tiene con ella. Tú la conoces y sabes que es muy inocente –añadió su madre.

–No tengas miedo mamá. Yo estaré pendiente. Podéis dormir tranquilos.

Aquella noche lo pasaron los cuatro estupendamente, fueron bien recibidos por todos los presentes, sobre todo Felipe, que todas las mocitas de la fiesta querían sacarlo a bailar a la "Rueda" o a la "Maragata". A Gregorio lo recibieron también bien. Las niñas de su edad lo cogían de la mano para que saltara y corriera, por medio de todos los presentes, que cantaban y hacían palmas. Aunque en aquel tiempo todas las jovencitas y jóvenes parecían mayores, en especial las mujeres que desde muy jóvenes se les moría algún familiar y sus madres las vestían de negro y algunas hasta les ponían un pañuelo negro en la cabeza que nunca se quitaban, porque los lutos en la familia se sucedían unos tras otros y las pobres siempre estaban vestidas de negro.

En España se vivía mal, la talla media de los hombres, en aquel tiempo estaba en 1,60 y en las mujeres en 1,45. Más o menos. Había mucha miseria, piojos, sarna y todas las enfermedades imaginadas, o que puedan estar relacionadas con la porquería. Algunas personas no se lavaban, no tenían higiene personal, ni de la otra ya que la medicina estaba muy atrasada. Muchos morían jóvenes.

Pero la familia Fernández estaba pegando saltos en medio del salón de un cortijo vecino, al que ninguno fue invitado pero se decía aquello de "¡Como soy de campo aquí me zampo!".

Pero como casi siempre y con una mujer por el medio, pasó lo que tenía que pasar cuando uno tiene dos copas de más y no sabe beber. Sin venir a cuento, uno coge a otro del pecho y lo saca a rastras a la calle, lo pone de pie en lo alto del muladar, cerca de la puerta de entrada del cortijo, donde se echaba el estiércol cuando se sacaba la cuadra o se medio limpiaba y en donde toda la familia, cuando era de noche, hacían sus necesidades, porque si las tenían que hacer de día, las hacían en un rincón de la cuadra, que luego se tapaba bien con paja.

En aquel sitio, ya cerca de las dos de la madrugada, los dos medio borrachos, se dieron algunas tortas, rodaron y se revolcaron por el estiércol. Uno de ellos decía que a su novia no la miraba nadie de mala manera.

Las mujeres, asustadas, se aproximaron a la pared y los hombres salieron a tratar de separar a los camorristas.

La cosa quedó en nada. El dueño tenía tres hijas con edad de novio, tal vez por eso la fiesta se hizo en aquel cortijo. Como todos eran conocidos, aquel hombre no quería echar a nadie y menos en una noche como aquella, así que decidió despedirse de todos, apagar algunos candiles, bajarle la luz al quinqué y dar por terminada la fiesta.

Algunos meses después, el padre de Felipe, Gregorio y Ramona cayó enfermo, y como he comentado antes las personas fallecían a temprana edad, algunas sin saberse el por qué.

A la madre de Felipe, la muerte de su marido le cayó muy mal. Los dos discutían mucho pero a su vez no podía estar uno sin el otro. Ella, en unos días se puso muy torpe, no se acordaba de las cosas, decía que su marido la llamaba cuando estaba dormida y le decía, que se fuera con él. Pero cuando se despertaba por la mañana, ella creía que él ya se había ido a trabajar a huerta. Pero tenía ratos en los que estaba muy lúcida y cuando llegaba Santi a ver a su novia, ella se ponía su toquilla y se sentaba cerca de ellos, seguía haciendo de carabina. Pero repetía con frecuencia que ella se había quedado muy sola y lloraba. Tanto sintió aquella mujer la muerte de su marido, que un día le dio una parálisis y una semana después falleció. Se llevó con su marido 23 meses más o menos.

A los pocos días ya nadie sabía si Santi era el novio de Ramona o el marido, porque algunos días se quedaba con ella y dormía en la piquera o eso decía él, en cambio otros se iba a su casa.

Felipe estaba también mal en aquel cortijo. Se habían ido los pilares que sujetaban la estructura de aquella casa. Estaba triste, se encontraba desorientado en aquel lugar y trabajando aquellas tierras.

Así, malo, serio y triste, pasó Felipe unos cuantos meses, pero "Dios aprieta pero no ahoga", digo esto porque un día de los que Felipe estaba en el pueblo para comprar, se acercó para tomar unos vinos con su ya amigo Ricardo, que entre otras cosas le preguntó que si quería vender su cortijo.

–Ricardo, ¿por qué me preguntas eso?. Mi familia no vende, mi familia siempre compra. O por lo menos eso era lo que mi padre decía.

–Felipe, el otro día vino un tío que al parecer tiene dinero fresco y me encargó que te preguntara como cosa mía, que si tu venderías tu cortijo por el doble de lo que te costó, y como yo había escuchado lo que tú acabas de decir, le contesté: «Esa familia no vende, sólo compra», y lo que yo nunca esperaba era que me preguntase si estarías dispuesto si te diese el triple de dinero.

–Felipe, yo no contesté pero quedo en venir la semana que viene y a ese tío le gusta tu cortijo.

–Mi consejo es que lo pienses, lo consultes y me contestes pronto con lo que sea, antes de que ese pianillo del trabuco vuele.

–Bien siendo así y ya que mi padre no está para preguntarle se lo consúltate a mis hermanos.

Aquella noche Felipe y por primara vez, se sentó en el sillón y en el rincón donde siempre se había sentado su padre, puso una botella de vino en la mesa y le dijo a su hermana que pusiera tres vasos y si ella quería beber vino que pusiera cuatro.

–¿Qué pasa Felipe?. Me asustas. ¿Tú me has visto beber vino a mí alguna vez?.

–No, pero si quieres aquí somos todos iguales hoy, porque quiero exponer una cosa que nos atañe a los cuatro.

–Felipe, tu hermana tiene razón. A ti hoy te pasa algo, yo todavía no soy de la familia. ¿por qué me metes?. Vale con lo del vino, pero consultarme no.

–Venga ya Santi, tú eres de la familia desde hace ya más de 10 años. Ahora me sales con esas.

–Bueno yo no lo veo así, pero venga dispara, habla que te escuchamos.

–Ramona ven. Deja un momento de cocinar y escucha esto, que nos interesa a todos.

–Esta tarde he visto a Ricardo y me ha dicho que hay un señor del Trabuco al que le gusta este cortijo.

–Y, ¿cuánto paga por él?

–Calla Gregorio. Santi, ¿Tú que dices? ¿Vendemos o no vendemos?

–Yo te he dicho que todavía hasta que no me case no soy de la familia pero, como tú dices que sí, yo te preguntaría lo mismo que Gregorio. ¿Cuánto paga?

–Ese tío por lo menos nos triplica lo que nosotros pagamos por él.

–Entonces estamos hablando de otra cosa.

–Por mí, vende.

–¿Y tú, Ramona?.

–Yo también vendo

–Y tú, Santi.

–Yo lo que diga tu hermana, pero si vendes te tendrás que ir, y ¿Dónde os iréis? o ¿Nos iremos?

–Buena pregunta. Mira Santi, si vendemos pronto y ese tío nos paga pronto, con el dinero que nos dé le podemos comprar al "Niño Sabio" el cortijo que le dejó su padre en La Vega, que me ha dicho Ricardo que lo vende, si se lo pagan bien o incluso regular.

–Felipe, el cortijo que tiene el "Sabio" en la Vega, es un buen cortijo y muchas fanegas de buena tierra.

—Por eso lo compramos, porque para chanclas mejor descalzos.

Vendieron su cortijo de Las Lagunillas en presencia de don Ricardo Peris Mercier. Que uno por un lado y otro por otro y entre vasos de vino y tapitas de chorizo y salchichón, hecho de la matanza del pueblo, le sacaron el pianillo aquel del Trabuco, cuatro veces más dinero que le había costado a Felipe el cortijo cuando llegó Archidona licenciado.

Después compraron el cortijo de la Vega y como a Felipe le sobró algún dinero, se lo dio a su hermana Ramona para la boda con su novio Santi, el que había tenido desde siempre, o el que ella había conocido desde siempre.

FELIPE SE TRASLADA

José Santiago González Aguilera

Cuando Felipe tomó las tierras que había adquirido, toda la familia Fernández decidió trasladar su domicilio al cortijo de la finca, en plena Vega de Archidona. Dos carros y un día hicieron falta para transportar las pertenencias.

Cuando llegaron a la nueva casa sus caras se iluminaron con una luz de esperanza. Un portón de madera de más de tres metros de alto, de color verde, daba acceso a un patio central. Desde aquí se podían contemplar cuatro puertas de doble hoja que daban acceso a diversas viviendas. Un pozo, parras a los lados, macetas colgadas en la pared blanca, suelo empedrado.

Entraron en una de las casas. Te recibía un amplio salón, con una chimenea inmensa. A la derecha la cocina. Tras de sí se podía contemplar una escalera de gran baranda de madera. Una vez ascendías por aquellos peldaños podías observar que se te brindaban cinco habitaciones amplias. Con unos muebles -que aunque necesitaban algún que otro repaso- cubrían ampliamente los espacios que deseaban ocupar.

De regreso al patio, acariciados por la música que especialmente le parecían dedicar los pajarillos que revoloteaban por los contornos, Ramona comenzó a tararear una melodía acompasada por una brisa azulada.

Felipe se dirigió a las cuadras. Dejó su caballo junto al pesebre lleno de paja y éste le devolvió una agradecida y tierna mirada. Sin palabras ambos se entendían a la perfección.

RICARDO FRECUENTABA EL CASINO

María Córdoba Gil

A Ricardo la realidad de perder a Dolores se le hacía cada vez más insoportable. Decidió volver por un tiempo a su tierra. El olor de azahar le impregnó; se sintió más tranquilo, más seguro al volver a sus raíces. Allí conoció a una joven de belleza singular. De tez muy blanca y ojos verdes rasgados. Tenía en su mirada la nostalgia del Mediterráneo.

Pasaron los días, los meses, y así comenzó una nueva vida al lado de esta mujer exquisita llamada Mercedes. Pero ni el arrullo del mar, ni la tersura de esa piel, ni el nacimiento de su hija Angélica lograban borrar de su recuerdo su gran amor.

Volvió al pueblo de donde había salido tres años atrás y se incorporó a su trabajo. Al volver se reencontró con sus amigos y se refugió en las tertulias del casino. Estas reuniones giraban en torno a la situación política que existía.

Una tarde fría cuando se dirigía a reunirse con sus amigos, vio venir a Dolores por la calle. Llevaba un velo de encaje fino sobre la cabeza, como si de una "Dolorosa" se tratara; su mirada era triste. La acompañaba una mujer y un niño pequeño cogido de la mano. Con tan sólo mirarla intuyó que ella no era feliz. La saludó quitándose el sombrero. Ella agachó la cabeza y siguió camino de la iglesia; las campanas anunciaban la hora de misa. Su primer impulso fue seguirla, pero comprendió que eso era un acto imprudente y siguió sus pasos hacia el casino. Este era un lugar frecuentado solamente por hombres de alto nivel social. Era un centro de tertulia y juego.

Aquella tarde en la entrada había un gran alboroto, por lo que preguntó por lo que ocurría y alguien le contestó: «Parece ser que por la sierra Umbral se ha visto al grupo de bandoleros de Pedro el "Chato" y se rumorea que hay un vecino del pueblo con ellos. Hay gente que está inquieta y otra contenta. ¡Veremos a ver lo que pasa!».

Ricardo se introdujo en el casino. Sus amigos Alejandro y Miguel lo estaban esperando sentados cerca de la chimenea en sendos sillones de cuero verde. Las paredes estaban tapizadas de color azul y las cortinas de terciopelo daban un aspecto de grandiosidad a la estancia.

Se acomodó al lado de sus amigos. Cerca de ellos había varias mesas con gente jugando a las cartas. En una de ellas estaba sentado uno de los caciques del pueblo. Ricardo lo miró con desprecio.

–Estos caciques dominan la voluntad de los campesinos, orientan las elecciones, compran votos, falsifican actos, coaccionan para conseguir sus objetivos. Lo normal es que estén surgiendo esos movimientos obreros. La realidad es que la situación política es tan inestable que cada vez aumenta más la miseria en Andalucía –le comentó a sus amigos

–No creas que va a ser fácil que los campesinos logren ningún objetivo. Ten en cuenta que son gente analfabeta y que lo único que les une es el hambre –añadió Alejandro.

–¡Pues esa es la unión más fuerte que pueden tener! No creo que haya mejor bandera que defender que sus hijos no mueran de hambre –respondió Miguel.

–Si yo estuviera en el lugar de ellos lo intentaría todo con tal de cambiar este estado de cosa –continuó Ricardo, que no se había dado cuenta de que iba subiendo el tono de su voz y que el grupo que estaban en la mesa cercana estaban prestando atención a todo lo que decían y de una forma particular a él porque no era la primera vez que expresaba esta opinión.

Cuando regresó a su casa, su mujer y su hija estaban esperándolo. Apenas sin palabras transcurrió la cena.

A él no se le iba la imagen de Dolores que se había adueñado de nuevo de su corazón, ante esto triste futuro les esperaba.

FELIPE EN EL CASINO

José Santiago González Aguilera

En una ocasión en la que Felipe pasaba por la puerta del casino, Ricardo salió a su encuentro y le invitó a entrar.

Peris le presentó a sus amigos y muy pronto comenzaron a charlar. Felipe les contó a todos como encontró aquel dinero y como al llegar a su pueblo, se dio cuenta de la falta de mano de obra campesina que existía, y de que hartos de esta situación el precio por las tierras había descendido fuertemente. De modo que, armado de todo valor se decidió a comprar una finca en Archidona. Los vendedores le dieron muchas facilidades, pues podía ir fraccionando el pago en varios años, según pudiese sacar en las cosechas.

Ricardo le advirtió que por las sierras cercanas existían grupos de bandoleros que atacaban a los dueños de los cortijos y que les robaban todo cuanto podían.

Felipe dijo que era valiente y que ya no tenía miedo a nada. Que lo que más le preocupaba era sacar a su familia de la pobreza. Sabía que tenían que trabajar mucho y correr con más riesgos que antes, pues tenían que hacer frente a los pagos comprometidos con la compra, intentando sacar buenas cosechas, luchando con cualquier adversidad climatológica que se presentase. Trabajar sin horarios, de día y de noche, era lo único que podría evitar una ruina.

ANTONIO, EMPLEADO DE FELIPE

María Córdoba Gil

Cuando Antonio, el hijo de Gracia salió corriendo en el entierro de su hermana, deambuló por el campo sin rumbo fijo. Estaba atardeciendo y muy cansado se sentó en una piedra con la vista perdida en el horizonte. A lo lejos vio un cortijo esbelto situado en lo alto de una loma. Se dirigió hacia allí, cuando estuvo cerca, observó que era una casa muy grande con muchas ventanas con rejas; tenía un gran patio empedrado rodeado de chumberas.

Un perro empezó a ladrar cuando lo vio acercarse, a él no le daban miedo los animales pero aquel día se sintió cohibido. A los ladridos del perro una mujer se asomó a la puerta. Era de mediana edad, de cara redonda poco agraciada y con el pelo recogido en un moño. Tres niños pequeños estaban enganchados a su falda, escondidos mirando al recién llegado. Un intenso aroma de pan recién hecho salía de la casa.

–Dios os guarde ¿sabe usted si hace falta gente para trabajar en el cortijo? –dijo Antonio.

–Dios te guarde. Pues no te puedo decir porque yo solo soy la casera. Pero sé que ahora han venido gañanes de lejos para la recogida de la aceituna. Le podemos preguntar al manijero cuando vuelva dentro de un rato –le contestó la mujer.

–¿Le importa que me refresque un poco y beba? –preguntó Antonio mirando al pozo hecho de piedras que estaba cerca de la puerta.

La mujer lo miró y le dio pena la cara de cansancio y

el dolor que reflejaban sus ojos color carbón; su pelo ensortijado le caía sobre la frente, mientras que sus manos descansaban en los bolsillos de unos pantalones de tela zurcidos por muchos lados. Llevaba una pelliza raída, con un brazalete de luto a la altura del antebrazo. Ella le contestó: que claro que no le importaba y que si quería un poco de pan con aceite. Él asintió con la cabeza. Los niños se pusieron a observarlo mientras que ella entraba en la casa y salía con un trozo de pan y un tazón de leche. Bebió y comió con rapidez.

Esperó un poco. El sol se había ocultado y las sombras comenzaban a invadirlo todo. Un grupo de hombres se fue aproximando; uno de ellos venia montado a caballo. Antonio se dirigió a él y le dijo:

–A la paz de Dios. Estoy buscando trabajo ¿ necesitáis a alguien? –le preguntó Antonio.

–Necesito a alguien para que cuide a los mulos de noche. Tendrías que dormir donde están ellos –le contestó el encargado mientras lo miraba.

Antonio aceptó, lo llevaron a la cuadra donde estaban los animales. Había un pesebre central con espacios a los dos lados; el suelo era muy pedregoso con mucha paja esparcida en él. Dos ventanas muy pequeñas daban un poco de ventilación. Al fondo junto a la paja y el grano estaba el sitio donde él dormiría. Le llamaban "la cama del pensaor", estaba hecha con vigas atravesadas, cañas y yeso. Cuando le dio de comer a los animales se derrumbó sobre el jergón de paja y cerrando los ojos intentó quedarse dormido, pero no podía. La imagen de su madre no se le iba de la cabeza.

Pasaron los días y los animales pasaron a ser sus compañeros de sueños y fatigas. Un día mientras que repartía el grano a los animales escuchó a dos gañanes decir: «Están cerca, se lo estaba diciendo el encargado al señorito.» Antonio les preguntó: «¿Qué ocurre?». Los otros bajaron la voz y le dijeron: «Parece que una partida de bandidos de la cuadrilla de "El chato" están muy cerca de aquí». Él se quedo muy pensativo y aquella noche tendido en aquél lecho duro tomó una determinación: *«Buscaría la forma de llegar a los contrabandistas y si lo aceptaban se uniría a ellos.»*

Madrugó. Cuando el gallo cantó ya estaba muy lejos.

Con mucho esfuerzo logró localizar a los contrabandistas y después de dar muchas explicaciones lo aceptaron como miembro de la banda.

Comenzó una forma de vida diferente y arriesgada. Sus miedos se habían acabado. Tan solo esperaba el momento de vengar a su hermana, a su familia, a todos los oprimidos que no habían tenido voluntad de revelarse y después lo que ocurriera le daba igual.

Comenzaba la cuenta atrás para el hombre que había destruido a su familia. Mientras tanto el saboreaba la libertada al lomo de su caballo esperando el momento de su venganza.

AMENAZAS Y DENUNCIA

Antonia María Rodríguez Rogel

Tres largos años duró para María Dolores el silencio de Peris, que se quebró el día en que la joven recibió una carta suya confesándole que su intento de olvidarla había sido un esfuerzo inútil y su boda un acontecimiento motivado por el despecho. A esta carta le siguieron otras cuyo tono obsesivo aumentaba progresivamente hasta desembocar en una proposición disparatada en la que quería que fuese su amante secreta. Sería una relación intensa pero tan discreta que nadie sabría nada y le prometía hacerla feliz y satisfacer todos sus deseos.

Acostumbrada a su mundo pacífico y feliz, María Dolores recibió esta carta con un escalofrío y, nerviosa por el sobresalto, la rompió en mil pedazos, incluso antes de acabar su lectura, para evitar que cayera en manos de su marido que, ofendido en su honor, podría experimentar sentimientos de revancha y todo ello derivar en un enfrentamiento entre los dos hombres. Realmente le preocupaba una nueva ofensiva de Peris y la consiguiente reacción de Manuel al que en alguna ocasión le había oído comentar que no estaba dispuesto a tolerar más intromisiones del registrador en sus vidas.

Pero un mes después, cuando Ricardo, visiblemente enojado por el silencio de ella, le envío una breve nota, Dolores sintió una especie de tránsito a la muerte y creyó necesario que su marido supiera inmediatamente el contenido de la carta, pasara después lo que pasara. Era una carta escrita con letra suelta y palabras rigurosas en la que le juraba solemnemente que, en la primera oportunidad que le deparase el destino, le pegaría un tiro en la cabeza a Manuel Palomero por ser el culpable de su desgracia y el motivo de que ella no aceptara en otro tiempo sus reiteradas propuestas de continuar la relación ni quisiera ser ahora su amante.

Ante semejante situación, Manuel Palomero lo comunicó a la Guardia Civil que le recomendó tomar ciertas precauciones e interrogó a Peris. Luego buscó en casa de sus padres un viejo revólver que había en un baúl para llevarlo en el bolsillo de su chaqueta cada vez que tuviera necesidad de salir a la calle.

–Sólo perdemos una vez la vida –le dijo el médico a su esposa sin miedo aparente, como asumiendo su destino, y luego le aseguró ser un experto cazador y que antes de que Peris tuviera tiempo de apuntarle a la cabeza ya tendría una bala metida en el cuerpo.

Pero ni la precaución del revólver ni el arrojo de Manuel le proporcionaban suficientes motivos para calmar su inquietud sino que más bien la intensificaban porque aquello podía ser, precisamente, la antesala de una tragedia. Angustiada e inquieta, las noches le imponían su insomnio, convirtiéndose para ella en universos de oscuridad y desvelo y los días eran un foco de inquietud desesperante. Entonces, con total sigilo, decidió escribirle a Ricardo para comunicarle el infierno en que había convertido su existencia y para pedirle que respetara la vida de su marido cuyo único pecado había sido enamorarse de ella. En esa misma carta le anunciaba su visita, un jueves a la diez de la mañana, en su despacho y allí se dirigió al salir de misa con apariencias de realizar una gestión.

Peris la recibió puntualmente y nada más verla, la miró de arriba abajo.

–Estás tan guapa como siempre, Lolita. Ni el tiempo ni los sufrimientos se atreven a erosionar tu belleza ni a apagar el brillo de tus ojos –le dijo con la nostalgia asomada a sus ojos.

En la mirada de Ricardo no había en esos momentos crueldad sino un efluvio de desvalimiento retocado por algunas pinceladas de tristeza. Pero Dolores ni siquiera reparó en ello atrapada en su preocupación y su miedo.

–He venido para que veas el estado en que me ha dejado tu terrible amenaza hacia Manuel –le dijo con una mirada que reflejaba un dolor de siglos.

En este momento se le cortó la voz y las lágrimas asomaron a sus ojos. Estuvo callada unos segundos y, luego, arrastrando en sus palabras el dolor de sus heridas, añadió

–También quiero que oigas de mi boca lo que ya te dije en la carta. No fue Manuel quien te robó mi amor, sino más bien se lo robaste tú a él durante cierto tiempo porque, años antes de conocerte, yo me había perdido en el callejón oscuro de sus ojos y él me había robado el sueño. De todos modos, no se puede intentar hacer retroceder al tiempo ni desenredar los días vividos. La vida de mi marido es parte de la mía y el sentimiento que me causas anunciando su muerte solo puede conseguir que me hunda en el abismo y la desgracia pero nunca que reviertan nuestras vidas.

Nuevamente el llanto inundó sus ojos mientras el registrador, tal vez impresionado, contemplaba en silencio como Lolita se enjugaba las lágrimas para luego añadir con la voz contaminada por el llanto.

–En nuestro caso es ya imposible reconciliar el pasado y el presente y si es verdad que todavía me quieres, como aseguras en tus cartas, déjame ser feliz con mi marido y seamos fieles a un destino que se empeñó en separarnos. Un destino que nos ha llevado por diferentes caminos y nosotros debemos asumir con entereza ese hecho. Tengo un marido y un hijo y tú tienes una esposa a la que deberías tratar de hacer feliz. No envenenes la vida de todos nosotros, ni olvides que no puedes recitar tu canción imposible sin causarnos daño. La vida es un sendero sin retorno y tú has de aprender a caminar por ella con la gallardía de aceptar lo que te vaya deparando el destino. Por favor, déjanos vivir y no tortures tu propia vida con recuerdos rescatados del fondo del tiempo. Es un tormento seguir amando de la misma manera aquello que perdimos definitivamente.

Cuando Dolores se quedó callada, Ricardo Peris parecía haber descendido de su altura de nube como si hubiera aparecido una luz en la neblina de su mente y sintiera, de alguna forma, el dolor de ella. Permaneció callado unos segundos y luego dijo, casi en un susurro.

–Lolita, Lolita... Qué fáciles son para ti las cosas. A mí me atropelló la vida el mismo día en que me abandonaste y no quiero tener guardado ese secreto en los sótanos de mi corazón. Desde entonces mi esperanza se rebela y te llevo clavada en mi recuerdo como si nunca te hubieras ido. Nada veo en el mundo que no tenga tu imagen. Mi dolor es un latido oculto pero está ahí y, aunque no lloro, me sumerjo en la maraña de mis recuerdos y se me llena la vida de maleza. Siento de verdad el dolor que te causo pero muchas veces no puedo dominar este caballo desbocado que llevo en el pecho. Sólo quiero decirte que seguiré invadido por tu ausencia y asediado por la angustia y la desesperación pero procuraré aguantar mi desgracia sin causarte daño.

María Dolores volvió de nuevo a sentir el cosquilleo de las lágrimas por sus mejillas y musitó en voz muy baja, sintiendo los ojos de Ricardo clavados en los suyos:

–Gracias... Pero por favor se firme. No podemos claudicar a las malas acciones.

El registrador, anclado en su desatino, la miró con desvalimiento y entrega y le suplicó:

–Antes de irte dame un beso que me reconforte y me calme estas ansias infinitas de ti.

María Dolores no dijo nada, se acercó a la mesa y rozó con sus labios la mejilla de Ricardo. Luego, se dirigió precipitadamente hacia la puerta y abandonó el despacho. Ya en la calle, el viento se enredaba en las ramas de las acacias y una luz sombría que preludiaba el otoño rasgaba el blanco de las paredes moribundas. El mismo otoño que seguía invadiendo su corazón.

LA SEPARACIÓN DEL MATRIMONIO

María Córdoba Gil

Ricardo siguió su vida cotidiana con inquietud y desvelo de un sentimiento no controlado y una promesa que tanto costaba cumplir.

Su mujer, Mercedes, comenzaba a languidecer de melancolía, desamor y añoranza de su tierra. No había logrado ser feliz. Ni incluso con la llegada de su hija pudo tener sosiego. Era un alma enamorada no correspondida.

Estaba desarraigada, sin poder integrarse en una sociedad que no comprendía. La mentalidad rural que la rodeaba la estaba asfixiando.

Cuando su hija estaba a punto de cumplir dos años ella le dijo a Ricardo: «Necesito volver con los míos. Tú sabes que nuestro matrimonio es un fracaso. Yo no puedo seguir representando más esta comedia. Espero que siendo como eres de ideas progresistas, entiendas que necesito marcharme, sin esperanza de retorno.»

Con la voz rota por el llanto prosiguió: «Me llevo a la niña conmigo y creo que me debes por el daño que me has hecho, dejar que me marche sin ningún reproche. Sabes que has deshecho mi vida. Lo único bueno que queda de todo esto es nuestra hija.»

Ricardo se quedó callado. Mercedes lloraba; las lágrimas resbalaban por sus mejillas lentamente. Sus hermosos ojos verdes eran mares vacíos de futuro. Era una mujer derrotada, anhelante de amor y ternura, deseaba, ¡Dios mío como lo deseaba! Que Ricardo la estrechara entre sus brazos y le dijera que la quería como a nadie, que no sabría vivir sin ella pero sólo escuchó esta respuesta: «Siento que esto haya acabado así. Creo que tienes razón. Te doy mi autorización para que te marches y te lleves a la niña contigo. Te abonaré una cantidad mensual para que puedas educar a la niña sin ningún tipo de problema. Procuraré estar en contacto contigo.»

No pudo mirarla a los ojos. Salió del salón dejando a Mercedes destrozada entre sollozos.

Al día siguiente al despedirse en la estación, la niña se abrazó a él y comenzó a llorar.

Un gran nudo le atenazaba la garganta cuando el tren como una serpiente negra las alejaba de su vida.

Se quedó con un gran vacío. La casa no tenía ninguna vida. Se sintió culpable de no haber sabido conservar algo tan hermoso.

Pasaron los días con sus largas noches de añoranzas y reproches. Trató de dedicarse casi exclusivamente a su trabajo.

Estaba en su despacho cuando llegó Alejandro y le propuso ir a una reunión que había en casa de Miguel. Él aceptó la invitación, deseaba rodearse de afectos y alejarse de sus fantasmas de amor y remordimientos.

Habían quedado a las siete y media. Era noche cerrada de invierno. Los faroles parpadeaban de forma tenue y él esbozado en su capa se dirigió a casa de su amigo.

Pasó por el Colegio de los Escolapios. Una campana anunciaba la hora de completas. Ricardo pensó: «Son gente de bien, ojalá les dejen hacer su labor». Siguió avanzando hasta llegar a la casa de su amigo. Tocó con el llamador y a través de la mirilla de la puerta pudo ver unos ojos que le miraban inquietos. Una voz le preguntó: «¿Quién es?» Él se quitó la capa que le tapaba un poco el rostro y dijo: «Gente de paz. Soy Ricardo Peris.»

El inmenso portón se abrió dándole paso a esta casa majestuosa que Miguel poseía. Todo era exquisito en su interior. Sus porcelanas finas, pinturas, tapices, alfombras; todo desbordaba riqueza y buen gusto. En contrapunto a toda esta riqueza Miguel era un hombre humilde y un gran defensor de los oprimidos.

Pasaron a un salón con una mesa muy grande ovalada, vestida con un rico mantel primorosamente bordado. Unos candelabros repartidos por diferentes rincones daban serenidad al ambiente.

Había seis comensales. Cinco eran amigos del pueblo y uno que él no conocía. Se lo presentaron, se llamaba Rafael y era uno de los creadores del semanario socialista.

Cuando finalizó la exquisita cena pasaron a un salón más pequeño. Allí alrededor de la chimenea comenzaron a hablar de temas diversos para derivar como siempre en la política.

–Este sistema político es un engaño. Tened en cuenta que ni el partido Liberal ni el Conservador se quedan excluidos de el poder. El "turnismo" es una falsificación; una manipulación de los resultados electorales. Nunca los partidos obreros ni republicanos alcanzarán el poder –dijo Rafael.

–Has hablado de dos grupos pero son más los que se quedan excluidos: los carlistas, los regionalistas y el Movimiento Obrero Socialista –le contestó Ricardo.

–Tened en cuenta que estamos manipulados por los caciques. Todos sabéis que ellos condicionan el sentido del voto, controlan los ayuntamientos y que todos los tramites burocráticos o administrativos pasan por sus manos. Todas las fuerzas vivas del pueblo le obedecen: El alcalde, el párroco, el maestro el juez y la Guardia Civil. Es muy difícil romper toda esta trama –siguió Miguel.

–Esta escasa actividad industrial que tenemos es alarmante. Andalucía se está hundiendo en la miseria sin remisión –continuó Alejandro.

–Nuestra situación social es privilegiada y hace que seamos participes de esta desigualdad. Todas estas circunstancias están dando lugar a que los bandidos y contrabandistas abunden y que cada día sean más difíciles de controlar, y así la situación se sigue deteriorando –prosiguió Ricardo.

Siguieron debatiendo sus argumentos.

Hacia la medianoche se retiraron a sus respectivos domicilios. Ricardo sintió que le seguían por las calles empedradas escasas de luz y llenas de sombras.

Esa noche su recuerdo no fue para Dolores sino para la conversación que habían mantenido.

LA DISCUSIÓN EN PÚBLICO

Antonia María Rodríguez Rogel

El paso de los días sin la más mínima noticia de Ricardo fue tranquilizando poco a poco a María Dolores. Transcurrió si novedad el resto del otoño y lo mismo ocurrió con el invierno, la primavera y el verano hasta el punto de que estos meses de sosiego devolvieron al rostro de la joven su fresca sonrisa. Tanto fue así que hasta Manuel Palomero se olvidaba de coger el revólver cada vez que tenía necesidad de salir de la casa. La vida siguió su curso como si nada hubiera sucedido.

Sin embargo, María Dolores sabía que el oleaje del tiempo muchas veces nos devuelve los recuerdos que enterramos en el mar de la memoria como sabía también que su antiguo novio no controlaba el abismo del olvido aunque su actitud de aquella tarde hacia ella le hacía concebir la esperanza de que trataría de controlar sus impulsos para no causarle sufrimientos. Por este motivo se sentía feliz y volvió a pasear con su marido por las calles empinadas de Archidona.

El verano había sido plácido e intenso y septiembre se inició suavemente con dorados atardeceres de alameda de otoño. Un domingo de mediados de septiembre se celebró en el paseo una fiesta en honor de la Virgen a la que se dirigieron Manuel y María Dolores con varias personas de su círculo mientras la tarde se derrumbaba tras los celajes y la noche empezaba a desplegar sus alas sobre la luz adormecida de las farolas. Estaban sentados alrededor de una mesa, departiendo tranquilamente ante unas copas, cuando entró en la fiesta Ricardo Peris con un matrimonio amigo y se sentaron alrededor de otra mesa relativamente cerca del lugar donde se encontraba el matrimonio Palomero. Peris iba muy elegante con traje beige, corbata marrón y un pañuelo del mismo tono en el bolsillo superior de la chaqueta. Al pasar junto a María Dolores sus miradas se cruzaron casualmente. Ella bajó los ojos como si quisiera olvidar el hecho o no darle importancia pero a él la mirada de la muchacha le incendió de pronto los recuerdos y sintió en su interior una especie de calambrazo que le revolvió la sangre. La había encontrado insultantemente bella con un vestido rojo y el pelo semirecogido en bucles castaños, como el día en que la conoció en su despacho y ya no pudo olvidarla nunca.

Mientras el saxofón recitaba su grave melodía, Manuel y María Dolores bailaban tiernamente y Peris apuraba las copas de licor, una tras otra, como si intentara perderse en la nada o morir allí mismo. A lo largo de la noche el nombre de Lolita vagó sin tregua por su pensamiento como un remolino vertiginoso que ya al filo de la madrugada lo empujó hacia su mesa. Ella lo vio venir y se dio cuenta de que la niebla había teñido de nuevo su pensamiento. Estaba completamente borracho, con la corbata torcida los ojos enrojecidos y el paso vacilante y, cuando estuvo ante ella, la cogió de las manos forzándola a levantarse para bailar con él. Manuel Palomero se levantó de su silla como un rayo y se interpuso entre su esposa y Ricardo al que empujó con brusquedad contra la valla de mirtos. Entonces Peris le dio una bofetada y Manuel, como impulsado por un resorte invisible, dirigió su puño cerrado contra la cara del registrador que cayó de espaldas al suelo sangrando por la nariz y aturdido entre las esferas concéntricas de las luces y la noche. A pesar del golpe recibido, en unos segundos estaba otra vez de pie blandiendo sus puños, ciego por el fuego desnudo del odio y de los celos mientras Manuel Palomero volvió a golpearle hasta que algunos de los presentes consiguieron sujetarlos no sin cierta dificultad. En medio de aquella trifulca Perís, con los ojos rezumando todo el odio que hacia el médico sentía, le aseguró que lo mataría y abandonó la fiesta lanzando improperios con mirada de fuego y un hilo de sangre que salía continuamente de su nariz. Una y otra vez juraba a gritos que le pegaría dos tiros en la cabeza en la primera ocasión que se le presentara.

María Dolores absorta por lo ocurrido, sintiéndose anclada en su destino, y asediada por la angustia y la tristeza notó que su vida se suspendía otra vez en el vacío y se preguntaba porqué aquella sombra perenne los perseguía por todas partes. Su miraba destilaba desconsuelo y, con la voz derramada en llanto, le dijo a su marido que deseaba abandonar la fiesta. Mientras caminaban hacia su casa sentía un miedo indescriptible y la estremecía un escalofrío de inminencia como si la muerte flotara sobre los adoquines.

A lo lejos la orquesta seguía cantando su tristeza bajo las estrellas desvanecidas al cobijo del claro cielo de la madrugada.

RICARDO Y MERCEDES

María Córdoba Gil

La luna llena sobre la ciudad de Valencia inundaba de luz las sombras de la noche. Esta ciudad de cultura milenaria dormía a orillas de un Mediterráneo arrullador. Era una ciudad de luz y color que daba a sus habitantes una forma de ser y vivir muy característica.

La familia de Mercedes vivía en una casona centenaria que había sido propiedad de sus antepasados. Su padre era un abogado de prestigio. Tenía dos hermanos mayores, Sebastián y Luís. Los dos eran abogados como su padre. Mercedes era la más pequeña. Su madre había muerto hacia algunos años víctima de la tuberculosis, por lo que su padre quedó sumido en una gran desolación, pero sacó fuerzas para tirar adelante de su familia.

Una gran pintura de su mujer presidía su despacho, era una bella mujer de mirada suave y cálida que trasmitía paz. Mercedes apenas la conoció, todo lo que sabía de ella era a través de su padre que la describía con un amor que ni la muerte había logrado anular.

Cuando cumplió la mayoría de edad su padre le regaló unos pendientes que habían pertenecido a su madre. Esas joyas significaban mucho para él ya que se las regaló el día de su boda y esperaba que su hija las usara cuando se desposara. Eran unas perlas exquisitas traídas desde la isla de Cuba. Sus manos temblaban cuando su padre se las entregó. Sintió que su madre siempre la acompañaría, que su esencia formaría para siempre parte de su persona. Había sido una niña bendecida por el amor de los suyos.

Cuando amaneció aquel día con ribetes anaranjados en el cielo y un intenso aroma a azahar, ella ya estaba despierta pensando en el hombre que había visto el día anterior y que la había atraído de forma extraordinaria. Tenía un gran desasosiego y a pesar de no haberse enamorado nunca pudo intuir que esta podría ser la angustia del amor.

Su hermano retomó la amistad con Ricardo. Éste comenzó a frecuentar la casa siendo muy bien acogido por su familia. Empezó a cortejarla y aunque ella veía a veces frialdad en su actitud, no le dio mucha importancia.

Cuando él tuvo que marchar hacia su trabajo en Archidona le pidió al padre la mano de Mercedes e intentó precipitar una boda que aún no estaba proyectada. Nadie comprendía esta rapidez, Solamente Ricardo conocía el por qué quería que se celebrara su boda antes que la de Dolores con Manuel Palomero.

El padre de Mercedes no puso objeción pero consideró que le faltaba tiempo y Ricardo le propuso una boda por poderes para que a ella le diera lugar a organizarlo todo.

Por motivos de su trabajo él no pudo volver a Valencia y ella siendo ya su esposa pondría rumbo a su nuevo hogar.

Todo se realizó sobre lo previsto y después de realizar esta boda tan irregular y tan poco romántica, Mercedes emprendió su rumbo al sur acompañada por uno de sus hermanos.

Cuando llegó, observó que era un pueblo pequeño que dormía a la falda de una sierra y que estaba coronado por una ermita. Pueblo blanco del sur, con unas costumbres muy arraigadas en el pasado y con una forma de vida muy distinta a la suya.

Cuando llegó a su nuevo hogar este le pareció muy hermoso. Con la ilusión de su juventud se entregó a un hombre con todo su amor y pasión.

Cuando su hermano se marchó se dio cuenta que estaba sola en un mundo distinto del que ella había vivido pero intentó adaptarse con la esperanza de lograr un futuro hermoso. Cuando llevaba cerca de un mes en el pueblo le llegaron los primeros rumores de la que había sido el primer amor de su marido. El comentario malintencionado era que Ricardo había intentado por todos los medios casarse antes que Dolores. Se sintió humillada.

–Ricardo ¿Tenías algún motivo determinado para programar nuestra boda para esta fecha? –le preguntó Mercedes durante el almuerzo.

Él la miró y el silencio fue la respuesta a esta pregunta llena de temor que ella le había hecho. Ante sus ojos tenía a un hombre desconocido. Apenas hablaba y así ella se fue metiendo en la rutina de una vida pueblerina monótona y vacía de amor.

Cuando se quedó embarazada creyó ver la oportunidad de una aproximación pero no ocurrió. Ricardo no logró que su amor paternal ocupara el lugar de ese amor imposible que él sentía por Dolores.

Mercedes sabía desde hacía un mes que estaba embarazada de nuevo, cuando surgió el incidente en el paseo con Dolores y Manuel. En ese mismo instante tomó la determinación de marcharse, de alejarse de este lugar sin comunicarle a Ricardo lo de su nuevo hijo. Lo haría por carta cuando estuviera rodeada del cariño de los suyos. La semilla del amor hacia su marido ya había brotado con la llegada de su hija Angélica y brotaría de nuevo en su hijo que llegaría al mundo lejos de su padre.

El movimiento monótono del tren la iba agotando. Era

un viaje largo y cansado. En el vagón iban varias personas que la miraban extrañada de que una mujer viajara sola con una niña.

Para no herir a su familia había elegido no contarles nada de lo ocurrido. Quería relatárselo en persona y de esta manera hacer sufrir lo menos posible a su padre.

Cuando llegó la noche la niña se durmió plácidamente ajena al drama que estaba viviendo su madre. Mientras el vaivén incesante del tren las alejaba de Ricardo y las acercaba a su añorado hogar donde nunca le faltó el amor ni la comprensión.

UNA DISCULPA

Antonia María Rodríguez Rogel

Los días que siguieron a aquella terrible amenaza fueron para María Dolores una pesadilla. Durante el día, sentada en el salón de su casa bajo la luz quebrada del otoño, su pensamiento se deslizaba inevitablemente hacia el mundo terrible y parcelado donde acaba la dicha. Y por la noche, las amenazas de Ricardo eran como una maldición que resonaba en el dormitorio y despertaba en su interior un torbellino de angustia que le impedía conciliar el sueño.

Por su parte, Manuel cada vez que tenía que salir de la casa metía su revólver en el bolsillo derecho del pantalón y, con la mano empuñando la culata, iba por la calle, preparado por si de un momento a otro tenía que defenderse de un enemigo que podía abordarlo en cualquier momento. La noche de la fiesta, en los ojos enfurecidos de Peris había adivinado el odio y la locura y tenía que evitar a toda costa que una bala repentina de aquel hombre le alcanzara llevándose su vida. María Dolores le había propuesto que se marcharan del pueblo a un lugar desconocido donde podrían empezar una nueva vida lejos de Ricardo, pero Manuel había rechazado su propuesta. Alegó que huir le parecía cobarde y que a él no lo echaba nadie de su pueblo por muchas amenazas que le dirigiera. Así que, para la muchacha, la vida en los últimos tiempos transcurría siempre del mismo modo. Largos días de inquietud y temor buscando con el pensamiento algún asidero junto al que mantenerse con relativa calma.

En sus tempranos despertares a la luz nacarada del

alba, María Dolores, con los ojos llenos de estrellas y de insomnio, fue forjándose la idea de escribir otra carta a Peris para rogarle que disculpara a su marido y pedirle una nueva entrevista a fin de que pudiera comprobar su bajo estado de ánimo a causa de las amenazas. Pensaba que así tal vez Ricardo rectificaría su actitud como hizo el año anterior cuando lo visitó en su despacho y el registrador, conmovido al verla, dejó de amenazar a Manuel. Sin embargo, sabía que esta vez debía ser muy cauta para que no se enterara su marido a quien no le iba a gustar que nadie lo disculpara ante Peris y, por otra parte, temía que Ricardo, enojado por los golpes recibidos el día de la fiesta, esta vez no quisiera recibirla. De todas formas pensó que nada tenía que perder por intentarlo y que era mejor ir a casa de Peris a buscar la resurrección que dejarse morir lentamente a causa de aquella herida sangrante o de hundirse definitivamente en los agujeros del otoño y del alma.

De acuerdo con estas premisas, escribió una carta con palabras salidas de las mismas galerías del corazón y tres días después de enviarla por correo, una mañana fría de finales de otoño, se echó un manto sobre la cabeza y, casi clandestinamente, se dirigió a casa de Peris a la hora que le había anunciado en la carta. Le abrió la puerta una criada que la acompañó hasta el despacho donde el registrador la estaba esperando muy serio, sentado tras una mesa rectangular cubierta de legajos. No se levantó del sillón al entrar ella, como hizo la vez anterior. Es más, ni siquiera pronunció palabra.

Con los ojos brillantes y la voz agolpada en su garganta, la joven no podía articular palabra alguna mientras Ricardo contemplaba con gesto hosco la silente humedad de su boca. A Dolores, el galope desenfrenado de su corazón le llegaba en oleadas a la garganta y tuvieron que pasar unos largos segundos para que la emoción diera paso a las palabras. Entonces le habló. Le contó sus miedos y sus zozobras y le pidió que disculpara a Manuel y que comprendiera aquella defensa de su honor que hizo la noche del baile, ante un público que no hubiera entendido otro comportamiento.

–¿Defensa de su honor, Dolores? –le preguntó Peris enojado. Maldito pueblo, maldito honor y maldito ese marido tuyo. Yo estaba borracho y a los borrachos se le deben perdonar los errores. Además, me emborraché por ti pues no podía resistir verte bailar con Palomero mientras tus labios se asomaba a mi sed y en mi corazón se pudrían los recuerdos y la pasión. Las columnas de la noche se me cayeron encima y me saltaron los resortes de la razón. Eso hay que saber perdonarlo, Dolores, pero tu marido no lo supo hacer y yo tampoco voy a perdonarlo a él en la vida. No lo maté aquella misma noche porque los municipales me acompañaron a mi casa y luego se quedaron en la puerta para que no saliera en su busca como tenía pensado. El revólver se quedó encima de la mesa del salón cargado con dos balas cuyo destino era su cabeza. Pero es un asunto pendiente porque las humillaciones no se perdonan ni se olvidan nunca. Sé que sufres por este asunto, Dolores, pero ni siquiera te voy a decir que lo siento porque tú elegiste a un hombre que solo me trajo ruina y desesperación y al que encima defiendes. Lo que debes hacer es aceptar su triste destino como me dijiste una vez que aceptara yo el mío, en lugar de pedirme lo que ya no puedo hacer.

Ante las duras palabras de Peris, Dolores se echó a llorar observando en el azul cobarde de sus ojos los renegridos espacios de su pensamiento y la ceniza de su mirada profundamente herida. Buscó desesperadamente alguna frase que obrara el milagro de conmoverlo. Le habló del tormento de su inquietud y su desazón pero sus palabras caían a los pies del registrador como si no fuesen con él. Hubo un largo silencio durante el cual ninguno de los dos tenía ya nada que decirse y que fue roto por Ricardo cuando se puso de pie, tras su mesa, a modo de despedida.

–Adiós, Dolores. Nunca nos hemos comprendido y ahora menos. Elegiste por marido a Palomero y no quiero compadecerte por ello pues fue tu voluntad como tú no debes compadecerme por este empeño en llevar a cabo la mía, que es odiar a muerte a quien no ha hecho más que humillarme desde el mismo momento en que lo conocí.

A Dolores le faltaron las fuerzas para pronunciar la palabra adiós y, transformada en tristeza, salió del despacho en silencio y con la mirada esquiva, ante la perplejidad de la criada. Una intensa palidez se había adueñado de su rostro como si acabaran de vaciarle la sangre de sus arterias. En la calle lucía una luz brillante y helada que hería los ojos.

Aquella noche se acostó más tarde. No tenía sueño y prefirió quedarse en el salón que aún conservaba en sus rincones las sombras del ocaso y donde un aluvión de estrellas se colaba por la ventana. La raíz más profunda de la noche parecía clavarse en su vida llenándola de incertidumbre. Sin embargo, unos días después, una persona conocida le dio una buena noticia: Peris no estaba en su despacho. Se había ausentado no se sabía por cuanto tiempo y otro registrador desempañaba sus funciones. María Dolores sintió que algo resucitaba en su interior. Ojalá Ricardo se hubiera marchado de Archidona. Ojalá, cansado y ofendido, hubiera desertado para siempre de sus vidas. Pero tres días después de la Nochebuena supo que había vuelto y de nuevo se aposentaron en ella el miedo y la intranquilidad. Lo peor era aquella sensación de impotencia que muchas veces la desesperaba al sentirse rehén de un dramático destino al que no podía modificar. Le había ofrecido a Manuel el sacrifico de marcharse lejos de la familia y de los amigos para librarse de Peris pero su marido se había negado. Se había arriesgado a visitar al registrador para pedirle comprensión pero se había mostrado implacable. Ya no tenía nada que sacrificar y renunció a toda esperanza.

MERCEDES REGRESA A VALENCIA

María Córdoba Gil

Mercedes se alejó de la vida de Ricardo en una mañana gris. ¡Que triste era su marcha!. Al subir al tren sus piernas flaqueaban. Llevaba su pelo rubio de espiga recogido en un moño bajo. Sus hermosos ojos verdes inundados de lagrimas no querían aceptar la realidad. Había sido un instrumento en las manos de Ricardo.

La decisión que había tomado de abandonar su hogar la había meditado muy profundamente al darse cuenta de que estaba embarazada de nuevo. No podía consentir seguir en la situación en la que había vivido en los dos últimos años.

Apoyada en la ventanilla con la niña dormida en su regazo se sintió desamparada mientras que iban avanzando en busca de su tierra. Su padre la estaría esperando con los brazos abiertos, aunque para cubrir las apariencias tendría que decir que volvía a Valencia por problemas de salud.

Ricardo la había seducido y no se dio cuenta de que lo único que buscaba era una revancha. No quedar humillado ante una mujer. Y ella había sucumbido a sus encantos. Le creyó, se enamoró y se entregó en cuerpo y alma a una persona que jamás la correspondió.

Se conocieron cuando Ricardo volvió a Valencia víctima del desamor. Fue buscando a alguien con quien mitigar su dolor. Y la encontró a ella. Joven, hermosa, llena de vida. La persona perfecta para poder lucir y no quedar de macho vencido.

La vio por primera vez cuando ella salía de su clase de piano. Había estado ensayando toda la tarde en casa de su profesora. En una habitación con vistas al Mediterráneo. El balcón entreabierto traía olor a mar y las olas arrastraban el susurro de unos sueños rotos. Arrastraban la arena acariciándola mientras que el suave rumor se mezclaba con las notas de una de las sonatas de Haydn interpretada en un piano de cola con color de noche oscura. Sus manos descansaban en el piano al finalizar la melodía. Por fin lo había conseguido. Su gran sensibilidad musical había quedado al descubierto y había sabido transmitir un mensaje con su música. Estaba radiante. Su profesora la felicitó y ella salió presurosa a comentárselo a su hermano Sebastián que la estaba esperando para volver a su casa juntos. Le vio charlando con un joven insultantemente atractivo, de ojos cautivadores y labios jugosos que atrajeron su mirada. Su hermano se lo presentó: «Es un compañero de la universidad, se llama Ricardo y va a pasar un tiempo en la ciudad. Está trabajando de registrador en un pueblo de Andalucía que se llama Archidona. Ella es mi hermana Mercedes, la pequeña de la casa.»

Ricardo la miró, se recreó en el mar de sus ojos verdes, le besó la mano suavemente acariciando su piel con lentitud. Ella se estremeció. Su juventud sucumbió ante esta seducción velada. Anduvieron un buen rato. Cuando llegaron a su casa su hermano se despidió de Ricardo y quedaron para verse al día siguiente.

Mercedes entró en su casa alegre y feliz. Buscó a su padre que estaba en el despacho. Éste al verla llegar se le iluminó la cara. Era la viva imagen de la vida.

Tenía un carácter inquieto. Siempre esta intentando cambiar las normas establecidas. Ella había oído rumores de que una mujer había logrado entrar en la universidad e intentaba sin conseguirlo saber si aquello era cierto para poder seguir sus pasos. Su padre la desanimaba y trataba de que siguiera una educación tradicional como correspondía a una señorita de su edad.

Acarició a su padre y le dijo: «Papá he logrado tocar esa pieza musical que me estaba resultando tan difícil. La hemos tocado a cuatro manos mi profesora y yo.» Su padre esbozó una sonrisa que ella correspondió de forma efusiva.

Durante la cena su hermano Sebastián comentó su encuentro con Ricardo. Su padre le dijo: «Creo recordar a ese joven. Su familia es muy conocida y bastante adinerada. Creo que se dedican el tema de la pirotecnia.»

Prosiguieron hablando de las distintas incidencias del día. Sin embargo Mercedes tenía su mente en unos labios que le habían ruborizado la piel y el alma.

LOS MOMENTOS DE LA EXPLOSIÓN

Antonia María Rodríguez Rogel

Aquel 30 de diciembre de 1886 amaneció con una intensa niebla que no se disipaba al avanzar el día sino que parecía intensificarse progresivamente revistiendo de brumas las calles, como si la noche fuese a entrar de un momento a otro. Un cierzo helado silbaba sierra abajo azotando las copas de los pinos que se inclinaban rendidas a su paso.

A media mañana, cuando los archidoneses hacían planes para pasar el fin de año, una tremenda explosión desgarró la niebla y estremeció los cimientos del pueblo. Aquel enorme bramido de la tierra retumbó en la sierra y descendió multiplicado por el eco hasta los oídos de todo el pueblo, trastocando el orden sombrío de los objetos y derramando en los corazones una extraña sustancia de inquietud y asombro. El desconcierto no duró mucho tiempo porque enseguida empezaron a llegar referencias precisas sobre el lugar y la gravedad de la explosión y, en medio de aquel frío tan antiguo que helaba los rostros, los archidoneses, con los ojos manchados de sorpresa, se quedaron atónitos al enterarse de que en la casa de don Manuel había explosionado un especie de bomba que había causado la muerte del médico y de su esposa. El pueblo llano, desconocedor de los entresijos más profundos de la vida del matrimonio, se preguntaba el por qué de aquel terrible suceso pero sólo conseguía la respuesta insultante del silencio y la duda. Era como si las sombras cobijaran aquel hecho inexplicable que había segado la vida de un matrimonio conocido en todo el pueblo.

Pero al anochecer empezaron a difundirse los rumores, algunos recubiertos de espesa hiel como negros corceles enviados por la noche. Que si había sido una bomba oculta desde no se sabía qué guerra. Que si la venganza de un barrenero cuyo hijo había fallecido años atrás de una meningitis tardíamente diagnosticada por el médico. Que si un haz de petardos robados a los ferroviarios de la Romera por algún enemigo de Palomero. Que si un antiguo novio de Dolores despechado y celoso de haber perdido a la mujer más guapa del pueblo. Todos aquellos comentarios sembraban de inquietud las calles en las que la noche era como una parte de la conciencia o un reflejo de la muerte.

Sin embargo, los comentarios más dañinos no se dispararían hasta el día siguiente.

EL BOMBAZO

María Córdoba Gil

Después de la explosión el pueblo entero estaba perplejo ¿Qué había ocurrido realmente? Había tantas versiones, tanta infamia, tanto odio reprimido. Por fin les había tocado a los ricos conocer el sabor a hiel de la tragedia.

Los rumores se acrecentaban y dos versiones fueron tomando cuerpo.

Uno de los rumores que circulaba decía que después de la pelea de Manuel y Ricardo la relación de Dolores y su marido se deterioró notablemente. Él la acusaba de coquetear descaradamente, de intentar seducir a los hombres, de ser una mujer vulgar. Los celos le estaban ganando la batalla.

El cuatro de mayo de 1886 Manuel es destituido de su trabajo siendo sustituido por otro médico del lugar. Esto le afectó al carácter y aunque continuaba ejerciendo su profesión en la calle Carrera de las Escuelas Pías, profesionalmente estaba decepcionado.

Transcurrió un otoño realmente triste para estos personajes. Cada uno tenía su drama personal de muerte, celos, decepciones, desamores y fracasos matrimoniales.

En vísperas de Navidad, Dolores intentó una aproximación ajena a los rumores malintencionados que salían de bocas despechadas. La nube negra de la tragedia los estaba acechando para cebarse sobre ellos sin compasión.

El día 30 de diciembre se produjo esa gran explosión en el domicilio de la pareja. Muchos curiosos acudieron a ver lo que había ocurrido y por supuesto las autoridades pertinentes se personaron en el lugar. Una escena macabra fueron lo que vieron, había restos humanos esparcidos por la habitación.

Al lado de la mesa del despacho había una caja de madera muy deteriorada con cuerdas y pedazos de metal.

Después de la investigación se llegó a la conclusión de que Dolores había muerto víctima de un objeto que le había destrozado la tráquea y el tronco branqueocefálico. Su marido había muerto también instantáneamente víctima de la explosión.

En cambio otros comentaban que Ricardo, el cual había sido novio de Dolores durante cuatro años había sido el culpable. Que había preparado una caja de explosivos perfectamente estudiada ya que estaba formada por 800 gramos de pólvora de minas y estaba atada fuertemente con cuerdas embadurnadas con resina.

Supuestamente llevó esa caja a Málaga y le propuso a un mozo que la facturara desde Granada. Este hombre no pudo realizar el encargo y lo sustituyó un amigo suyo. Parece ser que se le pagó esa gestión con tres billetes de a veinticinco pesetas. La entrega se hizo en Salinas para que lo llevaran a Granada como estaba previsto.

Palomero recibió una circular en la que se le comunicaba que se le remitía un aparato electromagnético y que las explicaciones del mismo estaban dentro de la caja. Cuando la abrió lo hizo por un sitio equivocado y la explosión no se produjo.

PRIMERAS REACCIONES

José Luis Conde Ayala

Donde se cuentan las primeras reacciones de los archidoneses, y los dimes y diretes sobre los finados.

El bombazo del día anterior, el tremendo estampido que por poco echa abajo la casa del médico Palomero, continuaba zumbando como un terrible trueno en los tímpanos de los archidoneses, veintitantas horas más tarde. Poco a poco se iban conociendo los detalles, y aunque no era mucho lo que se filtraba del juzgado se sabía que no había sido un accidente sino una bomba con un mecanismo misterioso lo que explotó y al matrimonio mandó a tomar por saco en un santiamén, sin tan siquiera el alivio de la extremaunción. Aquello era lo nunca visto en el pueblo y algunos se resistían a creerlo, y a pesar de lo evidente las gentes se hacían cruces y aspavientos en los ojos cuando pasaban frente a las ruinas de la casa, como si quisieran apartar de sus cabezas aquello que veían y tanto los aterrorizaba. Y sobre todo cuando supieron que tras desescombrar y hallar los cadáveres del matrimonio, se vio que de él quedaban pocos trozos mayores de un palmo y para que hablar de ella, que parecía que la metralla la había degollado y matado al instante, y tan rápido, decía espantado un oficial del juzgado que ayudó a levantar los cadáveres, que el estupor, junto a un horror inmenso, quedó congelado en la mirada de la mujer.

Como suele suceder en estos casos aquella mañana se decían muchas cosas (más o menos fundamentadas porque ya se sabe que del árbol caído a todo dios gusta de hacer leña), incluso hubo quien sentenció con su dosis de mala leche que aquello se veía venir, que el que más y el que menos estaba al tanto de las idas y venidas de los muertos, de sus amores y desamores, de sus desavenencias conyugales, de las peleas del médico Palomero con su suegro, incluso hubo quien con la boca chica y en bajito afirmó que había oído decir que el difunto había amenazado con poner un cartucho de dinamita al padre de la difunta. O sea, y para que nos entendamos, que aquello, los detalles, daban mucho de si y para muchas interpretaciones, y como es natural y conociendo la idiosincrasia del pueblo llano que ante lo inexplicable necesita buscar algo a lo que agarrarse, aunque sea un clavo ardiendo, de las conjeturas se pasaron a las hipótesis, y de estas últimas a las conclusiones, y en menos tiempo del que tarda un cura loco en santiguarse se empezó a rumorear cosas que ponían los pelos del cogote de punta: que si la bomba que explotó era del médico que quería regalarla al suegro, que por cierto le hacía la vida imposible, que si la culpable era la mujer que quería regalarla al marido porque al tal no lo aguantaba ni su sombra, incluso hubo quien aseguraba que aquello era una venganza de algún familiar de un malogrado enfermo que tuvo la desgracia de caer en sus manos, porque el tal aunque licenciado en cirugías se equivocaba como todo nacido, y ya se sabe que unos se la toman con calma y otros hacen razón primordial ajustar cuentas y cobrar con intereses. Total, que aquella noche y "a ojo de buen cubero", por lo menos medio pueblo podría ser culpable porque muchos se la tenían jurada y lo que eran simpatías pocas disfrutaban los finados entre la masa de la población, que si uno se pasaba en despreciar al pueblo llano la otra no se quedaba corta, que uno iba de señorito come mierdas y la otra de ilustre dama, aunque hija de maestro escuela y sabido es el hambre que tradicionalmente pasaban los que se dedicaban a ese menester. En resumidas cuentas que a las gentes el asunto del bombazo ni les quito las ganas de comer y menos el sueño, y aquí paz y allí gloria.

PRIMERAS CONJETURAS

José Luis Conde Ayala

Donde se cuentan las primeras conjeturas, y como poco a poco la madeja se fue embrollando, dando al final con los huesos de Ricardo en el penal de Ceuta.

Si algo estaba claro para las buenas gentes del pueblo, a medida que fueron pasando los días y las semanas tras el bombazo, era que nada estaba claro y que los culpables estaban muertos y en el infierno purgando sus pecados. Y lo decían con mala uva y sentenciándolos con rotundidad, pues se basaban en el viejo principio de "puta la madre, puta la hija y puta la manta que las cobija" o sea y para que nos entendamos: que si el tal se lo merecía la otra no andaba lejos en méritos, pues en nuestro acervo patrio jamás el cornudo contó con la consideraciones de los vecinos y todo lo que pudiera pasarle a semejantes especímenes lo tenían más que merecido, y de ella ¡que decir! que una tía que calzonea a destajo y fuera de tiesto cuanto menos puta, reputa y todo lo que le pase merecido lo tiene... En resumidas cuentas aquello podía haber sido un suicidio pactado, un asesinato urdido por la esposa que le salió mal o que al médico Palomero también le salieran rana sus planes homicidas respecto al suegro.

Lo primero lo decían sin mucho entusiasmo porque el suicidio daba poco de si y los suicidas, en general, provocaban más pena que otra cosa entre las gentes sencillas, y sobre los motivos argumentaban que ante la vergüenza y el que dirán prefirieron andar juntitos el camino al infierno, pues ya era publico y notorio en todos los mentideros y fuentes donde se juntaban los vecinos, los amores ininterrumpidos de doña Dolores con el registrador de la villa antes del casorio, durante y hasta el mismísimo instante que reventaron ambos, y decían decepcionados aunque con malaleche, que el médico encuernado tirara por la calle del medio y no viera más solución para salvar su honor que buscar (para lavar su deshonra) unos kilos de pólvora, un detonante y a volar los dos juntitos a vayan a saber dónde en medio de un fuego purificador.

LOS RUMORES

Antonia María Rodríguez Rogel

No se pueden entender algunas muertes, aunque el acontecimiento fue demasiado trágico como para dejar totalmente impávidas las mentes. Aquello era como la más triste de las novelas. Un médico joven reventado en mil pedazos y una bella mujer desposeída para siempre de su risa, y deportada eternamente a la desconocida región del silencio y las sombras.

De todas las conjeturas que surgieron durante aquellos días había una que crecía de forma descomunal al pasar las horas, descabalgando a todas las demás, y dio lugar a que el dedo acusador del pueblo señalara a Ricardo Peris como culpable del doble asesinato. Pero, además, la imaginación popular tejió una venenosa urdimbre con el hilo de los celos, la traición y la muerte. Una criada de Peris dejó caer en un corrillo de chismosas que Dolores, de vez en cuando, había visitado a su señorito en el despacho y hasta el cartero en las tabernas aseguró haber llevado al despacho del registrador cartas de la que ya el pueblo empezaba a señalar como su amante. Por si fuera poco, había en el pueblo algunas solteronas que, desde sus rincones de sombra y maleza, albergaron ciertas esperanzas de sentirse objetivo de las galanterías del registrador, intentando en vano levantarse hasta el prodigio de la grácil Lola. Con un rencor que les llegaba del pasado, comentaban en sus estrechos ámbitos que Dolores volvía locos a los hombres para luego abandonarlos a su suerte.

Una vez desatadas las lenguas y ya en el colmo de la fabulación y la calumnia, una de aquellas resentidas insinuó sin piedad que el niño Manuel Palomero González, aunque pareciera el vivo retrato de su madre, tenía la boca y la nariz sospechosamente parecidas a las de Ricardo Peris.

Todos estos rumores se extendieron por el pueblo con la virulencia de una enfermedad contagiosa y llegaron a oídos de la familia Palomero donde encontraron cierto eco por considerar que empezaban a encajar las piezas de aquel desgraciado rompecabezas.

PRIMEROS DÍAS TRAS EL BOMBAZO

José Luis Conde Ayala

Breves pinceladas de cómo fueron los primeros días en Archidona tras el bombazo.

Tras el bombazo del 30 de diciembre los días pasaron con muchas hambres y fríos para los más, pues siempre se rompe la soga por el sitio más endeble y en este caso, y como es natural, las clases populares fueron las que se llevaron la peor parte del premio. Un mes de enero como aquel, el de 1887, ni los más viejos del pueblo recordaban: las temperaturas bajaron con tan "mala leche" pasadas las navidades y los jolgorios que más bien parecía que el buen Dios quería completarlas con un bajón de las mismas sin preámbulos, sin avisar, como el que dice porque me sale de los cojones. Y fueron tan fríos y desangelados aquellos días que hasta los mismísimos cataplines de los archidoneses y foráneos se asustaron, haciéndolos esconderse entre lo más profundo del bajo vientre. Y era digno de ver como allí los muy ladinos se acomodaban en espera de mejores tiempos, aunque a más de uno aquello le costó un estrangulamiento de por vida con aparatosa hernia incluida.

Mas la vida, como no podía ser de otra forma, continuaba con sus ritmos de muertes y nacimientos, con sus dimes y diretes sobre el tal y la cual sin más remedio, porque cuando el hambre aprieta y el frío achucha no hay mejor consuelo que entretenerlas con penas ajenas, y si son gordas y sin apaño mejor que mejor, que ya se sabe que el que no se consuela es porque no quiere. Así que las buenas gentes archidonesas, ociosas ellas por las nieves y con hambrunas que las hacían llorar de rabia buscaron el parco consuelo de las bienaventuranzas, sobre todo la que hace mención a las hambres de justicias y al reino que se le tenía reservado a los pobres, pues de hambres y sed de justicias andaban sobrados, y algunos se decían, castañeteádole los dientes de frió y rugiendo las tripas, que sí, que estaban bien jodidos pero que peor estaban en el infierno el Palomero y su parienta doña Dolores, aunque no pasaran fríos. Y así las cosas, adobando los pucheros con bichos muertos y engañando los fríos con el fuego de cuatro retamas que ni calentaban lo menester sobre el día siete de enero saltó la noticia que el tal Palomero y su parienta no habían sido victimas de un accidente sino de una maquina infernal que explotó en sus mismísimos morros: un artilugio diabólico ideado por una mente satánica, que lo envió a su casa como si un presente navideño fuera y con una simpática tarjeta magníficamente caligrafiada (eso contaban por el pueblo) diciendo «con mis mejores deseos de felicidad en estas fiestas tan entrañables, de vuestro amigo X».

Esa nueva evidencia animó al cotarro local grandemente, pues los próceres y caciques locales, plumillas y "meapilas" en general, con gran satisfacción, se decían que por fin había llegado la modernidad a Archidona, y que aquí se mataba de la manera más fina y civilizada y como correspondía al siglo, y nada de trabucazo o navajazo, que tan grosero y primitivo, resultaba.

COTILLEOS SOBRE EL ASESINATO

Antonia María Rodríguez Rogel

En estos cotilleos andaba el pueblo por estos días. Un auténtico hervidero de correveidiles, comadres y malpensados aunque algún lugareño que no quería opinar sobre tan escabroso asunto se limitaba a decir.

–Cosas de señoritos. Los pobres ya tenemos bastante con ir a la plaza a buscar trabajo.

Pero la profunda verdad de la historia con los últimos detalles de aquel drama de pasión, celos y muerte, se los llevó María Dolores a su tumba.

LA DETENCIÓN DE RICARDO

Antonia María Rodríguez Rogel

Las primeras pesquisas que se llevaron a cabo para esclarecer los hechos llevaron a la conclusión de que había sido Dolores quien le había entregado a su marido el artefacto explosivo, alejándose luego rápidamente de la consulta para no ser alcanzada por la explosión. Ése era, según el forense, el motivo de que el cuerpo del médico quedara destrozado sobre el sillón que había tras la mesa de su despacho mientras el de su esposa estaba junto a la puerta de salida con una esquirla de metal incrustada en el cuello entre una enorme brecha por donde se le fue la vida.

-Ha sido un castigo de Dios-decían los archidoneses convencidos de que Dolores y su amante habían planeado y ejecutado la muerte de Palomero para tener despejado el camino del matrimonio.

Ricardo Peris fue detenido por la Guardia Civil que lo encontró en el salón de su casa sentado en el diván. Estaba borracho de alcohol y tristeza ante una botella de coñac medio vacía, resignado y apático, como quien espera lo inevitable.

–Esa mujer me tenía loco y por eso amenacé varias veces a su marido pero yo no los maté –se limitó a decir a los agentes mientras lo conducían ante el juez.

Durante los interrogatorios volvió a negar ser el autor del atentado y el protagonista de muchos rumores que corrían por el pueblo. Se le acusaba de haber viajado a Valencia en vísperas de Navidad con la finalidad de elaborar un artefacto explosivo para lo que debía de tener medios y conocimientos suficientes puesto que pertenecía a una familia dedicada a la industria pirotécnica. Se le acusaba también de haber entregado a Dolores dicho artefacto, envuelto en papel de envío postal y con el remite de un laboratorio farmacéutico, para que ella lo pusiera al alcance de Palomero.

Peris negó rotundamente los hechos. Admitió que su familia tenía una empresa de pirotecnia pero él no había ido a su tierra a hacer ningún artefacto sino a pasar la Nochebuena con ellos. Admitió también que había amenazado en varias ocasiones al médico, incluso que lo odiaba a muerte por haberle robado impunemente a su amada, pero negó su participación en los hechos. Su coartada era más bien sentimental. Juró por lo más sagrado, que era verdad que en alguna ocasión, nublado su cerebro, si hubiese tenido un revólver a mano, habría matado a Palomero pero que jamás hubiera utilizado contra él un procedimiento que pudiera hacer algún daño a Lolita.

Sin embargo su juramento fue considerado perjurio. Nadie creyó en sus palabras como tampoco nadie creía en la inocencia de Dolores y el rumor de sus amoríos con el registrador siguió extendiéndose por el pueblo, cada vez con más fuerza, sembrando el enojo en la familia Palomero que llegó a considerar al hijo del matrimonio como un intruso nacido de la traición y del pecado.

Ricardo ingresó en prisión y contaban algunos que lo trataron por aquellos días que su terrible odio a Palomero continuó incluso después de muerto el médico, porque la mente de Peris, obcecada por los celos y por la muerte de Lola, lo consideraba el único culpable de aquella tragedia.

–Me la robó en vida y me la ha robado después de muerto –decía en los momentos de delirio con la voz trémula y los ojos chispeantes de fuego.

En cuanto a los rumores sobre el crimen, los había de todos los matices. Se decía, por ejemplo, que el niño Manuel Palomero González sería llevado a Madrid con unos familiares para librarlo del desprecio de quienes lo consideraban hijo del pecado y para que nadie tuviese ocasión de contarle la muerte de sus padres ni el hecho de que su madre no había sido enterrada en sagrado, junto a su padre, sino en el llamado cementerio civil, un inhóspito lugar cubierto de maleza donde ni siquiera había lápidas con nombres. Sólo pequeños montículos de tierra, cubiertos de cardos y ortigas que señalaban el lugar bajo el que se encontraban los cuerpos de los suicidas o de los criminales que allí se enterraban, entre la pena y el oprobio de los familiares, por ser rechazados en el cementerio católico.

CONDUCIDO AL CUARTEL

María Córdoba Gil

Cuando llegaron a su casa para conducirlo al cuartel para que declarara, Ricardo Peris abandonó su hogar con la certeza de que nunca más volvería. Sabía que sería acusado culpable y que no habrá testimonio ni coartada que le ayudase. Con tristeza miró a su alrededor. Pidió un poco de tiempo para arreglarse. Se puso un traje negro con una camisa blanca, era la forma que había elegido para vestir desde que Mercedes murió. Se calzó unos botines acharolados. Su aspecto serio, endurecido por una barba pequeña, con una mirada afilada y su boca marcada por un rictus amargo. Se sentía solo, inmensamente solo. Había perdido todo lo que había representado su vida desde que llegó a este pueblo sureño.

Fue un hombre codiciado por las jóvenes de su tierra y sin embargo en este lugar fraguó su tragedia. Él que había sido promotor fiscal durante once años, que poseía una esmerada educación y una gran cultura se había convertido en este hombre esposado que iba camino del cuartel.

Le dolía el cuerpo y el alma. La muerte acechaba despiadada a la mujer que había amado. A Dolores la amó desesperadamente, como no se puede explicar el amor que atenaza la garganta y desgarra la mente. Sin embargo a Mercedes la respetó. Admiraba la dignidad de ella, su saber estar, su señorío. Ahora las dos eran princesas del reino de las tinieblas y él estaba camino de perder su libertad. Esta es la palabra más bella jamás escrita.

Nunca se valora lo suficiente. Hay que perder salud y libertad para comprender que la riqueza más grande que se tiene la suman esas dos palabras.

A medida que avanzaba por la calle Carrera camino del cuartel intentaba erguir la cabeza, no quería dejar de ser la persona arrogante que siempre había sido y que sin embargo ahora a sus cuarenta años iba camino de ser carne de presidio. Sabía que nunca volvería a saborear los atardeceres jaspeados de tonos naranjas que inundaban la Vega regada desde el cielo con luces espectaculares. Grandiosa y odiosa había sido Archidona para él. El amor y el odio siempre lo estaban acechando.

A medida que llegaban al cuartel la gente se iba apiñando a su alrededor. Se escuchaban murmullos. Al pasar por el casino vio en la puerta al cacique con una mirada triunfante observándole con desprecio. Ricardo irguió más la cabeza pero no su corazón que se iba empequeñeciendo porque sabía con certeza todo lo que le ocurriría.

Le sometieron a interrogatorios muy duros en los cuales los "vergajos" se clavaron en su espalda una y otra vez.

Permaneció preso en la cárcel del pueblo totalmente incomunicado, hasta que se celebró el juicio en Antequera. Aquí comenzaron las duras acusaciones, creíbles o no creíbles, falsas o verdaderas pero donde se detectaban el fondo político que tenían. Allí no importaba averiguar la verdad. Lo único que importaba era hundir a Ricardo Peris el defensor de un tipo de política no afín con el sistema establecido. Si era culpable o inocente era lo de menos. Había que condenarle y comenzó este juicio que estaba causando tanta expectación.

Durante los tres días que duró el juicio se escucharon testimonios a favor y en contra. Sin embargo había una tendencia a dar más credibilidad a los que lo incriminaban, mientras que su abogado se desesperaba de impotencia.

Cuando se pronunció el veredicto las palabras del tribunal fueron como hierro ardiendo en su cabeza. Estaba condenado a muerte. Escuchaba una voz lejana que decía: «...concurren circunstancias de alevosía, agravante de premeditación....» Lo último que escuchó fue que era un suceso llevado a cabo de un modo original puesto que el código español de 1850 no conocía la circunstancia agravante de explosión. Su mente se nubló ante tanta insensatez *«¿Como iba él a mandar una bomba a la casa de Dolores sabiendo que ella la podía coger?»* A nadie lo importó su argumento. Le sacaron casi arrastrando hacia lo que sería su infierno en el futuro de su vida .Un penal en una plaza de África donde tenía que estar hasta que su sentencia se ejecutara.

PENSAMIENTOS DE UN CAUTIVO

María Córdoba Gil

Sentado en la oscuridad de su celda a Ricardo Peris su memoria lo traslada a un espacio vivo, acariciado en su recuerdo mil veces; impregnado de un perfume que jamás podrá olvidar. Vuelve a rememorar la tragedia de una vida que él provocó por celos. Su amor infinito hacia una mujer desencadenó el drama en varias vidas culpables de amar de una forma incontrolada.

Todo comenzó en su despacho en una lluviosa y triste mañana de principios de diciembre cuando los padres de Dolores después de realizar la gestión que les había llevado al despacho de Ricardo se despidieron cortésmente. A él se le contuvo el aliento cuando su mano rozó la de ella: «Buenos días, señorita» y ella ruborizada bajó los ojos hacia el suelo temblando y anhelando el roce de su mano.

La relación de Dolores con sus padres era muy afable, hablaban mucho con ella y compartían todo lo que ocurría a su alrededor. A pesar de esta complicidad esa mañana le costó preguntar: «Padre ¿Puedo ir a casa de Elena para terminar el encaje que estamos haciendo para la iglesia?» El padre miró a su hija y contestó: «Bueno pero vuelve a casa antes de que se ponga el sol y por supuesto vendrás acompañada por alguien.» Dolores asintió e inmediatamente después de almorzar se preparó para ir a casa de su amiga Elena.

Dolores y Elena se entendían muy bien porque tenían como nexo común una educación muy similar. La familia de Elena vivía en una casa grande con un gran patio central y un peculiar olor a romero y tomillo seco. Tenía un amplio salón con una estantería con muchos libros, algunos de estos tenían unas lomeras primorosamente grabadas; también había un piano. Esa tarde la chimenea estaba encendida y varios ramos de flores estaban situados en distintos lugares del salón dando acogimiento y colorido a la estancia.

–¡Elena, Elena! Hoy me ha ocurrido algo maravilloso –dijo de forma alborotada cuando Dolores llegó a casa de Elena con el corazón desbordado por un ansia de juventud y la ilusión de un amor desconocido.

–¿Qué es lo que te ocurre? ¿Realmente es tan importante? –le dijo su amiga mirándola perpleja sin comprender tanto entusiasmo.

–¡Hoy he vuelto a ver al joven registrador, recuerda, el que estuvo con nosotras en la subida a la Virgen! –le contestó sonriendo

–Modérate, una señorita no puede exteriorizar sus sentimientos de esa manera –le recriminó Elena.

Avergonzada Dolores agachó la cabeza ruborizada y no llegó a observar la fría mirada que Elena le dirigía.

La tarde de invierno que acompañó a las dos jóvenes fue muy contradictoria porque mientras una dejaba volar su imaginación hacia una persona maravillosa con olor a azahar, otra tenía clavada en el alma el comienzo de un gran desasosiego.

DECLARACIONES ANTE EL JUEZ

Antonia María Rodríguez Rogel

El juez Pérez Navarro esperaba en su despacho la llegada de Dolores Sánchez-Lafuente. La madre de María Dolores había pedido testificar voluntariamente respecto al crimen que había acabado con la vida de su hija y con la de Manuel Palomero. Era una fría mañana de principios de enero. Ese año se estaba produciendo un invierno implacable que neutralizaba los rayos del sol y se incrustaba en las fachadas de las casas traspasando las paredes, por ese motivo en el despacho del juez había un ambiente gélido atenuado apenas por una estufa de carbón instalada en uno de los ángulos de la habitación.

Al filo de las diez de la mañana apareció en el juzgado Dolores, acompañada de su marido y el juez percibió en ellos el temple de un padre apesadumbrado y la penosa dulzura de una madre hundida por un doble motivo: la muerte de su hija y los rumores que cuestionaban su honra. Después del saludo y las palabras de rigor, Dolores comenzó a hablar ante el juez y sus palabras tenían la precisión de quien está diciendo la verdad y al hablar arrastra el fluir del sentimiento. Estaba sentada ante el juez, toda vestida de negro, los ojos lánguidos, las manos yertas sobre el regazo y las palabras heridas por el recuerdo del triste suceso. Con un temblor infinito en la voz le dio al magistrado una serie de datos rescatados del fondo del tiempo. Le habló del amor sincero de su hija hacia Manuel Palomero, incubado desde el mismo momento en que lo conoció y fomentado día a día por el matrimonio y la convivencia, hasta convertirlo en una pasión viva e indestructible. Le describió como los celos de Peris habían producido un gran sufrimiento en María Dolores y como, desde el mismo momento de la ruptura entre ellos, existió una absoluta imposibilidad de retomar su relación. También le confesó ser la única persona a quien María Dolores le había confiado el secreto de haber escrito al registrador para interceder por Manuel e incluso de haberlo visitado furtivamente para rogarle que dejara de amenazar la vida de su marido.

Todo el discurso de Dolores fue un homenaje de palabras a su hija, brotadas de los pasadizos de la ternura pero que tenían inconfundibles ribetes de verdad. Terminó su intervención afirmando haber tenido siempre el presentimiento de que algo parecido podía ocurrir y había rezado mucho para que no sucediese pero el cielo inclemente no escuchó sus ruegos y la muerte persiguió al matrimonio hasta alcanzarlo, quizá porque nadie puede escapar a la sentencia del destino. Sus afirmaciones eran firmes y solemnes como si la miseria de las calumnias que había en la calle fustigaran su sangre. Ante cada afirmación de Dolores, su marido asentía y el magistrado anotaba el testimonio en un folio blanco en el que la mujer clavaba sus ojos. Ella sabía de la vida de su hija y por eso quería al menos restituir su honra e impedir que las calumnias impusieran su total sinrazón.

Dolores salió del juzgado con la inquietud impaciente de la espera pero más serena. Sobre el mar de la mañana, la boca invisible del viento silbaba dolorida entre las copas de los árboles y revestía de gasas de nube un cielo claro y frío como un témpano.

En su despacho, el juez releía las notas tomadas de la declaración y captaba el fondo de verdad que había en ellas. Pero eran palabras de una madre y él necesitaba pruebas concretas y tangibles. Así que, aquella misma mañana, ordenó un minucioso registro, tanto en el domicilio de los fallecidos como en el del acusado. En el interior de un armario de la que había sido la casa del matrimonio Palomero se encontraron varias cartas de Peris a Dolores. Ninguna era de amor. Pero la muchacha había guardado todas las cartas de amenazas que el registrador le había dirigido, como si hubiera tenido el presentimiento de que algún día iban a servir para reconstruir los hechos. Y en cuanto al registro de la casa de Peris, los hallazgos fueron aún más concluyentes porque, en un cajón de la mesa de su despacho, guardadas en una carpeta azul, la Guardia Civil encontró todas las cartas que Dolores le había escrito, desde aquella primera en la que aceptaba la cita que Ricardo le propuso para conocerse, hasta las dos últimas en las que intercedía por su marido y le anunciaba su visita para explicarle personalmente su preocupación y su angustia.

Paralelamente, otra investigación iniciada con anterioridad dio como resultado que el paquete que contenía el artefacto explosivo había sido enviado por correo desde Sevilla y fue entregado a Dolores por el cartero en la mañana del 30 de septiembre mientras Manuel Palomero visitaba a su enfermos en el hospital, de lo que se deduce que, a su regreso, Dolores se lo entregó a su marido y éste, al abrirlo, provocó la explosión.

La inocencia de Dolores quedó doblemente demostrada y el pueblo sintió en sus carnes el arrepentimiento y la tristeza por tantas murmuraciones injustas. Especialmente la familia Palomero que lamentó profundamente haberse dejado arrastrar por unos rumores que llegaron a borrarle la consciencia.

Dolores Sánchez-Lafuente, aunque anclada en el dolor

por la pérdida de su hija, se alegró de haber tenido la valentía de testificar ante el juez por aquel doloroso crimen y, en memoria de María Dolores, le hizo una ofrenda a San Juan Nepomuceno, el abogado de la honra en la mujer y protector contra las calumnias.

Ahora quedaba por averiguar el papel de Peris en los hechos, una vez descartada una posible relación adúltera con Dolores y la entrega personal del artefacto a ella. Se empezó por investigar cuáles habían sido sus pasos en los días que permaneció ausente de Archidona y se averiguó que, de regreso de Valencia, pasó por Sevilla donde pernoctó en un hotel la noche del 27 de diciembre. Llamado nuevamente a declarar, el registrador aseguró que todo era una trágica coincidencia porque efectivamente, había estado en Sevilla aquel día pero sólo para visitar a un viejo amigo en quien buscar apoyo puesto que, recientemente abandonado por su esposa, se sentía sólo y desamparado y necesitaba el refugio de la familia y de los amigos para vencer el hastío cotidiano.

El amigo referido por Peris era un abogado valenciano que ejercía en Sevilla y al que el registrador conocía desde niño. Se llamaba Francisco González Marín, y llamado a testificar, afirmó que, efectivamente, Ricardo Peris lo había visitado en la mañana del 27 de diciembre, día que pasaron juntos en la ciudad comentando aspectos de sus vidas entre ellos el de la mala situación personal por la que atravesaba Ricardo. Asimismo, fue interrogado el funcionario de ventanilla de la oficina de correos en la que se depositó el paquete explosivo, pero dicho funcionario afirmó ante el juez, y en presencia de Peris, que jamás había visto a aquel hombre.

A pesar de ello, el juez no admitió la coartada por considerar que visitar a un amigo no era incompatible con enviar un paquete postal y que éste pudo ser llevado a Correos por cualquier persona a la que Ricardo Peris se lo hubiera encomendado.

JUICIO Y CONDENA

Antonia María Rodríguez Rogel

El día en que se inició el juicio por el que ya se conocía como "El Crimen de Archidona", Ricardo Peris entró en la sala con una dolorosa calma contenida y ocupó el lugar destinado al reo.

Oyó serenamente la declaración de algunos testigos y comprobó cómo el abogado de la familia Palomero lo acusaba de haber cometido, fría y premeditadamente, el doble asesinato y pedía para él la pena capital.

Llegado el momento y antes de responder a las preguntas concretas de los abogados, Ricardo pidió puntualizar algunos aspectos sobre su relación con Dolores y, una vez que el juez le dio la palabra, se puso de pie y comenzó a hablar.

–Señores, yo no cometí ese crimen. Es verdad que odiaba a Palomero y le amenacé varias veces porque se había interpuesto entre Lolita y yo y me arruinó la vida consumiéndola en el seno de un abismo insondable. A partir de ese momento, me volví loco y los tigres de mi sangre rugieron despropósitos por todas partes porque no podemos enterrar el pasado y, si uno lo intenta, éste se abre a paso a dentelladas y nos vence. También es verdad que soy un hombre impulsivo y tenaz y por ello molesté muchas veces a Lola en mi empeño de volver a conquistarla y eso tal vez no lo comprenda mucha gente. Ni lo comprenden ni lo perdonan y menos en este pueblo cerrado y miserable donde los ricos aumentan sus fincas con el sudor de los pobres y las mujeres se mueren de pena. Pero nadie puede pretender ser diferente a como se es, y mucho menos poner fronteras al carácter o moderar un dolor que va cayendo sobre los hombros hasta rendirlos.

No he cometido ese crimen porque no soy hombre de meditar las cosas. Es verdad que en algún momento concreto de exasperación, hubiera sido capaz de matar a Palomero, pero lo hubiera hecho a la cara y nunca por la espalda como un cobarde, y menos con una carga explosiva que pudiera dañar también a Lola. Sé que estoy condenado de antemano por el pueblo y quiero afirmar que no me importa lo que vaya a ser de mí pues ella está ya sumergida en la nada, donde la convocó un destino adverso, y ha dejado un oscuro hueco en el lugar donde antes estallaba su risa. Nada tiene importancia excepto el amor que existió y existe todavía en mí. Por ello quisiera fundirla en mi presente, o por lo menos en el recuerdo de lo que tuve en otro tiempo, antes de que me acorralara la vida. Y si no fuera así, si no existiera aún el vendaval de ternura de aquel tiempo, si no estuviera presente ese cálido recuerdo que desmantela mis deseos de fuga hacia la nada, yo no estaría aquí desde aquel día funesto en que se deslizó a la muerte y la tierra se tragó su belleza con impía crueldad. Nadie podrá medir en su justa medida el daño que me ha dejado su ausencia ni el contraste entre el estéril descampado del presente y el ayer poderoso al que ni el tiempo es capaz de arrastrar al olvido. Ni nadie puede saber lo que su muerte se llevó ni podrá imaginar que dejó mi vida reducida a una noche sin luna ni estrellas por donde merodea el ayer sin tregua ni descanso. Ella que, rutilante y hermosa, pasó en tropel por mi existencia, es ahora, todo lo que nunca poseeré. Una luz peregrina que ya ni existe, un corpúsculo de nada que se clava en mi corazón deshilachado con dimensión puntiaguda de puñal. Está muerta y lo ha perdido todo, pero también, por ella, yo todo lo perdí, incluso el don más sublime, la libertad. Ahora me siento como un inmenso espejo frente a su muerte y lamento el dolor que le causé sin querer. Pero nada tiene ya para mí sentido salvo aquel diminuto pedazo de tiempo en el que ella me amaba y en el que cada escorzo de su cuerpo era como un aleteo de hermosura perfecto y transparente. Mi vida, profanada por su ausencia, es un suspiro que la pena silencia y por mi pensamiento Lolita se pasea posesiva como un cendal de niebla, donde el aire se enreda reavivando mi tristeza. No era mía en los últimos años pero estaba viva y sabía que su cuerpo llenaba una parte del espacio de Archidona y cuando yo iba por la calle me gustaba pensar que quizá iba llenando ese mismo espacio que ella había ocupado antes y que el aire que estaba respirando en ese momento lo había respirado también ella. Hasta que se fue inesperadamente a una dimensión lejana y desconocida, a una extraña región de sombras y sueño, olvidando que me poseía y me dejó sobre la cortante y fría arista de la tristeza, absorto en mi dolor y agobiado por el borboteo de una existencia en la que me resulta injusto hasta el azul de la tarde porque ella no lo goza. Una estela de tristeza me lleva por las ondas inquietas de un mar donde la memoria me trae en su rumor sutiles ecos de ausencia y amargura.

Yo no pude matarla y ojalá algún día el tiempo descubra sus estratos y deje ver la verdad aunque eso tampoco me quitará las penas. No la maté porque la amaba. Amaba sus ojos dorados como lunas y el atardecer resuelto en fuego de sus mejillas Y por ella, por todo lo que supuso para mí, no quiero que se diga eso, ni siquiera que se piense. Los indicios que me señalan como asesino me parecieron en principio tan sólo una desgraciada sucesión de coincidencias pero pensando sobre los hechos con la profundidad con la que es capaz de pensar un hombre que se siente en la orilla de la muerte he comprendido que nada de eso fue casualidad. Todo lo contrario. Es un estudiado asedio de mis enemigos políticos contra quien no es, ni se siente como ellos. Igual que lobos hambrientos de venganza debieron de seguir mis pasos en los días previos al crimen hasta dejar el explosivo en un lugar que pudiera comprometerme. Son los detractores que me miraban con desdén en el casino despreciando mis ideas políticas que tachaban una y otra vez de peligrosas. Los mismos que a mis espaldas me acusaban de masón y carbonario como si eso fuese un crimen. Pudo ser cualquiera de ellos. Posiblemente fueran también enemigos de Palomero, que tenía los suyos, y muchos, no sólo por motivos políticos sino también por cuestiones de cotos, linderos y por asuntos relacionados con su profesión. Debieron pensar que matarían dos pájaros de un tiro pero se llevaron también a Lola, aunque eso debió de importarles bien poco. ¡Maldito pueblo de caciques y tiranos! ¡Maldita Archidona! Lo afirmaré mientras el cuerpo me sostenga y lo proclamaré hasta delante de mi muerte. Ya sé que estoy juzgado de antemano y esto no hay quien lo remedie porque no existe ningún Dios que haga justicia ni sé de otra eternidad que la de mi amor hacia ella. Pero me rebelo ante un juicio que me condena por un crimen que no cometí y rubrica una historia falsa entre Lolita y yo. Un juicio que el pueblo dará por bueno y propiciará que mis enemigos brinden clandestinamente en el casino por su triunfo y que la justicia se cuelgue la medalla de haber averiguado la verdad. Pero todo es una farsa, puras apariencias. Soy el "chivo expiatorio" de todo este enredo.

Sus últimas palabras sonaron como un gemido que disolvió la sala. En ese momento el juez le ordenó callar pero al ver que Ricardo continuaba su soflama contra la justicia decidió aplazar el juicio hasta el día siguiente y mandó que el reo fuese desalojado de inmediato.

Reanudado el juicio un día después, Peris permaneció tranquilo sentado ante el tribunal. Convencido de lo que iba a suceder, contestó de mala gana a las preguntas del abogado de la acusación, reiterándose en lo dicho el día anterior y, cuando la sesión terminó, el juez tomó la palabra para decirle que su discurso del día anterior le había parecido un estudiado ejercicio de retórica, y la argumentación contra unos posibles enemigos, una fabulación sin sentido o un intento de politizar el juicio y desviar su culpa. Luego, con voz pausada y alta, el magistrado sentenció que lo que Peris había llamado sucesión de coincidencias era en realidad una abrumadora prueba que lo inculpaba con total claridad como autor de un crimen pasional que había preparado concienzudamente, desde la elaboración del explosivo hasta el discurso de su defensa. Argumentó su veredicto citando a Sócrates: «Un indicio es un indicio, dos indicios son dos indicios, tres indicios son una prueba.»

Ricardo Peris escuchó sus palabras impertérrito mirando desafiante al magistrado y negando insistentemente con la cabeza ante cada una de sus afirmaciones. A pesar de todo, sus más allegados lo notaban levemente vencido como quien ha de asumir un castigo injusto.

Unos días después, concretamente el 17 de mayo de 1887 se redactó la sentencia que lo condenaba a la pena de muerte. El pueblo, convencido de su culpabilidad, la recibió satisfecho pero fue recurrida por su abogado por considerar que los argumentos que la fundamentaban eran indicios y no pruebas y solicitaba que se investigaran otras líneas. Esa nueva investigación no se llevó a cabo nunca pero como consecuencia de este recurso, a Ricardo se le conmutó la pena capital por cadena perpetua y fue enviado al penal de Ceuta para que cumpliera allí la condena. Ya nunca más volvería a Archidona donde Dolores y Manuel dormían el sueño eterno, por fin juntos en la muerte, en una tumba que la espuma del tiempo iba cubriendo de una pátina de paz y de silencio.

RICARDO ES CONDUCIDO AL PENAL

María Córdoba Gil

Cuando finalizó el juicio, Ricardo no volvió más a Archidona. Le ingresaron en la cárcel de Antequera durante muy pocos días. Una mañana, en la madrugada del 20 de junio, mientras que las estrellas dormían y empezaba a despuntar el alba, sintió que lo zarandeaban diciéndole: «Levántate, hoy por fin vas a ir al sitio donde te mereces estar.» Ricardo se incorporó, su aspecto ya había empezado a cambiar notablemente. Su barba era más larga y sus ojos habían empezado a perder vida debido a la oscuridad. Estaba vestido con un pantalón de tela raída y un blusón de mangas anchas de un color gris negruzco, calzaba unas sandalias de tiras de color negro. Le colocaron las esposas y fue atravesando distintos pasillos hasta que se vio en un espacio iluminado. Le sacaron a la calle esposado, él aspiró el aire de la mañana con avidez y sus pulmones lo recibieron como un bálsamo. Le montaron en un carro, donde iban dos guardias que en ningún momento le dirigieron la palabra. No sabía a donde iba, pero tenía la certeza de que nunca más volvería a pisar Andalucía. Notó que el carro se paraba y le obligaron a bajarse de él dándole con la culata de la escopeta. El ruido ensordecedor del tren que se acercaba le anunció que había llegado el momento de una partida sin retorno.

El movimiento del tren a través de las campiñas doradas de espigas lo fue alejando. Al cabo de varias horas percibió el olor a mar, un olor húmedo que dejaba en los labios el sabor salado de su caricia. El ramillete de espuma que arrullaba la bahía gaditana sería testigo sordo de su marcha hacia el presidio que sería su tumba durante dos años y siete meses.

Hasta la aparición de Alejandro en su celda él había creído que su fin había llegado. Luego cuando lo pasaron con el resto de los presos solamente pensaba en un objetivo: escapar con la ayuda de Alejandro y del "Cojo" o intentándolo de la manera que fuera necesaria.

En la prisión se extendió el rumor de que él era un hombre de letras y comenzó a ocuparse de ciertas tareas que le encomendaba el encargado de la prisión, aunque eso no significara que gozara de ningún privilegio.

Como pudo fue fortaleciendo sus piernas, pero en la derecha se le había quedado una cojera a causa de la humedad, esa humedad pegajosa que se había adueñado de sus huesos. Su mente comenzó a despertar de nuevo, con frialdad, astucia y deseo de venganza. Como un ave rapaz al acecho de aprovechar cualquier fallo.

Un día decidió que era importante tener contacto con algunos reclusos para obtener información de donde se encontraba exactamente. Escogió a dos para intentar un acercamiento. Los dos eran reclusos acusados de haber participado en una revuelta de campesinos que se había desarrollado en un pueblos cordobés. A través de ellos sabía que estaba en el penal de Ceuta, y que era considerado uno de alta seguridad. La prisión estaba situada casi en la cúspide de un monte de no muy elevada altitud, pero que daba al mar con un acantilado donde las olas morían con furia. Solamente había una parte que estaba comunicada por tierra, pero estaba muy bien custodiada.

A partir de ese momento comenzó a pensar en distintas estrategias para alejarse de allí pero no fue necesario puesto que el "Cojo" y Alejandro que había vuelto de nuevo tenían preparada su evasión. Mientras tanto en Archidona su recuerdo se iba extinguiendo.

ALEJANDRO VISITA A RICARDO

María Córdoba Gil

Ricardo en la prisión no sabía distinguir el paso de las noches ni de los días. No sabía cuanto tiempo llevaba allí. A él le parecía un milenio.

Hay muchas formas de morir y él se sentía muerto en vida. Ya ni los recuerdos lo aislaban de ese lugar. Su estado físico y mental estaba muy deteriorado. Sentía que no tenía nada por lo que luchar, pues ni siquiera su cuerpo le interesaba. Era un superviviente de la vida que estaba llegando al final de su meta.

El frío había mutilado todos sus anhelos. Su batalla estaba perdida en la oscuridad, en el silencio y en la soledad. Ya no sentía compasión de si mismo. No tenía miedo, ni pasado, futuro o presente. Era una sombra vacía del juego cruel de la vida.

Deslizándose por este declive transcurrió algún tiempo.

Un día o una noche, él no sabía que era, de nuevo escuchó hablar. Pero permaneció quieto en un rincón con la cabeza metida entre las piernas. El farol que iluminó el interior de la celda dejó ver la tremenda crueldad que se le puede infligir a un ser humano.

El visitante era Alejandro Sandoval. Éste se tuvo que cubrir el rostro con un pañuelo porque el olor era imposible de soportar. Al entrar en la celda un escalofrío le recorrió la espalda. Susurró: «Ricardo, Ricardo, soy yo Alejandro.» Éste ni siquiera se movió. Prosiguió: «Ricardo he conseguido que salgas de esta celda. Te van a trasladar con el resto de los presos y en cuanto hayas mejorado vas a lograr volver a conseguir tu libertad. Lo tenemos todo preparado. Aún tienes un futuro que vivir.»

Ricardo permaneció impasible ante estas declaraciones. Pensó: *«Libertad ¿Qué es eso?, ¿Se podría ser libre después de haber conocido este lado oscuro de la vida? ¿Volvería a humanizarse? ¿A sentir emociones?»*

Sintió como lo arrastraban. Sus piernas eran como peleles sin rumbo. Lo lavaron y le afeitaron la cabeza y la gran barba que tenía. Sus ojos habían perdido el verde de los campos en flor para transformarse en dos puntos oscuros, opacos y vacíos.

La desnutrición que tenía era tal que tardaría mucho tiempo en volver a tener aún un parecido lejano con el Ricardo que había sido.

Alejandro siguió visitándolo hasta que tuvo que volver al pueblo. Pero le dijo: «No te preocupes, el "Cojo" se está ocupando de todo. Ya te enviará noticias cuando lo tenga todo dispuesto».

Su relación con los otros presos era nula. Acostumbrado a la soledad no soportaba la convivencia con otros seres humanos. Se aisló físicamente. Pero mentalmente fue recobrando poco a poco su lucidez.

A veces sus recuerdos lo trasladaban a un pasado donde aparecía Dolores, Mercedes y su hija Angélica. El trío de mujeres de su vida pasada.

La obsesión por una de ellas le había privado de la dulzura de haber visto crecer a su hija. Y, ¿Realmente había merecido la pena? Nunca pudo contestarse a esa pregunta.

LOS BANDOLEROS DE JIBALTO

María Córdoba Gil

Los cascos de los caballos de la cuadrilla de el "Chato" resbalaban a medida que iban ascendiendo por la empinada vereda que llevaba a la cima del monte Jibalto, donde estaba la cueva que les servía de cobijo. Era un día de niebla bajera, que les impedía avanzar con rapidez para no extraviarse por estos parajes de belleza singular.

La cueva estaba situada de forma estratégica y era prácticamente inaccesible. Era cálida en invierno y fresca en verano. Dominaba todo el valle. Su entrada la tapaba una higuera de grandes dimensiones.

La vegetación de esta zona era muy variada. En la falda de la sierra abundaban los chaparros centenarios que parían sus frutos e inundaban el suelo de jugosas bellotas que servían de alimento a los jabalíes que por la noche deambulaban por la zona. Durante el día algún niño merodeaba por allí con los cerdos. Eran pequeños porqueros que vivían en los cortijos cercanos y cuidaban a los animales.

A medida que se ascendía, unos prados inmenso de lirios y margaritas de exquisito color blanco y morado lo invadían todo. Parecía una alfombra tejida por unas manos primorosas.

Antonio subido en su caballo lo observaba todo. Le gustaba la naturaleza que rodeaba a este paraje.

Poco a poco se iba estrechando la vereda e iba apareciendo una vegetación diferente y espectacular. Eran unas plantas desconocidas en la zona, de color anaranjado y flores amarillas que desplegaban aromas intensos.

El caballo hizo un gesto de miedo cuando varias cabras montesas se aproximaron. Unas águilas desplegaron su vuelo airoso sintiéndose dueñas del cielo.

En la cima, las nubes lo envolvían todo como un voluptuoso velo de tul. Las yedras se adherían a las frías paredes de piedra alcanzando alturas grandiosas.

Cerca de la cueva había un pequeño manantial de agua cristalina, que al desbordarse impregnaban de vida este lugar. Durante el invierno no solían venir por aquí ya que la sierra estaba coronada siempre por un manto de nieve y dificultaba mucho la supervivencia en ella.

Esa mañana de mediados de marzo, Antonio con un pañuelo en la cabeza iba erguido y altivo. Se había ido adaptando a esa forma de vivir.

Su cuadrilla atacaba a los viajeros para robarles. Pero no eran sanguinarios. Cuando estaban por esta zona los pastores y labradores siempre les ayudaban y les daban cobijo.

A través de un labrador se enteró de la muerte de su padre. Había muerto como había vivido en los últimos tiempos: sin tener conciencia de la realidad. Sabía que su madre seguía con el mismo desconsuelo. Nueve de sus hermanos aún vivían con ella.

Él intentó aproximarse al pueblo pero el "Chato" le dijo: «Déjalo para más adelante, sabes que nos pones en peligro a todos nosotros. Razona. Ya llegará el momento que hagas lo que tienes que hacer.»

El "Chato" era un hombre corpulento de elevada estatura y pelo negro como la noche. No era muy hablador. Las órdenes las daba siempre de forma tajante sin dar lugar a ninguna réplica. Había estado luchando en la guerra de Cuba y cuando volvió se sintió totalmente desarraigado. Y se echó a los caminos. Pronto se le unieron varios hombres con diferentes historias y un nexo común: el hambre y el descontento.

Se llamaban por distintos apodos. Sus nombres habían sido olvidados en la miseria de este tiempo tan dispar y tan poco tolerante.

Antonio siempre se hacía la misma pregunta *«¿Quienes eran los verdaderos bandoleros, ellos o los caciques legitimados por los gobiernos que mandaban en esta Andalucía moribunda?»*

Sentados alrededor del fuego uno hizo un comentario que les llamó la atención. Dijo: «¿Sabéis que han descubierto la pólvora sin humo y es mucho más destructiva que la que había antes?» Todos comenzaron a argumentar sobre el tema, pero a medida que avanzaba la noche se fueron retirando para dormir.

La noche languideció para dar paso a un alba desbordante de color.

VICTORIA YA ERA UNA MUJER

Miguel García Peña

Victoria, a través de los años, se transformó en una adolescente encantadora. Su gran belleza, su tez morena, su mata de pelo ondulada, coronaban un cuerpo armonioso y de largas piernas .

Una tarde de otoño llegó de visita a casa de sus padres Eloisa, la cual se había casado con un oficial de la marina. Ella había sido invitada a una gran fiesta a la que debía ir acompañada pero su marido se encontraba embarcado por unos meses, su madre estaba enferma, y sus hermanos menores no eran la compañía apropiada para ella, se encontró que no sabía con quién ir. Así que mientras hablaba con Victoria de lo aburrida que estaba y de lo desgraciada que era, se le ocurrió una idea estupenda, ante la cual se le iluminó la cara.

–Acompáñame tú, Victoria. ¡Nos divertiremos muchísimo en esa fiesta!

Victoria, no se atrevía a acompañarla sin el consentimiento de la madre de Eloisa, además no tenía la ropa apropiada y temía dar una mala imagen y que se descubriera que era la criada de su señorita.

Fue la señora Mercedes, que conociendo lo insistente que podía llegar a ser su hija, respetó la opinión de Victoria y la ayudó a decidirse.

Buscaron para ella un hermoso traje de fiesta y le prestaron algunas joyas y hasta una piel de zorro para su elegante cuello. Ante ese gesto tan generoso, Victoria decidió acompañar a Eloisa a la tan ansiada fiesta.

El día de la fiesta, al entrar a esa casa tan bellamente iluminada y sin darles tiempo a saludar a los anfitriones, se vieron rodeadas por divertidos jóvenes ansiosos por bailar con ellas.

Eloisa bailó sin cesar con todos los que la solicitaban, en cambio Victoria fue acaparada por el hijo de los anfitriones y bailaron toda la noche. Al marcharse, el joven las siguió discretamente, para averiguar su paradero. Descubrió así, que aquella maravillosa joven, era pariente de su amiga Eloisa, porque se hospedaba en su casa.

Durante varios días, el joven enamorado rondaba la casa y así todos comprendieron que buscaba a Victoria.

Para aclarar el malentendido, Eloisa hablo con Victoria y ella, resuelta, le dijo que lo arreglaría inmediatamente. "Ni corta ni perezosa" se colocó bien el uniforme, se lavó la cara, se peino su larga y ondulada melena y salió dispuesta a aclarar el malentendido con su supuesto admirador.

Decidida, se acerco al joven y él, al descubrirla agacho su cabeza y se alejó lentamente y con determinación. *«¿Cómo podía él, pretender a una criada?»* Y así Victoria jamás volvió a verle.

EL APELLIDO PINEDA

Miguel García Peña

Mariana Pineda nació en Granada en 1804 y murió ejecutada en 1831. Esta heroína española, viuda y madre de dos hijos, fue denunciada por haber bordado en una bandera la leyenda "Ley, Libertad e Igualdad".

Con el devenir de los tiempos, su sacrificio, así como la grandeza de su espíritu inspiraron a Lorca, mártir como ella de la libertad.

Los historiadores cuentan solo los acontecimientos de la heroína en primera persona, pero obvian o desconocen el azaroso destino de sus descendientes. El solo hecho de hacer unos simples trámites burocráticos era un calvario en Granada para el apellido Pineda, por eso, algunos miembros de su familia, sintiéndose acosados, optaron por un destierro voluntario y una parte de los Pineda se instaló en "La Colonia de Santa Inés", en Málaga, conocida en aquellos tiempos como "Colonia de desterrados".

Cecilia Pineda se casó y tuvo nueve hijos, entre los que se encontraba Francisco García Pineda, que trabajó en las muchas fábricas de cerámica de la zona; posteriormente se colocó en una fábrica de sombreros, (en la actualidad aún queda una tienda de la misma firma en Málaga, que sigue vendiendo sombreros).

Francisco se enamoró de Victoria, pero en otra ocasión os contaré las peripecias de este matrimonio y de la discriminación y persecuciones que siguieron sufriendo los Pineda, los cuales para huir de ese acoso, en muchas ocasiones tuvieron que cambiar sus apellidos.

Esta persecución hacia los descendientes de Mariana Pineda, solo se acabó con la llegada de la democracia de la que ahora disfrutamos.

LOS FUNCIONARIOS DEL AYUNTAMIENTO

Miguel García Peña

Entre tanto en el Ayuntamiento de Archidona se mecanizó la escritura y tenemos una anécdota que solo podían conocer los primeros escribientes con máquinas. Una de ellas era la de un escribiente muy guasón que cuando recibió la orden del concejal de Festejos elaborar para el Pleno un informe sobre las actuaciones para la Feria de Agosto, este funcionario se dispuso a escribirlo y era habitual que con el sonido del "tac, tic, tac, tic, tac, tic, tac" de los otros escribientes, no se escuchaban otros ruidos menos deseados y cuando todas las máquinas estaban como se suele decir "echando humo" el funcionario en cuestión levantaba un poquito "sus reales posaderas" y se desahogaba a gusto, sin que nadie lo pudiera oír, o eso era lo que el creía, pues un día se pusieron todos los compañeros de acuerdo y cuando observaron que se inclinó suavemente y empezó su traca particular, se pararon todas las máquinas a la vez, pero él no cortó su "sonora interpretación exhaladora", sino que mirando a sus compañeros, añadió con una expresión en la cara de alivio, sorpresa y sonrisa «Puñeta que me faltó máquina» y a las risas del personal acudió incluso el alcalde.

EL FINAL DE MERCEDES

María Córdoba Gil

Ricardo Peris tenía los ruidos de los cerrojos de la prisión incrustados en su mente. Cincelados minuto a minuto, hora a hora, día a día.

Nadie que le hubiera conocido antaño cuando era registrador de la propiedad y fiscal en funciones podría reconocerlo. Había envejecido prematuramente víctima de esta tragedia que no pudo ni quiso controlar. Se había cegado con un sol que no le podría dar calor. La anheló y la seguía anhelando aunque sabía que ella estaba desposada con la muerte, Dolores formaba parte de ese vacío sepulcral sin retorno, pertenecía a las sombras, a la eternidad. El negro agujero de la muerte absorbió su vida, su juventud, su pasión y le llevó a la destrucción. No hay peor muerte que la de no morir cuando se desea acabar y formar parte del silencio, la oscuridad y el vacío. De nuevo su pasado fue apareciendo. Recordó cuando su mujer se marchó con su hija y él se quedó con la nostalgia de un amor que tanto daño le hacía.

En el pueblo circulaban rumores de que el marido de Dolores tenía una mala relación con su suegro. Parece que había surgido una discusión a causa de una tierra que el padre de ella tenía y que quería arrendar a uno de los hijos de Gracia. A Manuel (según los rumores) no le pareció bien la idea. Intentaba por todos los medios de alejarse de aquella gente y no le agradaba que su suegro vinculara sus tierras con esa "gentuza", como él los calificaba. Según se comenta el padre de Dolores había discutido seriamente con él.

–Manuel, no olvides que en mi casa mando yo y el hecho de estar casado con mi hija no te da derecho a inmiscuirte en mis asuntos –le dijo antes de salir dando un portazo.

–¡Papá! ¡Papá! Por favor, por el niño y por mí no tomes esa actitud –le dijo su hija llorando mientras salía detrás de él.

–Lo siento Dolores, esta es la gota que ha colmado el vaso. No puedo seguir tolerando la actitud de tu marido –fue la respuesta de su padre que salió de la casa dejando a Dolores llorando desconsoladamente.

–Manuel por Dios te lo pido no sigas con esta actitud. Tu sabes lo que mi padre significa para mí –le recriminó Dolores a su marido al volver a entrar en la casa, ante lo que Manuel la miró fríamente y dando media vuelta se salió sin darle ningún consuelo. Todo esto se rumoreaba en el pueblo y todos estaban pendientes por si esto era cierto o no.

Mientras tanto Ricardo trabajaba arduamente, quería olvidarse de todo. Cuando un día una carta llegó a su despacho. Le sorprendió el sobre con una franja negra. Era una carta de luto. La abrió precipitadamente. Era de su cuñado Sebastián. En ella le comunicaba que había sido padre de un niño, y que su mujer había perdido la vida en el parto. Le rogaba que bajo ninguna circunstancia y por respeto a su padre, se presentara en la casa. También le comunicó que ellos se harían cargo de los niños aunque por supuesto su apellido lo mantendrían. El final de la misiva era muy duro. En ella se decía:

«...y que la muerte de mi hermana caiga sobre tu conciencia y la arrastres como una condena. Te

maldecimos por el daño que le has hecho. No merecías a esta mujer maravillosa. La has destruido y sin embargo ella siguió amándote hasta sus últimos momentos, ya que se deslizó de la vida a la muerte susurrando tu nombre. Ya que renunciaste a tenerlas a tu lado, te ruego en nombre de su memoria que nunca hagas uso del derecho de paternidad. Muéstrate como un caballero y aléjate de una familia en la que nunca tenías que haber entrado.

Espero que accedas a lo que te pido y por lo menos le otorgues a mi padre el poder ver crecer a sus nietos y en ellos pueda ver la prolongación de su hija. Déjanos con nuestro dolor y no vayas a acrecentarlo con tu presencia.»

Ricardo se quedó petrificado. «¿Qué es lo que había hecho?» No había sabido valorar a una gran mujer y por primera vez se dio cuenta de que nunca podría tener comunicación con sus hijos. Porque el mensaje que le había enviado Sebastián era contundente. Y aunque legalmente tenía todos los derechos, él sabía que no podía ni debía hacer uso de ellos.

Se puso en contacto con sus padres que también vivían en Valencia y a través de ellos supo lo qué le había ocurrido a Mercedes desde que abandonó el pueblo.

Se enteró de que cuando ella llegó a la estación estaba muy desmejorada. En el andén la estaba esperando su padre y sus dos hermanos. Se abrazó a ellos con el corazón encogido.

–Mercedes, ¿Qué ocurre hija? –le preguntó su padre.

–Papá me he venido de una forma definitiva. Mi boda ha sido un engaño. No sé como pude estar tan ciega.

Todos callaron mientras que el carruaje los desplazaba por las calles de la ciudad. Ya en su casa mientras que comentaba lo sucedido veía como su padre se entristecía y crispaba a la vez. Sus hermanos permanecían mudos sin saber que actitud tomar. En ese momento se escuchó un ladrido persistente. Era su perro que había intuido su llegada y comenzó a lamerla y a mirarla con ojos tristes como comprendiendo su dolor.

–¿Quieres que tomemos algunas medidas?

–Papá espero un nuevo hijo para dentro de siete meses, sólo quiero paz y tranquilidad –le contestó negando con la cabeza

En los días sucesivos se trató de normalizar la vida en la casa. Pasado algún tiempo comenzó a tener un malestar continuo.

–Es un embarazo difícil. El niño está situado en mala posición. Está de nalgas. Esperemos que en el tiempo que le queda se dé la vuelta y tenga un parto normal –fue el diagnóstico del médico de la familia cuando lo consultaron, así que le mandaron reposo y su hija quedó al cuidado de una de sus cuñadas.

Estaba sentada en la habitación cuando sintió un dolor intenso, como si un cuchillo hubiera entrado en sus entrañas. Se incorporó y vio que tenía un gran charco de agua. Llamaron al médico y pasadas las horas los dolores la desgarraban. Sus gritos intensos del principio se fueron apagando y al tercer día cuando nació su hijo no tenía fuerzas ni para abrir los ojos. Poco a poco una gran infección se fue apoderando de su cuerpo y unos grandes espasmos la sacudían.

En un momento, una velada sonrisa apareció en su rostro y murmuró: «Ricardo, Ricardo». Se incorporó en la cama abriendo los ojos desmesuradamente e inclinando la cabeza hacia el lado en el que estaba su padre la vida la abandonó. Éste la abrazó no pudiendo creer que este fuera el final de su princesa. Tras un grito desesperado la habitación se inundó de llantos.

De repente un aullido los estremeció a todos. Su perro estaba llorando su muerte.

AGUA CORRIENTE PARA EL ALCALDE

Miguel García Peña

El mismo alcalde que fue partícipe de las risas de los mecanógrafos del consistorio, mandó al Maestro de la Villa, a trazar una conducción de agua con una tubería de plomo desde la fuente de la Plaza de San Roque a su casa, sita en la calle Pilarejo. La disfrutó durante mucho tiempo, colocando una bomba mecánica hidráulica en el patio, para elevar el líquido elemento a la planta superior y poder tener agua corriente en uno de los pocos cuartos de baño de la época. A propósito de la que por entonces era infrecuente dependencia doméstica, todavía hoy se cuenta aquella historia de la "nueva rica" que construyó su casa con todos los adelantos que le recomendaron los entendidos y cuando muy ufana la enseñaba a alguna visita, les mostraba los salones, los dormitorios, la cocina y al llegar al cuarto de baño, excelentemente equipado, decía: «Gracias a Dios todavía no lo hemos tenido que usar.»

Pensaba que era para una urgencia, para algo extraordinario, como en caso de que algún galeno tuviese que ejercer su oficio con alguien de la familia y hacer uso de tan exclusiva estancia.

Se cuenta que cuando el susodicho alcalde cedió la vara de mando, el sucesor (lógicamente del partido contrario), el primer día de recibirla, la empuñó y "vara en ristre tal Don Quijote" llamó al Maestro de la Villa y le ordenó que lo acompañara con las herramientas necesarias para cortar la tubería que llevaba agua a la casa de su predecesor en el cargo y mientras el funcionario procedía a ejecutar la orden, el flamante regidor viendo que después de cortada seguía saliendo alguna gota le gritaba: «Dóblale las dos puntas al tubo y machácalas» y al darle con el mazo al plomo seguía diciendo: «Machaca, machaca, que no le quede ni para un gazpacho.»

LOS DESEOS DE UN FANTASMA

María Córdoba Gil

Mientras estos hechos ocurrían, el pueblo languidecía en la decadencia. Además del miedo al hambre, a las gentes sencillas se les unió el miedo al más allá ya que se rumoreaba que cosas extrañas estaban ocurriendo. Era habitual escuchar las apariciones de personas difuntas y que ellos les llamaban "asombros".

Ocurrió que Modesta fue al cementerio porque iban a sacar los restos de su marido para meterlo en el osario. Ella en su inocencia cogió un hueso pequeño y se lo llevó a su casa y lo guardó en un arca donde tenía guardada la poca ropa que poseía. Sobre medianoche la luz mortecina del candil comenzó a parpadear y a los gatos que dormían en los pies de su cama se le erizaron los lomos y dieron un gran salto saliendo de la cámara donde ella estaba acostada.

Comenzó a escuchar unos ruidos que provenían de donde estaba el arca .La tapa comenzó a moverse de forma intermitente. Ella se quedó plantada delante con la boca seca. Luego sacando fuerzas preguntó: «Si eres un alma del otro mundo dime lo que quieres». Un gran resplandor como el sol de mediodía procedía del suelo y comenzó a girar alrededor de ella. Comenzó a sudar sin saber que hacer. Parecía que lo que estaba ocurriendo solo lo veía ella porque el resto de la familia estaba dormida. Comenzó a temblar y volvió a hacer la misma pregunta y una voz que parecía salir de las entrañas de la tierra le dijo: «Me fui a este lado de tinieblas sin cumplir la promesa prometida. Hazlo por mí».

A la mañana siguiente llevó el hueso al cementerio. Al pasar por el cementerio de los ahorcados se santiguó y sintió un frío en la espalda recordando la noche anterior.

Al volver a su casa, de nuevo se estremeció porque sentado en un rincón estaba su marido. Su cabeza estaba tapada con una talega negra y todo era oscuridad alrededor de su figura. No había ningún ruido, el silencio lo dominaba todo. Ella parecía que se había quedado pegada al suelo, sus manos sudaban y de su frente se desprendían gotas de agua que no tenía fuerzas para limpiar.

A partir de ese día veía por diferentes sitios de la casa la figura de su marido. Siempre con la misma oscuridad y con la cabeza tapada.

Un día cogió una imagen de la Virgen de Gracia y mirándola con desolación le pidió que le ayudara. De nuevo apareció la imagen de su marido y moviendo la cabeza le decía con voz rota: «Ese es el camino oscuro, el camino oscuro, el camino oscuro...» La imagen se desvaneció y Modesta comprendió que tenía que subir a la ermita en la oscuridad de la noche.

Cuando todos dormían en su casa quitó la tranca de la puerta y salió de su casa rodeada de sombras. Liada en un mantón se arrebujaba en él buscando el calor que le faltaba. Sus apalgatas negras las arrastraba por el camino de piedras que llevaba a la ermita. Llevaba en la mano una pequeña vela mientras que sentía en la espalda un frío sepulcral. Era una noche oscura, sin luna mientras que una niebla baja la envolvía empapando su pelo. Sentía como si Dios la hubiera abandonado. Cuando llegó al pie de las murallas se desplomó pero una fuerza que no era la de ella la obligaba a seguir.

En el escalón que había en la entrada a la ermita comenzó a sentirse mal y entonces le vinieron un baile de imágenes oscuras, cuerpos sin rostros, llantos sin consuelo y la cara de su marido que la miraba desde una lejanía inconmensurable. Ella no pudo más y perdió el conocimiento.

A la mañana siguiente se la encontró el santero. No quiso dar explicaciones de como había llegado hasta allí. Simplemente pensó que la vida y la muerte se habían unido esa noche de forma misteriosa para dar paz y consuelo a un alma errante.

UN CUADRO PARA SALVAR EL HONOR

María Córdoba Gil

Los padres de Dolores tuvieron que unir al dolor de la pérdida de su hija el que no fuera enterrada en camposanto sino en el cementerio civil. Su honor había sido mancillado hasta lo indecible. Cuando enviaron al hijo de Dolores a Madrid al cuidado de unos familiares por considerarlo ilegítimo sintieron que la ira superaba al dolor que sentían porque tenían que luchar y hacer valer la inocencia de su hija.

Ella había sido la gran víctima, metida en el fuego de dos amores y humillada después de su muerte.

La duda que se había esparcido por todas las mentes mezquina que la habían juzgado y condenado por el hecho de haber amado a dos hombres en distintas épocas de su vida.

Cuando se descubrió su inocencia su familia creyó que se debía de manifestar de forma pública esta gran equivocación que se había cometido y mandaron pintar un cuadro como desagravio. Es una pintura de San Juan Nepomuceno "Abogado de la buena fama en la mujer y protector contra las calumnias". Cuando estuvo terminado se cuestionó el lugar de ubicación, aunque al final se decidió que se instalaría en la capilla del hospital, ya que Manuel Palomero había sido durante algún tiempo médico titular en él.

Después de pasados algunos años se trasladó a la Iglesia de los Escolapios (actualmente la Iglesia del Nazareno). Está situado en el altar mayor y representa al santo elevado del suelo y portando una palma en la mano, está rodeado de cuatro ángeles. Uno de ellos porta unas tablas con el texto *Prosigilo* y *Confesionis*. En uno de los extremos de la parte inferior del cuadro donde hay un poco de luminosidad se ven dos mujeres con un sacerdote y en el otro extremo se observa un puente u arco con una mujer situada en la parte superior. A pesar de que esta parte está representada en dimensiones muy reducidas respecto al resto es la que verdaderamente simboliza la victoria de haber restituido la honra y el honor a una mujer en una época vacía de derechos y llena de deberes hacia las personas de este sexo.

Desde la lejanía del tiempo este cuadro sería el símbolo que represente la dignidad y el derecho a la presunción de inocencia.

EL POEMA DE RICARDO

Antonia María Rodríguez Rogel

El día en que se llevaron a Ricardo Peris al penal de Ceuta, el carcelero archidonés que entró en la que había sido su celda encontró un poema escrito en la pared de la derecha, casi detrás de la puerta, en un lugar donde el blanco de la cal brotaba más intenso.

Era un poema escrito a lápiz con palabras trazadas por una mano que estaba como guiada por torbellinos de ternura. Un torrente de palabras despertadas de una intensa pasión que llegaba a divinizar a la protagonista, sobre el silencio blanco de la pared, en medio de la soledad que se sabe empañada por la muerte.

A LOLITA

A ti, flor helada,
sonrisa sin fin
hecha distancia.
Clamor de lluvia
triste, pensativa.
Temblor de labios
convertido en alba.
Nardo en las mejillas.
Palpitación del Cosmos,
hermosura vencida.
Luz prisionera del destino.
¡Diosa!

Bajo el resplandor malva de la tarde herida, el carcelero copió en una hoja de cuaderno aquel poema de letra temblorosa como latidos de corazón resueltos en grafías. Luego repartió copias manuscritas entre sus compañeros y, lentamente, el poema se conoció en todo el pueblo y fue una de las causas que alimentó entre algunos archidoneses el incierto rumor de que Dolores y Ricardo habían sido amantes y de que entre ellos nunca existió el olvido.

LA VISITA DE ALEJANDRO

María Córdoba Gil

Ricardo Peris en su celda no tenía conciencia del paso de los días ni de las noches. Un olor nauseabundo lo invadía todo. Su compañera inseparable es la humedad; pequeñas gotas de agua resbalaban por las paredes de piedra e impregnaban los huesos de un frío que en las madrugadas se volvía insufrible. La supervivencia en este lugar es casi imposible, este habitáculo le estaba quitando su capacidad de razonar. Sentía que no podía dominar su mente, que estaba perdiendo lucidez.

Tirado en el suelo como si de un animal se tratara se vuelve a hacer la misma pregunta mil veces repetida: «*¿Quién me acusó? ¿Por qué? ¿Que pruebas tenían?.*»

De repente escuchó algo; parecía que unos pasos se acercaban. Intentó ponerse de pie pero no lo logró. El frío le estaba ganando la batalla. Sus piernas estaban empezando a morir lentamente. Sintió que la puerta de la celda cedía y tuvo que cerrar los ojos porque la luz del farol era como un sol incandescente que hería su retina.

–Ricardo ¿Me recuerdas? –le habló una voz que le resultaba familiar de un pasado que para él era muy lejano. No supo que responder, pues se quedó aturdido al escuchar un sonido humano que no fueran los que él producía.

–¿No puedes reconocerme? –le preguntaron nuevamente y tuvo que hacer un gran esfuerzo para saber de quién era ese tono de una voz amiga que le hablaba suavemente; le traía aromas a libertad, recuerdos de sus tardes en el casino, de sus días de pesca junto a los juncales con el acariciante olor dulzón de la gayumba, de sus paseos por un maravilloso paraje de pinos con una vegetación abundante y de exquisitas tonalidades, y sobre todo le traía la esencia de una Dolores que nunca olvidada.

–Alejandro, Alejandro Sandoval ¿Eres tú? –respondió finalmente.

–Sí, soy yo y aunque no debería de estar aquí he considerado que me debo arriesgar y ayudarte a salir de esta situación.

Ricardo se quedó sin palabras, hizo un vano intento para incorporarse pero no pudo. Se apoyó tambaleante sobre la piedra helada y su figura famélica y demacrada era una sombra oscura del hombre atractivo y vanidoso que había sido.

–Tu pena te fue conmutada hace más de seis meses. Ha sido sustituida por cadena perpetua. Pero yo te ayudaré para que eso no sea así –y luego añadió–. Estamos realizando contactos para que en una fecha determinada te puedas evadir con la ayuda de un conocido nuestro, recuerda, el "Cojo". Está en esta plaza africana con un cargo importante y tiene mucho interés en que recuperes tu libertad.

Ricardo se fue levantando lentamente y aunque quiso poder creerlo todo, dudó de que esto fuera una realidad, pensó que un espejismo le estaba jugando una mala pasada y nuevamente se derrumbó en el suelo y por primera vez lloró. Con amargura, con desesperación, con impotencia. Totalmente derrotado.

Pero de nuevo la voz de Alejandro le hizo comprender que era una situación real. Sintió que la vida le corría por las venas, que tenía alguna oportunidad, que podría recobrar su libertad. *«¡Dios, volver a ser libre!»*

Le preguntó a Alejandro:

–¿Por qué tenéis este interés por mí? –le preguntó a Alejandro.

–Porque el "Cojo" sabe quién fue el causante del atentado y también sabe que tú estas aquí victima de las ideas políticas que tan ardientemente defendías creyendo que nunca se volverían contra ti. Vendré lo más pronto posible.

Cuando su amigo abandonó la celda la oscuridad se adueñó del recinto, pero en su mente había ya un rayo de esperanza. Cerró los ojos muy lentamente y se fue abandonando al recuerdo de cinco años atrás. Fue cuando Dolores volvió al pueblo. Comenzó su calvario cuando supo que ella ya no sería para él.

Con la vanidad del macho herido intentó curar sus heridas con otra mujer. Pero nunca lo consiguió.

DELIRIO

Dolores Espinar Ruíz

Ricardo se quedó aletargado en un estado de semiinconsciencia en el que era fácil confundir la fantasía con la realidad.

Se sumergió de nuevo en el mar turbulento de su drama particular, olvidándose por completo de la visita de su amigo y de los proyectos y esperanzas que tenía sobre su libertad. Su mente calenturienta se aferraba al pasado como un naufrago, idealizando todos los momentos de la pasión desenfrenada que había sentido por Dolores. Se recreaba en el recuerdo de aquellos hermosos días en los que era novio de "Lolita" como cariñosamente la llamaba en sus encuentros más idílicos.

Se le aparecía feliz y bella como un ángel, dejándolo hipnotizado con todo el amor y hechizo que irradiaba sobre él. Soñaba con el día en que se casara con ella y fuera suya para siempre, el dichoso instante en el que no existieran barreras para gozar de su amor y sus caricias en exclusiva, pues la quería solo para él y sentía celos hasta de la brisa que se atrevía a rozar su pelo y la tersura de su piel. En ese estado de regresión al pasado, no quería reconocer que Dolores estaba muerta y las ensoñaciones más eróticas y románticas se sucedían en su mente. Un espasmo lo devolvió con crudeza a la realidad y una inmensa desolación se apoderó de él. Gritó clavándose las uñas en las palmas de las manos: «Tú no estás muerta porque te siento dentro de mí y ese sentimiento es el que me ayuda a vivir. ¡Tú estás conmigo!»

Pasado el arrebato del primer momento lo invadió la más grande de las tristezas, la fiebre le hacía tiritar y tenía la certeza de que su final estaba cerca. Sintió un dolor inmenso en el pecho y en el alma y una garra insoportable que le oprimía el corazón y espoleaba todos sus sentidos. Deseó con desesperación que alguien supiera lo que le esta ocurriendo, buscó en los maltrechos bolsillos un trozo de papel cuarteado por tantos dobleces y un lápiz casi sin punta. Apoyando el papel en el suelo escribió casi a tientas, con manos temblorosas un poema que le martilleaba en las sienes desde hacía tiempo, así si moría antes de alcanzar la libertad quedaría constancia de la magnitud de su sufrimiento.

DELIRIO

A veces quiero vivir
Y hay veces que morir quiero.
Cuando la pasión ardiente
A mí el corazón me inflama,
Entonces, quiero vivir
Aunque ardiendo en viva llama.
Otras veces al pensar
Lo imposible de mi anhelo,
entonces, quiero dormir
un dulce sueño postrero.
A veces quiero vivir.
Y hay veces que morir quiero.

Alejandro Sandoval lo encontró en el suelo, encorvado, con las rodillas rozándole la barbilla y ardiendo de fiebre. Con infinita compasión lo levantó como pudo y lo dejó sobre el sucio jergón que le servía de cama, entonces se dio cuenta que tenía un papel arrugado en la mano, lo cogió y lo leyó con una creciente curiosidad.

Tuvo que esforzarse mucho para poder descifrar lo que quería decir porque la letra en algunos párrafos era casi ilegible.

Consiguió que un médico lo atendiera y entre los dos con gran esfuerzo pudieron reanimarlo. Cuando recobró la consciencia, Alejandro estaba a su lado intentando devolverle las fuerzas con un caldo caliente. Se le iluminó la mirada al ver a su amigo junto a él y le apretó la mano con gesto cariñoso. Recordó que había escrito algo y comenzó a buscar a su alrededor el papel que tenía en la mano antes de perder el conocimiento.

–Tienes madera de poeta, Ricardo, porque escribir en estas condiciones tiene mucho mérito –le dijo Alejandro bromeando mientras lo sacaba de su bolsillo.

–No es la primera vez que lo hago, el dolor y la desesperación hacen nacer en mí una necesidad imperiosa de escribir. Es la única forma que tengo de expresar la pena y el tormento que me consume –murmuró, como hablando consigo mismo y agachando la cabeza un poco avergonzado.

–Más vale que te recuperes –le dijo poniéndole una mano en el hombro–. La semana que viene van a revisar la sentencia, intentaré sacarle partido a la situación en la que te encuentras ahora, haré todo lo que esté en mi mano para ayudarte, no te quepa la menor duda, pero el resultado no está claro. Mientras tanto recupera un poco la esperanza y aliméntate en condiciones, para ello te he traído algo de comida, porque con lo que comes aquí no te recuperarías nunca.

–Es mejor que lo guardes tú. A mí me lo puede quitar el carcelero –le contestó Ricardo y le entregó el papel que había escrito.

Cuando Alejandro se marchó, Ricardo se dispuso a

degustar los deliciosos manjares que su amigo le había llevado. Una tenue luz de esperanza comenzó a brillar en unos ojos hundidos y marchitos.

FUGA DEL PENAL

Antonia María Rodríguez Rogel

«La libertad o la muerte», dicen que gritó Ricardo Peris cuando le comunicaron que le había sido conmutada la pena de muerte por reclusión perpetua. Y con el paso del tiempo debió de decantarse por la libertad porque una mañana cualquiera de noviembre los archidoneses se enteraron por la prensa de que el antiguo registrador se había fugado del penal de Ceuta. Aquel asombro duró bastante tiempo y nadie pudo sustraerse a la indignación porque Peris era para la mayoría del pueblo un ser odiado, sumergido en su carácter antipático y sin ningún atisbo de bondad. Un desalmado de corazón de piedra que había asesinado fríamente a su antigua novia y al marido de ésta con la dureza con que la tempestad muerde los campos. Algunas señoras de buena cuna se santiguaban tan solo al oír su nombre, como si vieran al diablo, al tiempo que pronunciaban aquello de "dulcísimo nombre de Jesús" a modo de conjuro. A partir de la fuga del condenado esas señoras de buena cuna y mejor crianza experimentaban además un paralelo temor que a veces les acarreaba obsesiones absurdas.

En días sucesivos los archidoneses tuvieron referencias más precisas sobre el hecho y supieron, por ejemplo, que se le habían visto por Ceuta vestido con chilaba y turbante aunque la policía no llegó a tiempo de atraparlo y tuvo oportunidad de pasar al Magreb donde se le perdió la pista y un velo de misterio cubrió el hecho para siempre.

Aquello fue lo último que se supo de él con absoluta certeza. Lo demás vino años después envuelto en la leyenda y en el profundo cansancio que el tiempo imprime a las historias. Fue después de la muerte de Manuel Torres, un soldado archidonés que mientras luchaba en la guerra del Rif, murió en una emboscada. No se sabe de donde partió el rumor que circulaba por las calles pero alguien nombró la muerte del soldado relacionándola con un asesino de ojos claros y vestimentas árabes que hablaba en perfecto castellano. Entonces las lenguas empezaron a airear las maldades del antiguo registrador y, aunque no existía una fuente solvente y confirmada de los hechos, fueron pocos los que cedieron a la tentación de aquel veneno que aseguraba que a Manuel Torres lo había matado Ricardo Peris y que, en el momento de disparar la espingarda le lanzó una mirada cruel con brillo de daga y gritó «¡Muera Archidona!»

Nadie sabía cual había sido la fuente de tantos detalles pero lo cierto es que se comentaban sin cesar en fuentes y plazas porque por aquellos días la vida en el pueblo tenía extraños límites y una dura sensación de revancha en la que se pudrían enormes manchas de ceniza y lodo. Nadie sabe quien matizó con tal precisión las circunstancias en las que se produjo aquella desgraciada muerte ni quien trajo las noticias desde tan lejos. Tal vez Manuel Torres murió sólo por ser soldado español, llevado a la fuerza a defender una causa que no era la suya. O tal vez por ser archidonés, como decía la gente, quién sabe. Lo único cierto es que el pueblo convalidó absolutamente el rumor de la calle como una parte de la conciencia colectiva que rechazaba un nuevo asesinato de Peris con un escalofrío de invierno que se nutría en la noche.

A este soldado, a este hijo de una familia pobre de Archidona, muerto en el Norte de África durante la guerra que España mantuvo con los rifeños, su pueblo le dedicó una calle en pleno centro, paradójicamente, muy cerca de donde vivió el registrador cuya leyenda estremeció durante muchos años a los archidoneses, bueno a casi todos los archidoneses.

RICARDO Y LAS REVUELTAS RIFEÑAS

María Córdoba Gil

La evasión de Ricardo del penal llegó una noche de luna llena. Ayudado por la confusión que se había creado con la algarabía de los presos provenientes de Cuba. Todo se estaba desarrollando según lo había previsto el "Cojo".

Ricardo se lanzó al mar donde una pequeña barca lo estaba esperando en las inmediaciones de la prisión. Al subir a la embarcación se cambió inmediatamente de ropa. Se puso una túnica blanca de mangas anchas y un turbante amarillo. Los ocupantes de la barca, dos hombres de aspecto fornido, le dijeron que tenían ordenes de trasladarlo a Al-Hoceima.

A Ricardo le pareció bien la idea. En esta ciudad estuvo escondido varios días. Una tarde recibió de parte del "Cojo" y de "Alejandro" dinero y varios salvoconductos para que pudiera iniciar el viaje hacia el sur de Marruecos sin levantar sospecha. Cuando estuvo allí consideró más conveniente desplazarse hacia el Sahára en vez de ir al Aium como estaba previsto.

Cuando llegó al desierto le sorprendió la desolación del clima, y aunque él creía estar preparado para todo se dio cuenta que el día a día en el desierto era un verdadero desafío ya que el sol es abrasador y el agua escasea continuamente.

Comenzó a vivir con una tribu de nómadas cuya lengua era el *hasania*. Él que era hombre de gran inteligencia comenzó a comprenderlo rápidamente aunque tardó un poco de tiempo en hablarlo.

Vivía alojado en una *jaima* de color terroso. Su anfitrión era un anciano de edad indefinida, con una gran barba blanca y mirar taciturno. Este era un *chej* o jefe.

Su vida era errante en busca del don más preciado del desierto, el agua. Ricardo aprendió a vivir siguiendo las nubes a través del desierto hostil, los movimientos del grupo siempre iban en función de la poca lluvia que había. Esta hostilidad del clima los habían convertido en personas de carácter fuerte y obstinado.

Ricardo los admiraba, como planteaban su vida y su futuro en un espacio que parecía no dar pie a la esperanza. Vivían en un mundo que parecía pertenecer al pasado en donde la moneda no existía y utilizaban el sistema de trueque para comerciar.

Durante el día el calor en el desierto era insoportable, sobre todo cuando el siroco azotaba sin piedad. Pero sin embargo en este medio tan poco favorable para el desarrollo de la vida se dio cuenta de que los seres humanos no necesitan las cosas materiales para lograr ser felices.

En poco tiempo aprendió mucho sobre la vida, tradiciones y supersticiones de esta gente sencilla.

Le explicaron métodos que ellos utilizaban para librarse de sus enemigos como la de enterrarse en la arena tapándose la cara con parte del turbante que utilizaban.

Ricardo acompañaba a los hombres en los viajes que estos hacían y poco a poco fue descubriendo los rituales que estos hacían antes de iniciar el viaje. Salían al amanecer y dibujaban en el suelo unos cuadrados con números dentro de ellos, dando siempre el mismo resultado: el 15 o el número mágico 66.

Ricardo deambulaba alrededor de las *jaimas* con sus pies descalzos sin sentir ningún cansancio. Cuando el sol comenzaba a morir observaba a las mujeres. Estas les contaban a sus hijos historias de gran contenido humano. Era asombroso la ternura que eran capaces de crear estas personas desprovistas de todo tipo de bienes.

Observaba las dunas que creaban figuras fantasmagóricas que en la soledad de la noche le traían recuerdos del pasado.

Su indumentaria era una túnica blanca, cubierta por una sobretúnica y cubierta su cabeza con un *elzem* que era un turbante de color negro.

Cuando se internaba en la *jaima* había un intenso olor a hierbas aromáticas que se quemaban en un pequeño brasero que se llamaba *ambajra.* Esto le traía recuerdos de los aromas a tomillo y romero en las tardes veraniegas de su estancia en Archidona.

Se fue integrando en esta cultura ancestral y sencilla y así acabó considerándose uno de ellos y sintió como la paz iba volviendo a su alma.

Su corazón había comenzado a sentir el amor hacia una joven de inmensos ojos negros que siempre estaba en una *jaima* al lado de la que él habitaba. Ella siempre estaba envuelta en una *melhfa* de color azul.

Siguió con los rituales necesarios para hacerla su esposa. Fátima que así se llamaba era obediente, dulce y sumisa. Con ella aprendió otra forma de amar y de respetar.

Tuvo un hijo con ella al que le pusieron de nombre Brahim.

Habían transcurrido muchas lunas desde la evasión del penal, pero el alma humana no es capaz de encontrar una paz verdadera. Ricardo Peris sintió la necesidad de volver a sus costumbres, a su cultura y a los fantasmas del pasado. Decidió alejarse del poblado durante un tiempo. Puso rumbo hacia el norte de Marruecos pero siempre adoptando modales y vestimentas árabes.

Tenía la intención de trasladarse a España y marchar a Valencia para intentar ver a sus hijos que tendrían siete y nueve años. Pero se vio envuelto en las revueltas rifeñas, participó en ellas en contra de las tropas españolas. De nuevo se encontraba a la deriva. De nuevo había perdido el sosiego que el desierto le había aportado.

FREDERICK LAMPORT

Narciso Morales Luque

Killarney.
11de mayo de 2008.

Mi querido amigo:

Enterado de tu empeño por escribir la novela sobre los luctuosos sucesos acaecidos en Archidona en 1886, te envió una copia de la correspondencia que existió sobre esa época entre mi bisabuela y Sr William Lamport quien a la larga seria mi bisabuelo.

Por la conclusión trágica de los mismos y algunos detalles que en ella descubrirás, creo que estamos hablando del mismo caso.

Es muy cierto que hubo bastantes archidonenses en las guerras del Rif, pero por los detalles que comentamos aquel día, y como las semejanzas son innumerables, o estamos hablando del mismo acontecimiento.

Para que te aclares con los textos, te pongo un poco en antecedentes. Mi tatarabuela María aunque archidonesa vivía temporadas con su familia en La Línea de la Concepción. Allí conoció al "Irlandés" que estaba en servicio diplomático a las órdenes del gobierno inglés. Ente ellos surgió un intenso afecto que con el tiempo llegaría a formar mi familia.

El "Inglés", como le decía la familia de mi abuela, había intervenido en numerosas ocasiones desde fines del siglo XIX en actividades diplomáticas en Marruecos y conocía bien la zona.

Lee las cartas tú y si lo consideras oportuno puedes usarlas para esa novela que me cuentas estáis escribiendo en Archidona. Sólo te pido que si algún día el trabajo ve la luz me envíes una copia. Ya sabes que mi padre llora como un chiquillo y se estremece con el recuerdo del pueblo de su abuela.

En total te envió siete cartas, las tres primeras son de finales del siglo XIX cuando mis bisabuelos se conocieron, mi bisabuelo, William, estaba en Gibraltar para una misión diplomática con unos presos cubanos. Allí conoció a mi abuela y quedó asentado en Gibraltar como asesor de los problemas del Magreb. Las cuatro siguientes son posteriores, coinciden con el año 1921 según leo, en ambas se hacen referencias a Archidona y por ello espero te puedan servir para algo.

Yo, aunque mis raíces archidonesas son mas lejanas, te prometo ir pronto a conocer la tierra de mis antepasados.

Un saludo.

Frederick Lamport

CORRESPONDENCIA ENTRE WILLIAM LAMPORT Y MARÍA C.

Narciso Morales Luque

MARZO DE 1892.

Entrañable María.

¿Que tal se encuentra usted y su querida familia?

Sigo lleno de agradecimiento por como me acogieron ustedes en su casa los días en que estuve en Gibraltar por el conflicto de los prisioneros cubanos. Se que el padre de usted los considera enemigos de la patria y traidores pero piense usted que estos hombres habían venido a parar a la cárcel de Cádiz por sus ideas y probablemente mi país no se hubiera inmiscuido en el tema si no fuera porque huidos de ella con grandes dificultades pidieron asilo en Gibraltar.

Personalmente creo que *Lord* Naipes, gobernador de la plaza, es tan responsable del conflicto diplomático que ha surgido entre nuestros dos países como las autoridades españolas.

Pues bien, los presos fueron destinados a la prisión del Hacho, aquí en Ceuta en la que no son los únicos cubanos que se encuentran. Finalmente, gracias al las tareas de *Lord* Randolph, se consiguió su libertad y tanto D. Rogelio como D. José Celedonio están ya bajo el amparo de su majestad británica. Yo he conseguido permiso de *Lord* Randolph para conocer mejor estas tierras que me resultan al mismo tiempo tan fascinantes y peligrosas. Pero prometo volver hacia el otoño ya que, no le oculto que tengo sinceras intenciones hacia usted.

No sea usted huraña y no me regañe. Y escríbame usted alguna carta dirigiéndola al castillo de Ceuta donde de seguro me la entregarán.

Afectuosamente.

William Lamport

***

2 DE ABRIL DE 1892.

No me riña mí bien, pues si me riñe sufro más que el sufrimiento que usted dice tener por mi ausencia.

En absoluto me tiene retenido en Ceuta la belleza de ninguna *hurí* ni nada parecido, sino el hecho de que las necesidades diplomáticas y mi propia curiosidad hacen necesario que me dedique a conocer bien esta tierra.

Y en cuanto a lo que usted llama el "Palacio" que me acoge, le describo someramente como es este llamado castillo del Hacho que para mas ende es una cárcel cuyo preso mas lastimero es este que le escribe por estar lejos de su persona.

El "Palacio" se encuentra frente a la ciudad de Ceuta y si bien su altura no creo yo que sobrepase los doscientos metros, como todo lo que le rodea o es mar o llanura, parece mucho mas elevado.

No le oculto que las vistas serían buenas y bellos los atardeceres frente al mar de no ser por el continuo trasiego de los presos y su lastimero penar que te recuerdan continuamente donde estás.

La ciudad está a poco menos de una milla y la distancia entre el castillo y la misma se puede hacer fácilmente andando aunque las autoridades recelan, pues últimamente ha habido encuentros con rífenos rebeldes. No obstante creo yo que, en tan corto espacio poco peligrosa ha de ser la exposición y como puede suponer lo hago andando varias veces al día.

En la parte mas cercana a la ciudad, este castillo prisión tiene planta cuadrada y dos soberbios torreones defensivos y luego un amplio perímetro cortado en línea recta y talud por el lado que da a tierra mientras que copian sus paredes en piedra la sinuosa curva del mar por la que este limita. En el interior hay una enorme explanada para los usos militares y para que los presos ejerciten sus tareas como conviene.

Casi todos los presos que hay aquí son políticos, rebeldes de la insurrección de Cuba, la mayor parte gente humilde, *ñáñigos*. Pero también personajes muy instruidos como Gualberto, un revolucionario cubano que si no me equivoco aún dará mucho que hablar por el buen entendimiento que tiene. Este se junta con un grupo de intelectuales que a veces me han permitido participar de sus tertulias y en los que hay presos políticos, delincuentes comunes y hasta un taciturno y reservado condenado por crimen pasional. Llama la atención un taciturno valenciano que siempre escucha y pocas veces opina.

En el presidio lo tienen por hombre de "pocos amigos" como decís los españoles, parece ser que está aquí cumpliendo condena por un delito de amores.

Quiera Dios que mi pasión por usted no me lleve a formar parte de esa tertulia desde el otro lado y que pronto pueda sentir sus manos sobre las mías.

No deje de escribirme. Se lo suplica su servidor.

Afectuosamente.

William Lamport

***

15 DE MAYO DE 1892.

Recibo sus noticias con alegría pero también con preocupación al saber del malestar de su padre. Póngame siempre a sus pies y recuérdele siempre mi más sincero deseo por su pronta mejoría.

Respeto a todas las cosas que me pregunta le diré que los *ñáñigos* sobre los que le hablé en la ultima carta son los miembros de una cierta sociedad que existe en Cuba, que se originó a partir de los esclavos procedentes de Nigeria.

Esta sociedad secreta llamada al principio *Abakuá*, se había adaptado a la sociedad cubana de forma clandestina y muy similar a como la masonería lo había hecho en Europa.

Primero los criollos y posteriormente algunos blancos de la élite colonial, siempre atentos a las modas y el snobismo, habían ido adaptando sus ritos y ya no escondían su creencias sino que hacían muestras bien públicas de ellas. Como quiera que el primer grupo de blancos que adaptó esta fe pertenecía a la región de Belén fueron llamados en adelante "belenistas".

Aquello rompía el segregacionismo dominante en la sociedad cubana y fue en parte el germen del movimiento independentista que ahora estamos conociendo ya que suponía una ruptura con las leyes nacionales, con el poder, la cultura y la religión establecidas en la católica metrópolis española.

Se rumorea que para formar parte de la misma había que iniciarse asesinando a sangre fría a algún enemigo de la orden. Otros dicen que tienen por costumbre lavar con sangre un cierto tambor al que ellos mismos llaman *ekue* cuyo sonido era considerado la voz de la divinidad suprema.

En realidad yo no he visto aquí esa crueldad y si una fuerte unión entre ellos, un intenso espíritu de camaradería y una apertura a los indígenas musulmanes

Son muy dados al canto y al baile y cualquier ocasión es buena para iniciar la fiesta en la explanada del castillo de tal manera que parece que estuviéramos en las fiestas patronales de cualquier pueblo andaluz en vez de en un triste presidio.

Respecto a lo que me preguntas del valenciano éste, bien podría ser el que me cuentas de tu pueblo pues como dices en tu carta es inteligente, sabedor de industrias y despierto. Si bien oculta a cada momento su parecer y entendimiento. Con respecto a él te diré que ha sido objeto de una curiosa anécdota acaecida recientemente.

Un buen día sonó en la explanada de la fortaleza una algarabía de cantos y tambores. Eran los *ñáñigos* deportados de Cuba, que no eran pocos, de los que antes te he hablado, que de alguna manera habían conseguido reproducir sus trajes y enseres para celebrar un plante, aprovechando la confusión, mientras toda la tropa se dirigía a la explanada varios reos entre los que se encontraba el valenciano se dirigieron a la parte de las murallas que da al mar y aprovechando que los guardias se habían desplazado al llano saltaron por la muralla y se escabulleron nadando. No creo posible que lograran llegar a tierra firme pues estas tierras están muy vigiladas y, o eres amigo de los rifeños o terminas de nuevo en el castillo.

Afectuosamente.

William Lamport

***

JULIO DE 1921

Aunque seguro que de las noticias de la península lo habrás leído ya, no quiero pasar esta sin contarte la gesta heroica de la que fui testigo hace unos días.

El protagonista de la misma ha sido el Regimiento de Cazadores "Alcántara", destacado en estas tierras por los conflictos que vienen durando desde finales de siglo pasado.

A punto estuvo España de perder Melilla de no ser por el envío de nuevas tropas entre las que venían el tercio de extranjeros

Lo ocurrido en Annual bien merece el calificativo de "desastre" que en la península le ha dado la prensa. Las tropas fueron emboscadas y acorraladas por las cabilas de *harqueños* a las que se unieron cobarde y traidoramente las tropas locales que servían bajo bandera española. Las páginas de heroísmo se escriben día a día, hora a hora y así, mientras los oficiales permanecían en sus puestos como si no pudieran andar, llegó un momento en que, el grueso de la tropa, no acostumbrado a la vida y azares de la milicia, quedo desesperado y de la desesperación pasó al pánico y el desaliento. El propio comandante general de Melilla, don Manuel Fernández Silvestre ha muerto, y tal ensañamiento hubo con su cadáver que no ha sido aún encontrado.

Otros oficiales a su mando como Manella y Morales, han muerto igualmente y mucho más numerosas hubieran sido las víctimas si no fuera porque a los que se retiraban les auxilió prontamente la caballería y sobre todo el ya mencionado regimiento "Alcántara".

El general de caballería Navarro fue concentrando las desmoralizadas tropas que se retiraban en el fortín de Dar Drius. Después avanzó tratando de cubrir otras posiciones mas avanzada (El Batel y Tistutin) para desde allí tener acceso al ferrocarril minero.

La tarde del 23 de ordena una retirada a una posición cercana llamada El Batel dejando a cargo de proteger esta retirada al Regimiento de Caballería "Alcántara 14". Como ya te dije antes, Manella, el jefe de este regimiento, había muerto, por lo que tomó el mando el joven teniente coronel don Fernando Primo de Rivera .

El teniente Primo de Rivera sabe lo que significa aquello, el regimiento debía de permanecer en su lugar mientras todos los demás efectivos se retiraban. Y si el oficial era consciente de ello, no menos conscientes eran el resto de la tropa que se despidieron de sus amigos enviando muchos de ellos cartas, recuerdos y últimos mensajes para su familia en la península pues, son conocedores de que no pueden abandonar su puesto si quieren salvar las miles de vidas de heridos y desprotegidos de los días anteriores. No distinguí en aquella multitud a tu paisano Manolo aunque yo sabía que estaba en ese regimiento pues así me lo confirmó él mismo cuando lo vi, días antes, durante un permiso en Ceuta.

No bien había tomado el mando el teniente Primo de Rivera cuando cerca del puesto descubrió un pequeño convoy, con los heridos más graves, que estaba siendo atacado por los *harqueños*. El Teniente Coronel manda cargar a uno de sus escuadrones, haciendo replegarse al enemigo y consiguiendo que el convoy se abra paso y llegue sin novedad a Melilla. Sobre las cuatro de la tarde, y tras una hora de marcha, la columna logró alcanzar el cauce del embarrancado Río Igán, seco en verano, donde fueron sorprendidos por una emboscada, al estilo más que propio de los *harqueños*. El enemigo era muy superior en número y confiado ante la retirada española de los sitios del Annual.

El teniente Primo de Rivera se dirigió a sus tropas y les anunció lo que ya todos saben: «Ha llegado para nosotros la hora del sacrificio. Que cada cual cumpla con su deber. Si no lo hacéis, vuestras madres, vuestras novias, todas las mujeres españolas dirán que somos unos cobardes. Vamos a demostrar que no lo somos.»

Puesto el regimiento al paso, el Teniente Coronel desenvainó y a voz ordenó a sus escuadrones: «¡Saquen... Sables!», y ordenó la primera carga de esa tarde. Iniciado el galope y de entre la tropa resonó un «¡VIVA ESPAÑA!» gritado como por un solo hombre. Los cabileños se apostaron seguros en su sitio y realizaron una descarga tras otras viendo a los jinetes caer, pero también avanzar hacia ellos.

En la primera carga las bajas fueron numerosas, pero sorprendentemente para los *harqueños* también lo fueron, se podría pensar que ahora la caballería consideraría un nuevo ataque, pero no es así. El Teniente vuelve a ordenar una nueva carga. El calor y la sed eran insoportables, las cargas se repetían y los *harqueños* ya no estaban tan seguros de su victoria y la misión de asegurar la retirada estaba casi conseguida iban siete cargas y el calor continuaba. Los ánimos crecían entre los españoles y disminuían entre los rifeños.

El Teniente decidió dar la última carga, la octava ya. Un suboficial le hizo ver que muchos de los caballos habían muerto de agotamiento y que los que aún estaban vivos no podían apenas tenerse en pie.

El Teniente entonces dio la orden de que lo que quedaba de batallón, debía cargar al paso, ¡Al paso!, y así se inició esta última carga, muchos perdieron sus monturas en ella y se unieron a los que ya la habían perdido antes. Alguno incluso llevaba su silla de montar en una mano y su pistola o su sable en la otra. Los rifeños asombrados vieron como la caballería avanzaba despacio, sin usar la rapidez, única superioridad estratégica de la que disponían. Los supervivientes del regimiento iban seguros, confiados como si las andanadas de disparos rifeños no les hicieran daño.

En la extrema retaguardia la banda de cornetas continua tocando, hasta los alféreces veterinarios que debían de estar en retaguardia han avanzado, los rifenos temen: *«¿Acaso no son hombres aquellos a quienes se enfrentan?, y si lo son ¿Por qué avanzan tan despacio y tan seguros de si mismos?»* Ante este alarde de valentía los rifeños se acaban replegando hasta desaparecer en la oscuridad de la noche. El Regimiento de Cazadores "Alcántara" ha cumplido su misión y se retira de nuevo al fortín de El Batel, muchos de los extenuados soldados marchan a pie. Entre los simple soldados, el teniente Primo de Rivera que también ha perdido su caballo y rehúsa tomar todos aquellos que le ofrecen sus soldados.

De los 691 hombres que formaban al iniciar el ataque, 541 habían muerto, cinco estaban heridos y 78 fueron hechos prisioneros.

Esta es la noticia de ese heroico día querida mía, para que valores ahora lo que puedan decir en la península los políticos y la prensa.

Tengo intención de pasar, en los próximos días, a negociar un acuerdo con los rifeños, pues gracias a mi estatus neutral y a mi buen conocimiento de los jefes de las cabilas soy casi el único que puede hacer esa labor.

Te quiero con mi alma y no te olvido. Pronto estaré en Gibraltar y en casa, de donde te prometo no volver a salir.

Afectuosamente.

William Lamport

***

AGOSTO DE 1921.

El horror de lo que he vivido es más que suficiente para colmar una vida. Llegue en la misión que te comenté al campamento rifeño, su jefe no estaba y los pequeños lugartenientes se divertían como podían. He de decir que en principio no nos trataron mal y que incluso cortesía mostraban algunos de los cabecillas sabiéndome embajador para su jefe. Pero al cabo de los días un suceso vino a estremecernos a todos y a llenarnos de pánico y horror.

Entre los prisioneros del Regimiento "Alcántara" se encontraba tu paisano Manolo, ni que decir tiene que, a pesar de haber sido maltratado, se alegró infinitamente de verme, sabedor de que quizás podría hacer algo por él y sus compañeros.

A la segunda mañana de estar allí, tu paisano, creyó reconocer a uno de los lugartenientes del jefe del grupo y así me lo hizo constar. Efectivamente sus maneras distaban mucho de las de los nativos. Recordé su rostro, si bien más seco y oscuro, con la piel más pegada a la cara y con un semblante más de calavera que de hombre vivo. Era el "Valenciano", el preso por asesinato de amores que ya te comenté que había escapado del penal de Ceuta.

¡Ay María!. No te contaría más de esta historia sino fuera porque en ella estuvo presente siempre tu pueblo y con su recuerdo el tuyo en mi corazón. Manolillo finalmente dio en conocer al personaje y me contó su trágica historia que no viene al caso pero que, siendo Archidona un pueblo tan pequeño, de seguro conocerá tu familia. Según parece el fugitivo renegado también era de tu pueblo. Al reconocerlo Manuel fue a saludarlo pensando que, siendo paisanos, hallaría favor en el trato y quizás hasta los dejaran libres.

El renegado al principio no daba en el conocimiento de quien era aquel español que le imploraba. Sacó en esto Manolo de su bolsillo una estampa de la Virgen de Gracia de vuestro lugar y ofreciéndosela para que volviera a la fe de sus padres y nos prodigara protección pensó sin duda que había conseguido sus propósitos.

De sangre se inyectaron los ojos del renegado que arrugando la estampa en un puño se la arrojó al joven a la cara exigiendo saber cuantos había de Archidona en el grupo de los cautivos. Como sólo yo tenía conocimiento de que existía tu pueblo, y esto a través de ti, me miró fijamente y llamando a unos subalternos ordenó: «Traedme al soldado y vigilad bien al paisano.»

Evitaré contarte las atrocidades y sufrimientos de tu paisano y sólo concluiré que, besando la arrugada estampa con la misma pasión de quien besa a su madre tras un largo viaje. Entregó al fin su vida el bueno de Manuel sin ni por un momento abjurar de sus amores a su pueblo, su deber y su Virgen.

Vino luego el renegado a interesarse por que clase de unión existía entre un extranjero y Archidona. Y me pareció que el odio hinchaba sus venas cada vez que pronunciaba el nombre de tu pueblo.

Probablemente hubiera corrido yo la misma suerte que nuestro amigo de no ser que, movido por todo el escándalo del asesinato, pues no había sido lo de nuestro amigo ejecución, llegó en ese momento el jefe de la partida y se interpuso entre ambos, al saber que soy inglés y embajador, prohibió que, bajo ningún concepto, se me hiciera el más mínimo daño.

El renegado, ciego de cólera, abandono el grupo y se alejó hacia las dunas maldiciendo todo aquello que tu dices amar.

Así fue mi querida María como nuestro amigo Manolo murió dejándome a mi no solo sin su compañía sino también con el recuerdo de uno de los mejores amigos que nunca tendré en vida.

Afectuosamente.

William Lamport

***

20 DE AGOSTO DE 1921.

Escribo una y otra vez cada día esperando poder mandarte pronto estos papeles de los que te pido disculpes su tamaño. Pero no los hay en la región.

Muy brevemente te diré que el jefe de la partida ha negociado con sus superiores y que en pronto volveré a acariciar tus manos. Guardo todas estas cartas que te escribo para intentar que de alguna manera te lleguen a ti mientras mi ausencia se alarga.

Durante el resto de mi estancia en la cabila, el jefe me tuvo alejado del renegado valenciano que, cada día más, es castigado por el cielo con una progresiva melancolía que lo lleva a tener una conducta esquiva y tiránica con cuantos le rodean.

De seguir aumentando esa locura es más que probable que los beduinos los entierren vivo en el desierto, cansados de sus bravatas y modales.

Guardo una medalla y la estampa que Manolo besó al morir. Las he hecho mías en tanto entrego a la madre una y me hago más devoto día a día de la otra en la que veo muchas veces, no a la Madre de Jesús si no a ti y a todas las madres y novias que están perdiendo a sus hijos en esta guerra.

A mi regreso a Melilla me cuentan el final del teniente Primo de Rivera y del resto del escuadrón Alcántara. Los primeros días de agosto en la defensa del "Monte Arruit", una granada de cañón le destrozaba un brazo. Como el cirujano militar se vio en la necesidad de amputársela y no tuviera material le informó al teniente de que el único material habido era una navaja de barbero y un hacha de carnicero, era eso o la gangrena.

El teniente pidió un trapo para morder durante la operación, pues tampoco había anestesia u opio alguno y dijo a los cirujanos: «Terminen pronto». No volvió en sí y murió dos días después de la operación pero una nueva desgracia se tenía que cernir sobre el ya cadáver del héroe. Las prisas, la dureza del terreno prácticamente roca, impiden cavar una fosa adecuada Uno a uno, los escaso supervivientes del Alcántara, fueron cogiendo puñados de tierra y con ellos cubriendo el cadáver de su más ilustre jefe.

Se cuenta que el cadáver fue desenterrado por los rifeños pero no profanado sino que con cierta veneración querían ver al hombre que, una y otra vez y la ultima andando despacio hacia la muerte, los había hecho retroceder la jornada de julio.

No desespero de estar pronto contigo.

Siempre tuyo.

William Lamport

***

8 DE SEPTEMBER DE 1921

Alégrate. Hoy he sabido que, a finales de este mes regreso a Gibraltar y a casa. Estoy un poco débil de los padecimientos y un poco de fiebre, nada grave te lo aseguro.

Cuanto lleguemos a Melilla a donde me llevan embarcaré para España donde ya nada me va a separar de lo que tanto anhelo.

Tengo la intención de visitar Archidona para visitar a la familia de Manolo y al resto de sus paisanos algunos de los cuales ya se han licenciado según me dicen. Quiero que seas tú quien me lleve por esas calles empinadas que tantas veces me has descrito. Ver cada rincón de tu infancia.

No puedo escribirte más. Con uno de los capitanes que acompañan al embajador y que parte ahora mismo hacia Gibraltar te envío las últimas cartas que antes no pude y esta pequeña nota.

Espérame pues cuento los minutos hasta que vea tu sonrisa y sienta que se olvida tanta desdicha.

A tu Virgen de Gracia encomiendo estos días que faltan para que nos veamos.

Afectuosamente

William Lamport

LA DISOLUCIÓN DE LA CUADRILLA

María Córdoba Gil

La cuadrilla del "Chato" seguía actuando por las sierras cercanas a Archidona. Pero su estructura se iba debilitando. Les llegaban noticias de ajusticiamientos en pueblos cercanos de miembros de otras cuadrillas.

El último que supieron que había muerto era el "Navajas" y según les contaron se habían cebado con él ya que primero le habían arrastrado enganchado a un caballo y después le habían subido a un burro y, acompañado por un cura confesor y varios representantes de las distintas fuerzas del pueblo le llevaron a la plaza y en un patíbulo que había situado en el centro de ésta le colocaron la soga al cuello. Dicen que dijo: «No vais a vencerme, yo moriré pero otros seguirán mi camino. Reniego de Dios y de los hombres como vosotros. La hipocresía de la Iglesia ayuda a este tipo de desigualdades.» Entonces el verdugo dijo: «Hermano, ha llegado la hora.» Le quitaron la escalera en la que se apoyaban sus pies y su cuerpo comenzó a balancearse. Mientras que estaba agonizando varios hombres se encargaban de recoger algunas monedas y usarlas para misas por el eterno descanso de su alma.

El "Chato" al escuchar esto exclamó: «¡Maldita Iglesia traidora, no sabe nada más que ponerse al lado de los más fuertes! ¡Farsantes! ¡Hipócritas!. En nombre de Dios apoyan la destrucción de todo lo que le puede dar a los pobres un poco de dignidad. Si realmente Dios existe nunca podrán ser perdonados. Farsantes de capa y sotana, vividores, que se aprovechan de la fe de la gente sencilla para aumentar su penuria y revolcarlos en sus miserias haciéndoles participes de los asesinatos legalizados que ellos cometen.» El "Chato" tenía la cara encendida. Poco a poco se fue calmando y mirando a sus hombres con semblante serio les dijo: «Vamos a tener que tomar otro camino. A partir de ahora nos separaremos, dividiremos lo que tenemos y que cada uno se busque la vida como pueda. Sabéis que con la ley de fugas que se ha impuesto poco podemos hacer. Lo importante a partir de ahora es salvar el pellejo.»

Se levantó, miró con tristeza a sus compañeros y después de repartir lo que poseían subió a su caballo tordo y se perdió en la niebla de Jibalto.

Los demás hicieron lo mismo, marchándose a lugares alejados donde intentarían iniciar una nueva vida.

Había comenzado un nuevo período en las sierras andaluzas. Estos hombres de la serranía desaparecieron y con ellos todo el misterio que las gentes sencillas le atribuían.

Dejaron de ser realidad para pasar a ser parte de la leyenda.

FALLECE RICARDO

María Córdoba Gil

Ricardo Peris permaneció en este territorio montañoso que es el Rif de cultura y lengua beréber. Se unió a las milicias rifeñas y luchó sin tregua contra los españoles a los que consideraba sus enemigos.

Habían sido años de desacuerdos y episodios llenos de sangre. Como el desastre del Campo del Lobo. Esta derrota desmoralizó a la tropa española. Los soldados cantaban una triste canción a la cantidad de víctimas que hubo. Con voz temblorosa la entonaban:

En el Barranco del Lobo
hay una fuente que emana
sangre de los españoles
que lucharon por su patria.
Pobrecitas madres cuanto sufrirán
al ver que sus hijos
a la guerra van....

En 1921 la guerra se endureció y el ejercito español fracasó estrepitosamente. En represalia contrarrestó con bombardeos indiscriminados. En uno de estos ataques aéreos Ricardo cayó herido. Lo trasladaron a un hospital cercano. Allí se encontró con niños, mujeres y hombres heridos, derrotados y vacíos.

Ricardo decidió olvidar por completo el deseo de ver a sus hijos y en vez de ir a Valencia y a la vida occidental, se traslada de nuevo al desierto. Durante el trayecto va perdiendo salud debido a la metralla que tiene incrustada en el lado derecho del pulmón.

Después de un viaje largo y penoso llegó al poblado que había abandonado hacía tiempo.

Fátima y su hijo le acogieron de nuevo. Pero Ricardo se sentía solo. Sabía que estaba llegando su fin y que la muerte no le permitiría compañeros de viaje. Sentía miedo, algo que no le había ocurrido durante la batalla ni en prisión, pero esta vez sabía que iba a una dimensión desconocida.

Su hora estaba llegando, su corazón le palpitaba en exceso y la lucidez le iba abandonando.

A la luz del crepúsculo vio aparecer la sombra de sus sueños, su gran amor que le tendió la mano a la vez que esparcía su sonrisa como una nube fugaz. Otro rostro añorado hizo su aparición, se aproximó y le acarició la cara. Sentía sed. Temblaba de frío y de miedo.

Fátima se acerca y le da agua. Él abrió los ojos y vio tres figuras femeninas desdibujadas en el espacio. Quiso atraparlas. Ellas rieron. De nuevo cerró los ojos y una nube rosa estalló de luz. Sintió el bálsamo del agua resbalar por la garganta. Ahora ya no tenía miedo. La nube lo envolvió y lo elevó hacia una dimensión espectacular y maravillosa. Se sentía libre.

Miró hacia abajo y vio el cuerpo de un pobre hombre. Ese ser inerte era Ricardo Peris que en vida formó parte del desierto, de Archidona, de los naranjos en flor, de las sombras y de los vacíos sin retorno. Pero que hoy pertenece a la esperanza de algo grandioso e inexplicable para el ser humano. Según contaba un sabio del Sahara para comprender la eternidad había que contar grano a grano la arena del desierto y la de todos los desiertos. Y cuando hayas acabado de contar comprenderás que la eternidad aún no ha comenzado.

En ese viaje increíble está su alma.

Descansa en paz Ricardo Peris, hombre inocente o culpable. Pero eso ya no importa. Ya no eres de esta tierra en la que a los hombres se les juzga justa o injustamente. Pudiste ser víctima o verdugo, querido u odiado. Hoy formas parte de la libertad.

En ese camino puede haber luces y sombras. Ojalá que la luz sea tu compañera de camino porque las sombras te han acompañado siempre.

Tu estirpe queda en la tierra guiada por caminos divergentes: Tus hijos Angélica y Román Peris. Y tu hijo del desierto Brahim.

LOS HIJOS DE RICARDO

María Córdoba Gil

Angélica y Román Peris crecieron en casa de su abuelo en Valencia. Nunca nadie nombró a su padre. Sin embargo la imagen de la madre si era repetida constantemente por la familia.

Angélica era una niña extrovertida de ideas claras y definidas. Su pelo negro y hermosos ojos verdes hacían presagiar la preciosidad de mujer que sería en el futuro. Su hermano Román era retraído. Tenía el pelo y los ojos negros. Era muy observador y siempre se amparaba en su hermana, que tenía un carácter más fuerte y decidido.

Eran unos niños estudiosos, aunque cuando comenzaron a ser adolescentes se derivaron por distintos caminos. A él le prepararon para su ingreso en la facultad de derecho. Y aunque Angélica luchó por conseguir unos estudios universitarios no lo consiguió. Se la preparó para que fuera una dama, pues que una mujer estudiara no estaba muy bien visto y tuvo que resignarse a asumir el papel que por motivos de su sexo supuestamente le correspondía. Angélica siempre mantuvo una magnifica relación con su hermano. Cuando llegó a la mayoría de edad se casó y tuvo una hija. Román también se casó, tuvo dos hijos: Román y Mercedes.

La vida de todos ellos era apacible. Vivían con una sólida situación social y económica.

Sin embargo la situación política del país era cada día más inestable. Se escuchaban rumores preocupantes. Algo se estaba tramando.

Román trabajaba en el prestigioso bufete de su abuelo y sus tíos. A veces le asaltaba la duda de conocer sus raíces. Un día hablando con su hermana le dijo: «¿A ti no te parece raro que nadie hable nada de nuestro padre?» Angélica lo miró y le dijo: «Sí, pero de qué sirve darle vueltas a la cabeza.» Cambiaron la conversación porque a los dos les dolía realmente el tema.

En la Navidad de 1929 los hijos de ambos eran ya adolescentes y todos se habían reunido para celebrar la Nochebuena A esta cena tan especial había venido uno de sus tíos, el más mayor, Sebastián, que se sentó presidiendo la mesa, la cual adornaron de forma especial. Antes de cenar se pusieron todos de pié mientras su tío bendijo con voz solemne: «Bendice estos alimentos que vamos a tomar. Por Cristo nuestro señor. Amén.» ¡Que hermosa era la Navidad!.

Angélica que tenía un don especial para la música se sentó delante del piano. Sus dedos se deslizaron con suavidad y comenzó a tocar *El Ave María* de F. Schubert. Después una sensación de nostalgia la invadió y comenzó a tocar *Tristesse* de F. Chopin.

Fue la última Navidad que pasaron juntos porque a causa de una meningitis aguda murió la hija de Angélica y ésta no volvió a recuperar la alegría.

Pocos años después, cuando los hijos de Román eran ya unos adultos se desencadenó la gran tragedia de la guerra fratricida entre los españoles.

DESÓRDENES EN MÁLAGA

Miguel García Peña

En Málaga durante la Semana Santa de año 1930 se produjeron desórdenes muy significativos. Los hombres contratados para portar los tronos se sentían entre la espada y la pared. Por un lado los "señoritos" que pagaban para sacar a su santo, y por otro los ya abundantes grupos anarquistas que los abucheaban. En calle Granada, cuando uno de los pasos había pasado ya por calle Larios y plaza de la Constitución, se encontraron un grupo de desalmados que al grito de «aligeeeeera» comenzaron a correr en dirección a la plaza del Siglo, y pegando tiros al aire obligaron a abandonar los tronos. Cuando pudieron, los componentes de la cofradía tuvieron que desmontar los tronos *in situ*.

Victoria y Francisco se encontraban viendo las procesiones justo al principio de calle Granada, algo que a Victoria, como profunda creyente, le emocionaba mucho desde que en Archidona las vivía siendo ella una zagala. Aquel incidente la entristeció mucho hasta el punto de que se le cayeron dos lágrimas y Francisco que era menos religioso, no sabía como actuar. Se le ocurrió sacarla de allí y llevarla al café Madrid. Cuando entraron la cogió de la mano y le dijo: «Las penas con pan son menos y si es con chocolate y churros...» Le arrancó una sonrisa y aunque no cabían en el local esperaron a que pasaran los aguafiestas. Se sentaron en una mesita y allí terminaron la tarde. Francisco la miró y le dijo: «Tendré que hacerte llorar alguna vez, pues te pones preciosa cuando brotan lágrimas de tus ojos. Te pareces a la "Dolorosa" de la iglesia de San Pablo.» Victoria sonrió, y después de un momento de silencio le contestó: «¿Pero tú no dices que eres ateo? Anda que como me hagas llorar te va a aguantar tu madre.»

VICTORIA SE CASÓ CON FRANCISCO

Miguel García Peña

Victoria, era pretendida por Francisco García Pineda nacido en la Calzada de la Trinidad Málaga y que era hijo de Manuel el "Sabio" y Cecilia Pineda.

Cuando salía del trabajo Francisco corría a ver a Victoria y digo a ver, porque era lo único que conseguía algunos días si ella se asomaba a algún balcón o ventana y en el mejor de los casos si bajaba a comprar algo a alguna tienda, entonces él la seguía desde lejos y la admiraba con todas sus fuerzas pero sin atreverse a decirle nada, no fuese a ocurrir lo que él denominaba como "levantar a la liebre", por eso se conducía con mucha prudencia y todos los días se acercaba para poder verla. Así estuvo casi un año y no le importaba que lloviera o hiciera frío o sol.

–¿Cuándo vas a darle o esperanzas o calabazas a ese pobre hombre, que va a coger una pulmonía del frío que está pasando sólo por verte? –le dijo Eloisa una tarde de invierno.

–¿A mí?, ¿quién me quiere ver a mí?

–¿No me digas que ni te has dado cuenta? Pues lleva casi un año pretendiendo hablar contigo.

–Yo paso de hombres, soy muy joven y no quiero problemas.

–Pero chiquilla, entonces dile por lo menos que se vaya.

–Yo porque le tengo que decir a nadie que esté en una calle que se vaya, él sabrá.

Pero desde ese momento Victoria lo veía y se preocupaba por su salud y una tarde de lluvia bajó y le llevó una taza de caldo calentito y lo invitó a que se refugiara en el portal, a partir de entonces.

–No sé si me enamoró porque era un buen mozo o porque me dio compasión de él. La cuestión es que estuvimos de novios cuatro años y nos casamos cuando yo tenía cumplidas 22 primaveras y él algunas más –cuenta Victoria.

LA NOCHE DE BODAS

Miguel García Peña

La noche de boda de Victoria fue muy especial, habían alquilado una habitación en calle Trinidad de Málaga y la montaron con lo más indispensable. Tenía un balcón a un patio interior y una ventana que daba a un tejado y tenía un poyo donde hicieron como un infiernillo de carbón para tener donde cocinar. El corralón lo ocupaban otras nueve familias. El edificio contaba con un lavadero, con un lebrillo de barro, donde tenían que guardar turno para todo y un grifo en la puerta del lavadero donde además estaba el retrete, sí solo uno, el mismo tanto para hombres como para mujeres, y cuando estaban lavando las vecinas y a alguien le apretaba el vientre, pues nada a hacerlo delante de quien allí estuviera y santas pascuas.

La vivienda era tan humilde que ya casi rozando el siglo de edad, José el "Cachorro", se atrevió a ir a ver a su hija y después de atravesar campos y veredas de cabras desde Alfarnate (era un magnífico conocedor de los campos de Málaga y sus veredas y con una fortaleza extraordinaria) a pie, subió a casa de su hija y cuando vio aquello dijo: «Pobre hija mía, se ha venido a vivir a un palomar», menos mal que estando unos días de convivencia con el nuevo matrimonio vio, comprendió y se alegró del gran amor que Francisco le tenía a su chiquitina. Un día de esos Victoria cocinó un arroz con salchichas y José empezó a comer preguntó: «¿Hija, que son estas pichíllas de perro que tiene el arroz que saben tan rico?»

Después de que Francisco y Victoria se casaran, se fueron al cine y luego pensaban ir a una pensión a pasar la noche de bodas, pero al salir les cayó tal tromba de agua que tuvieron que ir corriendo a su casa a por ropa de más abrigo para taparse de la lluvia, una vez en su habitación, con su cama por estrenar, y lo que estaba lloviendo, decidieron muy calladitos, quedarse en casa. Los vecinos estuvieron despiertos hasta muy tarde esperando a que entraran los novios, pero sólo se enteraron de que estaban dentro, cuando Victoria a las cuatro de la madrugada aproximadamente, empezó a gritar como una posesa diciendo: «Un hombre, un hombre, hay un hombre en mi cama.» Francisco se puso rápido a buscar por debajo de la cama y entre las sabanas y ya tranquila Victoria se sentó y mirándolo fijamente y con una mueca de sonrisa en su cara le dijo: «Francisco pero si eres tú.» Y acto seguido se escuchó a los vecinos soltar unas sonoras carcajadas.

La boda fue por la mañana, la madrina fue Gracita de Archidona (la prima de Eloisa, la hija de los señores donde Victoria trabajó) y el padrino fue su cuñado, el que la invitó a helado en los baños del Carmen, que ya estaba casado con su hermana, que también se llamaba Eloisa. Tras la ceremonia tomaron algo en el bar donde trabajaba el padrino, el famoso Bar Nuevo en Atarazanas, junto al mercado ya desaparecido y después de celebrarlo lo mejor que pudieron se quedaron solos y se metieron en el cine para hacer hora y poder discretamente tomar una habitación en alguna pensión. El resto de la noche ya la conocéis.

LA HIJA DE VICTORIA

Miguel García Peña

A los 11 meses de casada, Victoria, dio a luz a dos gemelos, pero con tan mala suerte que el segundo nació muerto y a los pocos minutos murió el otro. Durante mucho tiempo lo pasó muy mal, a ella le abría gustado tener ahora a sus dos hijos en sus brazos, pero Dios no lo quiso así y ella que desde chiquita era muy religiosa, se conformó pensando que si Dios la premiaba con algún hijo, no haría lo que su madre hizo con ella; cuando en Alfarnate, que tenían una escuela para aprender a leer y a escribir, y recordando lo que había llorado cuando le comentó a su madre, que el maestro le dijo que al día siguiente debía llevar un cuaderno y un lápiz, a lo que su madre le contestó «...mañana por la mañana no tienes que ir a la escuela, coges la espuerta y te vas al río a coger cagajones de los mulos y los caballos para fertilizar al huerto...» y ya nunca pudo ir a la escuela.

Estaba en estos pensamientos cuando llegó Francisco y la sacó de su tristeza y después de llorar un rato con su marido éste la abrazó y la apretó contra sí de tal forma que a los 9 meses nació su hija mayor y Victoria juró con su marido de testigo que ninguno de sus hijos se quedarían sin saber leer y escribir «...y nuestras hijas las primeras, aunque nos quedemos sin comer Francisco», le dijo a su esposo.

MERCEDES PERIS

Dolores Espinar Ruíz

Mercedes Peris, a pesar de estar casada con un militar, nunca se metió en líos políticos, su corazón bondadoso sufrió mucho con lo que ocurrió en España durante la guerra civil. Se le partía el alma viendo enfrentados a muerte a paisanos y compatriotas. La guerra lo destruyó todo, no solo los campos, las ciudades y los pueblos, sino lo que era más importante, la dignidad y los buenos sentimientos humanos. No quiso ponerse de parte de ninguno de los dos bandos porque consideraba que en los dos se cometieron muchas injusticias y tenían ambas partes mucha culpa de lo ocurrido en la contienda.

Esta forma de pensar le ocasionó muchos problemas, pues ser neutral no era fácil en aquellas circunstancias. Había que navegar entre dos corrientes y todos querían que apoyaran sus respectivas causas.

Ella no se dejó influenciar por nadie, pues no era mujer a la que se pudiera manipular fácilmente. Al no estar cegada por la pasión y el odio, lo veía todo más claro. Se dedicó a escribir con objetividad, siendo lo más imparcial posible, todo lo que fue aconteciendo en aquellos malditos tres años, desde 1936 hasta 1939.

Siguió escribiendo en la posguerra, pero sólo con el fin de dejar constancia en la historia de los hechos reales, sin deseos de venganza como sospechaba que ocurriría con otros historiadores en los que primarían sus intereses personales y políticos, antes que la divulgación de la verdad. Por ello en sus clases trataba de ser lo más objetiva posible, pues sabía que de los educadores y del entorno familiar, dependía que la ponzoña no germinara en el corazón y en la mente de aquellos adolescentes, que estaban empezando a vivir.

Por desgracia su ejemplo y el de muchos que pensaban como ella, no dio buenos resultados y observó con pena que la gente en lugar de tratar de olvidar aquellos hechos horribles, se complacía en sembrar el odio y la venganza, cada cual desde donde podía, en la tierra fértil de las nuevas generaciones, que con seguridad alzarían las banderas que le fueran más afines para honrar a sus antecesores. Así, paulatinamente se iba inyectando de padres a hijos y de hijos a nietos, las tendencias contagiosas y fáciles de asimilar de sus fanáticos ideales, sin que nadie hiciese jamás ni la más mínima autocrítica de sus respectivos errores.

Mercedes conocía la borrascosa vida de su abuelo Ricardo Peris y de los acontecimientos que vivió durante su permanencia en Archidona, pues Alejandro Sandoval, amigo íntimo de su abuelo, había escrito algunos libros en los que hablaba mucho de él y además recopiló algunos de sus escritos, que con orgullo introdujo en sus textos, por ello sabía que su abuelo tenía algo de poeta aunque quizás forzado por las circunstancias.

Mercedes había heredado de él el gusanillo por la escritura y sobre todo por la poesía, que era lo que más le apasionaba. Escribiendo trataba de ser concreta y veraz, en cambio en poesía dejaba volar la imaginación y la fantasía hasta límites insospechados. Su poesía no era tan tempestuosa como la de su abuelo, era más bien conciliadora y amiga de la concordia, un sueño de paz y esperanza para todos los españoles. Sus deseos eran una utopía, como le decía su marido cuando leía sus escritos, ojalá se cumpliesen algún día.

EN BUSCA DE UNA UTOPÍA

Me he pasado la vida
persiguiendo una estrella,
pues deseo hallar en ella,
todo lo que no encuentro aquí en la Tierra,
la paz, el amor y la concordia.
Cada noche me duermo con la ilusión,
de poder alcanzarla algún día.
Sueño que está muy cerca,
puedo tocarla con los dedos,
me ciega los ojos con su luz
y la aprieto con fuerza sobre mi pecho
para que no se me escape,
al tiempo que una infinita paz interior
inunda todos mis sentidos.
Pero cuando despierto,
sufro una gran decepción
al ver mis manos vacías,
¡cielos! No tengo nada.
Una inmensa desolación
se apodera de mi alma y de todo mi ser,
ante el intento fallido,
que me hace sentir con rabia
toda la fuerza de la impotencia.
Cada vez me cuesta más trabajo
reponerme de los golpes del desengaño,
pero otra vez la esperanza,
logra vencer la apatía
y me impulsa con nuevos bríos
a seguir buscando esa estrella una vez más,
porque la necesito, para seguir viviendo.

En unos libros que escribió Alejandro Sandoval, hablaba de las costumbres y tradiciones del pueblo de Archidona, de su bella Semana Santa, que tanto le gustaba a todos los personajes que han pasado por esta historia, de las fiestas que se organizaban en los barrios, de la cal que blanqueaba aquellas casas antiguas, de pequeñas ventanas y erguidas chimeneas.

Una de las costumbres más arraigadas eran las típicas fiestas que se formaban en casas particulares, se invitaba a los amigos y familiares y sin derroche de comidas y bebidas, porque la economía de aquellos tiempos no lo permitía, se lo pasaban "bomba" como decimos ahora, bailando los típicos bailes "del pajarito", "la paleta", "dejarla sola", "los caracoles", "la raspa", "el pañuelo marrón", etc. Pero el baile por antonomasia era el "fandango de Archidona" que bailaba una pareja o un trío, llamado este último "el zángano". Acompañados por guitarra, castañuelas y un cantaor, interpretando el típico fandango archidonés.

Pero lo que más le gustaba a Ricardo, según Alejandro, era la feria y sobre todo la romería de la madrugada del 14 de agosto, cuando recordaba nostálgico un año que subieron los dos a la ermita, acompañados de varios amigos y entre juerga y vino, todos medio borrachos, cantó Ricardo Peris unas bamberas dedicadas al pueblo y a la Virgen de Gracia, que decían:

Al ladito de la Vega
las murallas por corona,
hay un pueblo muy bonito
que se llama Archidona.
Allí arribita, arribita
en lo alto de la sierra,
está la Virgen de Gracia,
orgullo de nuestra tierra.

PRESIDENTE DEL COMITÉ DE CONTROL

Miguel García Peña

Francisco dejó su oficio de alfarero que desempeñó en las muchas fábricas de cerámica de la Colonia de Santa Inés de Málaga para colocarse en la fábrica de sombreros de Pedro Mira, ubicada más próxima a su casa y que además estaba mejor remunerado. Era un buen trabajador, reconocido y querido tanto por sus compañeros, como por los jefes y propietarios de la fábrica.

Un día llegó al despacho de administración una orden gubernamental de obligado cumplimiento y que apremiaba a las empresas a crear en cada una de ellas un Comité de Control, para evitar que algunos propietarios pudieran caer en la tentación de descapitalizar y cerrar el tejido productivo del país. El administrador consultó al propietario y reunieron al personal, no era plato de gusto para el dueño pero era una Ley y la tenían que cumplir, después de un largo debate, el propio administrador de acuerdo con el propietario, propuso a Francisco como presidente del Comité de Control de la fábrica, ya que además de ser respetado por todos era el único trabajador que sabía leer, escribir y tenía algo de cultura general. Pero lo que en aquel momento nadie sabía, eran los problemas que aquel nombramiento "democrático forzoso" le acarrearían a él y a toda su familia.

Cuando aquella tarde llegó a su casa, Victoria lo esperaba con un plato de coliflor rehogada, a Francisco no le gustaba la coliflor, pero desde entonces empezó a comprender que cuando Victoria compraba coliflor era porque le quería comunicar un nuevo embarazo y así era, su segunda hija venía de camino. El cabreo que traía de la fábrica se le olvidó de momento pero cuando al día siguiente le comunicó a Victoria lo del comité a los dos se les ensombreció el rostro y se quedaron callados largo rato como si de una mala premonición se tratase.

LA NEGATIVA DE FRANCISCO

Miguel García Peña

Cuando estalló la guerra civil, un falangista, familiar de los dueños de la fábrica, quiso utilizar la fábrica para esconder provisiones y materiales y entregárselas luego al ejército de Franco. No era fácil para una fábrica de esas características conseguir que se pudiera comprar un camión, pero si el comité justificaba la conveniencia de su compra, era más fácil, y así, si al entrar las tropas nacionales la fábrica le podía proporcionar un camión, el falangista cogería galones. Pero la honradez de Francisco le impedía hacer algo que no fuese legal y que no supusiera la defensa de sus intereses y de los de sus compañeros. El falangista no consiguió que Francisco firmara el documento, y sin su firma no tenían nada que hacer. Le acusó de traidor al "Glorioso Alzamiento Nacional" y le amenazó de que cuando entrasen los suyos...

Esta acción, que demostraba su honradez, fue el motivo por el que luego, cuando los nacionales entraron en Málaga por el Camino de Antequera, Francisco, como otros muchos malagueños inocentes, tuviera que hacer el camino del exilio de su querida Málaga por la Carretera de Almería, dejando atrás a su madre y a sus hermanos; y lo que le hizo derramar más lágrimas, a su esposa y a sus dos hijas: una de dos años y la otra de meses.

Cuando llegó a Almería no tenía otra opción y se tuvo que alistar para defenderse de aquellos que lo tenían amenazado de muerte por ser honrado. De hecho, cuando acabó la guerra volvió, y ya en Málaga lo detuvieron acusado de no haber firmado el informe para comprar el camión y por traidor al "Glorioso Alzamiento Nacional", así que estuvo seis meses en la cárcel de Málaga. Afortunadamente el individuo cayó en desgracia dentro de falange y el propio Pedro Mira, dueño de la fábrica, obligó a su pariente a retirar la acusación contra Francisco. De no ser así, hoy no existirían los otros siete hijos de Victoria y Francisco y sus largas familias. Algunos de esos familiares hoy viven en Archidona y les gusta la Semana Santa tanto como le gustaba a Victoria cuando era niña, aunque luego de mayor nunca pudo volver.

ENFRENTAMIENTO ENTRE HERMANOS

María Córdoba Gil

Había llegado el horror de la guerra. La gente sencilla poco entendía ni sabía lo que realmente estaba ocurriendo. En Archidona, como en el resto de España, se encontraron que el odio se había vuelto el emblema de sus vidas. Rencor y odio sin límites. Hacer daño y destruir.

Durante la noche la pesadilla se acrecentaba aún más cuando con un sonido seco en la puerta de algunas casas se sacaba a los hombres para ser fusilados en el cementerio. Fue una cruel guerra para los dos bandos. En Archidona quedaron familias enteras marcadas por tanta muerte indiscriminada que ocurrió a consecuencia de esta contienda fratricida.

Eso le ocurrió a los hijos de Frasquita, pues a dos de sus hijos la guerra los enfrentó en la batalla de Peñarroya. ¿Qué habían hecho ellos para estar allí?. Los dos eran hijos de jornalero, ninguno entendía de política, solo eran trabajadores incansables, y con la espalda destrozada de trabajar la tierra para recoger los frutos que el campo paría.

Era una casa de seis hermanos. Luís era el segundo de los hijos de esta humilde familia. A éste le llamaron para hacer el servicio militar; gracias a la intervención de un Escolapio lo enviaron a Madrid. Fue a la sección de caballería.

Era un muchacho alto, de pelo negro rizado y ojos pequeños y observadores. Tenía el orgullo que propiciaban los pocos años. Antes de partir a la mili trabajaba en el campo. Era un trabajador incansable, llegando en ocasiones a trabajar el doble de horas para poder sembrar un poco de trigo y a través de un trueque en la panadería cambiarlo por unos vales que le garantizarían el pan diario para su familia.

Esta pobre mujer el día que su hijo marchó para Madrid no pudo ni imaginar que ya no lo vería hasta pasados cuatro largos años durante los cuales lloraría su ausencia porque creían que había muerto.

El tren alejó a Luis de su pueblo. Asustado emprendió su viaje dejando atrás a su familia y a su primer amor, una preciosa mujer de intensos ojos azules y el pelo del color del trigo. Se alejó de ellos durante cuatro interminables años. Cuando llegó a Madrid, en el cuartel le asignaron un caballo al que cepillaba y daba de comer. Él que nunca había salido de Archidona se encontró en una majestuosa gran ciudad perdido e insignificante.

Una tarde estaba cepillando su caballo cuando notó que algo raro ocurría. Se había dado orden de cancelar todos los permisos y salidas. Por primera vez escuchó el nombre de Franco y lo del "Alzamiento Nacional".

La guerra se desencadenó con furia. Este hombre de campo no entendía nada de todo esto, simplemente su miedo lo llevó a defenderse como pudo. Pasó por diversos frentes, incluso participó en la batalla del Ebro. Seguía sin comprender nada de lo que ocurría, con poco más de veinte años, la vida lo puso en la circunstancia de enfrentarse a su propio hermano en la batalla de Peñarroya.

Dos hombres sencillos, buenos, trabajadores e inocentes se tuvieron que enfrentar a causa de una guerra que ninguno de los dos sabía por qué se había provocado ni a que ideales servían. Ellos eran simplemente carne de cañón de ambiciones políticas.

Fue hecho prisionero cerca de los Pirineos, habían pasado varios años desde que salió de su casa. Estaba perdido y desorientado, pero gracias a un miembro de la Cruz Roja pudo ponerse en contacto con su familia con una carta escueta. Pronto llegaría el retorno a su tierra dejando atrás tanto horror y desolación.

La guerra quedó impresa en su vida para siempre y su juventud rota por la pesadilla que le había tocado vivir.

Fue un hombre cabal y honrado. Como él mismo decía y reza en el epitafio de su tumba: "Hojas del viento caídas juguetes del viento son, las ilusiones perdidas gran pena del corazón"

«Que lo que la vida no te supo dar te lo ofrezca la eternidad, inocente víctima de la guerra.»

UNA PRIMA DE VICTORIA

Miguel García Peña

Durante la guerra, Victoria y su madre recibieron la visita de una prima, que venía huyendo de Alfarnate, pues era miembro activo de un grupo anarquista cuyos desmanes contaba sin rubor. Pero por un despiste se había quedado en la parte nacional con su grupo y andaban tomando contactos para organizarse. De pronto a Victoria se le abrieron con espanto los ojos y cogiéndole la mano a su prima, la acusó de sacrílega y ladrona, pues llevaba puesta una sortija que ella había visto muchísimas veces en la mano de la Virgen de Monsalud. La prima de Victoria quiso defenderse diciendo: «Para que se lo lleve otra lo luzco yo.» Esta mujer no volvió nunca más a casa de ningún familiar y Victoria prometió que si algún día tenía oportunidad, lo primero que haría sería comprarle a la Virgen otro anillo parecido, que le serviría para conseguir el perdón de Dios para su prima. Pero a quien escribe le consta que nunca tuvo posibilidades y que no pudo cumplir su promesa en vida, porque siempre vivió con muchas penurias, tan sólo al final de sus días vivió desahogada, gracias a uno de sus hijos más pequeños.

Se rumoreaba en la familia, que la prima de Victoria y su grupo de "anarquistas", tenían coches, camiones y que antes del levantamiento, habían saqueado cortijos y le habían dado el "paseíllo" a sus dueños. Luego, los mismos, dejaron el anarquismo para con una camisa azul hacerlo otra vez, pero a las órdenes de los falangistas. A la de la sortija la ayudaron a salir de España y se cree que murió en una acción bélica junto a un grupo de la resistencia francesa.

MADRE Y VÍCTIMA DE GUERRA

María Córdoba Gil

La casa de Dulce estaba en la parte baja del pueblo. Tenía cuatro hijos, el más pequeño de ellos era Manuel, un chico de quince años. El ambiente que existía lo tenía muy inquieto. Varios amigos de la edad de él y un poco más mayores se reunían al anochecer en la casa de Ramón. Éste tenía unas ideas políticas que trataba de transmitir a sus compañeros y éstos con esa juventud desbordante, les parecía que todo lo que estaba ocurriendo era una cruzada en la que tenían que participar.

Al anochecer de un día de septiembre le pidió a su madre la chaqueta de tela gris y la gorra. Ella lo miró y le dijo: «¿No crees que es mejor que no salgas esta noche?» Él no contestó. Salió por el empedrado del zaguán sin volver la vista. Su madre lo vio alejarse. Pasaron las horas y no volvía. Las primeras luces del alba le dieron a su madre apoyada en la ventana esperándole, no obstante no perdió la esperanza de que volviera y a partir de ese día, a la hora que él se marchó de su casa ella se sentaba en la ventana a esperarle. Todas las sombras de la noche le parecían que era él que se aproximaba. Vana ilusión.

Pasaron lo días, los meses, los años y ella seguía sentada en la ventana todas las noches. Se marchitó en la espera. Su hijo jamás volvió. Nunca supo que bando lo había matado. Fue una víctima más de la guerra que arrastró en su vorágine su juventud. Su madre languidecía de desesperación viendo como pasaban los días.

Ella fue también una víctima más de la guerra, no sabemos en que lista ni en que bando estará el nombre de Manuel escrito, pero sí conocemos que su madre estaba en la lista interminable del dolor, ya que esa es la única referencia que hay para evaluar una guerra.

Pasados muchos años llegó su muerte, aferrada a esa ventana que se había convertido en el único objetivo para seguir viviendo. Se levantó de su silla y agarrada a los hierros de la reja inclinó la cabeza y abandonó su espera de años.

Ninguna memoria histórica podrá hacerle justicia a esta magnífica mujer.

LA CADENA

José Astorga Perdiguero

Con el paso del tiempo, la familia de Felipe pasó por mejores y peores momentos, pero nunca perdieron el ánimo y su fe en la patrona de Archidona de la que toda la familia eran fieles devotos. La imagen de la Virgen estaba siempre presente y ocupaba un sitio destacado dentro de la casa. La familia Fernández bajo un halo de misterio le atribuía toda la prosperidad de la que gozaban, habiendo pasado en poco tiempo de una familia humilde a ser una de las familias de mayor "poderío" de la comarca y que más trabajo daba dentro de ella, fundamentalmente en las tareas del campo.

Cuenta Felipe que un buen día paseando por la Vega camino a la feria de ganado de Antequera, escuchó gritos pidiendo auxilio en la lejanía de uno de los olivares cercanos al camino por donde paseaba. Sin pensarlo ni un solo segundo Felipe corrió en ayuda de aquella persona, se adentró en el olivar guiado por su oído en búsqueda de aquel hombre que pedía ayuda sin cesar; entonces Felipe divisó un viejo arado tirado bajo el cual se encontraba sepultado el accidentado, cuyos gritos alertaron a Felipe. Éste levanto el arado y se sorprendió al encontrar a Antonio Bautista, uno de los terratenientes más ricos de Archidona y que a pesar de su riqueza seguía trabajando el campo de sol a sol para sorpresa de todos los que conocían el capital de Antonio. Felipe ni corto ni perezoso levantó el arado y ayudó a Antonio a ponerse en pie.

En todo el pueblo era conocido que Antonio era una

persona que había prosperado en poco tiempo, vivía solo y que en contadas ocasiones recibía a invitados en su hacienda. Consciente de ello la familia de Felipe acudió al evento cautelosa respecto a lo que tal noche les acontecería dentro de aquella hacienda.

El sol se puso y en la hacienda de Antonio las mejores viandas, los mejores manteles y la mejor mesa estaban preparados para sus invitados, la familia de Felipe acudió puntual al evento y Antonio, como buen anfitrión, les recibió y al contrario de lo que parecía se mostró distendido durante toda la noche en agradecimiento al gesto de Felipe. Esa noche Antonio revelaría según él mismo el secreto de su prosperidad, que no era otra cosa que la imagen de la Virgen de Gracia que presidía el inmenso salón de la hacienda.

Como gesto de buena fe y en vista de la humildad y el buen hacer de sus invitados, Antonio decidió regalar la imagen a la familia Fernández. Antonio les contó con gran interés que con tal ofrenda Felipe entraba a formar parte de la cadena de la que en su momento, un joven Antonio también pasó a formar parte al salvar la vida a un viejo fraile que cayó de su caballo cerca de las tierras donde por entonces un humilde Antonio trabajaba para ganar el sustento con el que ayudar en casa. Así pues el fraile regaló la imagen a Antonio explicándole que le traería suerte y que llegado el momento debería de cederla a otra familia de buen corazón para seguir la cadena. La familia Fernández fieles devotos agradecieron el gesto restándole importancia al misticismo impuesto por el propio Antonio sobre la imagen de la Virgen, sin embargo a partir de aquel día los acontecimientos positivos uno tras otro que se sucedían en la familia Fernández dotaron cada vez de mayor importancia y fidelidad a tal imagen de la Virgen.

VICTORIA TRABAJA COMO LIMPIADORA

Miguel García Peña

José el "Cachorro", murió con una edad cercana al siglo, por lo que su viuda se trasladó a Málaga al calor de sus tres hijas, y con ellas pasó los tres años de horrores, hambre y penurias de la guerra. Tanto ella como Victoria contaban que se pasaron casi esos tres años comiendo solo el bollito de pan negro al día que le daban como racionamiento, y si pillaban algo de otros alimentos lo empleaban para alimentar a las dos niñas, ya que con lo poco que ella comía poco le saldría por la teta.

Pocas cartas llegaban del frente, pero cuando a través de la Cruz Roja recibían alguna era muy escueta por si la interferían los nacionales. A través de la radio de los sitios donde limpiaba tampoco se conocía la verdad, pues la guerra informativa era tan feroz como la real, pero más embustera.

Victoria fue con algunas vecinas a limpiar el Ayuntamiento de Málaga, y estando de rodillas fregando el suelo con un cubo de cinc, estropajo y un taco de jabón verde, empezó a cantar coplillas.

–Es menester ser inconsciente para cantar mientras tu esposo está en el frente y no sabemos si vivo o muerto –le reprendió una amiga que también tenía el marido en la guerra.

–Yo prefiero que esté allí defendiéndose, que aquí que lo habrían matado –le contestó para acto seguido seguir cantando, pero con sus pensamientos ya puestos en el frente, y pensando en la lucha, se le escapó el himno nacional de la República, pero con la letrilla popular de: "Si los curas y las monjas supieran…".

–¡Shhhhh!. ¿Tú has visto lo que tenemos alrededor de falangistas? ¿Quieres que vayamos a la cárcel con cubos y todo, puñetera? –le dijo la jefa riéndose y con el dedo índice cruzándose los dedos.

EL DESFILE DE LAS TROPAS

Miguel García Peña

La abuela Victoria, la "Cachorra de Alfarnate", contaba, ya mayor, a sus "cachorrillos", como la "Falica", que ya era muy mayor, durante los repartos de comidas de voluntarios italianos, alemanes etc... con camiones en Málaga en los dos años y pico de guerra después de la ocupación fascista, ella con una vecina y las dos niñas en los brazos, se ponían de acuerdo para poder coger más comida entre las tres, dejaban a la abuela Rafaela con las dos niñas en algún lugar sentada un poco lejos del bullicio, ya que ya veía poco y así cuidaba a las pequeñas mientras Victoria y Santa, la vecina, trataban de pelear un poco de comida para ellas, las niñas y la abuela, pero no sabían como se las apañaban que ninguna de las dos conseguían gran cosa y sin embargo la "Falica", sin ver casi, con las dos niñas y sin meterse en la bulla, siempre conseguía más que su hija y la vecina. Éstas se enfadaban mucho y la "Falica" les esperaba entre orgullosa y decepcionada a la vez y les decía: «Anda que no estáis lacias. Espabilad, que estamos en guerra.»

Casi siempre a los nietos de Victoria les gustaba que les contase como fue el primer desfile de las tropas rebeldes por calle Trinidad hacia el Puente de la Aurora. Contaba que todas las puertas del barrio estaban cerradas, pero se había corrido la voz de que las casas que estuvieran cerradas las abrían a la fuerza y a todos sus vecinos los calificaban de rojos y desvalijaban el edificio entero, y sobre todo los hombres tenían que salir al portal y saludar con el brazo en alto. Al marido de Santa que era panadero le decían todas las vecinas que como los maridos de ellas estaban todos en la Carretera de Almería, el que era el único hombre que se había quedado en la casa de vecinos, tenía que salir a la puerta con ellas y saludar con el brazo. Cuando Antonio, vio venir calle abajo a los fascistas, haciendo lo que venían haciendo, borrachos y obligando a jovencitas a desfilar con ellos, con parte del botín robado más arriba en sus manos. Al pobre marido de Santa y padre de cuatro hijos se le descompuso el vientre y se tuvo que ir al retrete a vomitar y con una diarrea que se le salía el estómago por el culo, así lo pilló un oficial que entró y diciéndole: «¿Cagándote del susto no?, venga ponte en la puerta a saludar al "Glorioso Ejército de Franco"» y casi lo arrastró a la puerta entre excrementos y vómitos. Antonio estuvo casi cuatro días sin poder hablar, temblando. Y cuando pudo empezar a trabajar, a los seis días el propietario de la panadería le dijo: «Antonio, hijo, siéntate y ya haremos en pan los demás.» La mujer del panadero le ofreció una taza de manzanilla caliente y cuando se la tomó se volvió a su casa y aún seguía con la cara blanca. Victoria más tarde se enteró de que en pueblos como Archidona y Alfarnate, pasaron cosas similares a las de calle Trinidad.

Francisco, el marido de Victoria cuando la escuchaba contar a sus nietos estas historias la reprendía porque él decía que no quería recordar aquella pesadilla y que quería que sus hijos y nietos crecieran sin rencores, pero Victoria le contestaba con energía: «Los pueblos que olvidan su historia están condenados a repetirla» y repartía besos para todos y cuando se quedaba a solas con su esposo le besaba y le decía: «No te preocupes Pineda que estos "cachorrillos" serán libres, la información los engrandece y los libera de engaños.»

SUCESOS EXTRAÑOS

María Córdoba Gil

Los sucesos extraños se repetían en muchos lugares del pueblo. Como el que ocurrió en un paraje de los Molinillos donde vivían Paca y su marido Ramón. El matrimonio tenía un rebaño de cabras que sacaban a pastar cerca del río que regaba las tierras. La situación de la casa era en una zona húmeda y rodeada de un verdor increíble en primavera. En estos parajes se ponía el sol mucho antes de lo habitual porque estaba en la falda de un pequeño montículo donde los amaneceres eran tardíos y los crepúsculos se precipitaban. Estaban rodeados de unas tonalidades de verdes y amarillos intensos que brotaban en estas pequeñas montañas.

Paca ayudaba a su marido con los animales. Con ellos estaba un pequeño cabrero que a cambio de la comida también ayudaba como pastor.

Ella estaba en la cocina y le trajeron un gran recipiente con la leche para hacer el queso. De repente los perros comenzaron a ladrar inquietos y en la chimenea comenzó el fuego a arder de una forma diferente a la habitual. La mujer se quedó sin palabras al ver como el recipiente de la leche se movía sin que nadie lo tocara. Los perros huyeron despavoridos. Ella comenzó a llamar a Ramón con voz rota de angustia: «Ramón, corre, corre.» Éste que estaba ordeñando las cabras salió precipitadamente a ver lo que ocurría y se quedó sin poder moverse del quicio de la puerta. Un gran ruido se había apoderado de esta habitación, las vigas crujían estrepitosamente y la gran vasija seguía con su movimiento desenfrenado.

Los dos se abrazaron en la puerta y comenzaron a invocar a todos los santos que conocían. De repente se hizo el silencio, ellos seguían muy asustados pero decidieron entrar en la casa. Un frío sepulcral se había adueñado de todo el espacio. El fuego se había apagado.

Era ya noche cerrada y no sabían que hacer ni a donde ir. Volvieron a encender el fuego y de nuevo comenzó la angustiosa escena. Huyeron despavoridos al pueblo a casa de un primo de ella.

A la mañana siguiente, muy temprano, fueron en busca del cura para que fuera con ellos a ese lugar. Al llegar allí un viento gélido rodeaba la casa y el tejado se estaba derrumbando como si una fuerza infernal se hubiera apoderado de todo.

El cura les dijo: «Alejémoslos de aquí, este lugar está embrujado. Un duende se ha adueñado de este espacio.»

El matrimonio tuvo que abandonar su hogar, viendo como en pocas horas se había derrumbado por completo.

La gente del lugar no quería acercarse a esos parajes y pronto se le dio el nombre de "La casilla del duende".

FRANCISCO SALIÓ DE LA CÁRCEL

Miguel García Peña

A principios de los años cuarenta, Francisco fue liberado de la cárcel de Málaga, y a los mayores que, antes de la guerra, cobraban el auxilio obrero –después de que durante años se interrumpiera su pago–, se les comenzó a pagar, y a la "Falica" le pagaban algo. Francisco aprovechó ese dinero para comprar frutos secos y, después de procesarlos y pelarlos o tostarlos, los vendía, y así pudieron ir saliendo adelante, pues nadie le daba trabajo, ya que, al pedirlo, se le exigía que demostrara si era excombatiente o ex-cautivo. Pero contaba la abuela Victoria que su marido, algunos ratos, la dejaba a ella vendiendo, y le decía que si les daba a los niños alguna almendra, o lo que fuera, cogiera de las rotillas y respetara las más vendibles; y ella, que se acordaba de las ferias de Archidona y de los roscos "Carreros", y se decía a sí misma: «¡Yo qué le voy a dar a mis hijos lo peor!» (Ella decía niños porque justo a los nueve meses de volver del frente Francisco, Victoria parió), así que los mejores frutos secos se los daba a sus niños para que se los comiesen.

El negocio iba sólo regular, y Francisco acabó encontrando trabajo en una empresa de transporte que le trabajaba a RENFE, tirando de un carrillo de mano. Después de ir a entregar los papeles para darlo de alta en la Seguridad Social, el encargado fue a ver a Francisco y le dijo: «No puedo darte de alta y no sé como arreglar esto, pues el funcionario que está en la ventanilla dice que las personas que se apellidan Pineda no pueden ser dados de alta en un organismo creado por el "Nuevo Orden", y que, o se cambia de apellido, o por esa ventanilla no pasa.» Fue un compañero el que, haciendo una broma, dijo: «Pues si nosotros vamos sobre ruedas (refiriéndose al carrillo), cambia Pineda por Rueda y a ver si pasa.» Así se hizo, y pasó; lo malo fue cuando, a su jubilación, resultó que no coincidía su DNI con sus apellidos en la Seguridad Social, y hubo entonces que "remover Roma con Santiago" y decir que todo debía haberse debido a algún lamentable error burocrático.

LOS CALEROS Y LA ROMERA

Antonia María Rodríguez Rogel

LOS CALEROS

En los difíciles años de la posguerra la Romera disfrazaba su tristeza con la blancura impoluta de sus paredes, conseguida gracias a aquellas piedras de cal que desde el pueblo les llevaban los caleros.

Llegaban en las mañanas azules con sus asnos aparejados con serones de esparto, repletos de cal, y a cada trecho de la aldea gritaban: «Niñas el calerooo…»

Entonces, de casi todas las casas salía una mujer enlutada con una canastilla de caña en la mano con la que regresaba luego repleta de cal, a cambio de unos reales, entregados con manos trémulas y envejecidas por el duro bregar de cada día.

Desde la escuela me gustaba oír aquel prolongado grito que convocaba a las mujeres de la aldea y también me gustaba ver cómo los caleros medían la cal en un celemín de madera, blancuzco ya por contacto continuo de aquel polvillo que picaba si te llegaba a la nariz o a los ojos.

De aquellos vendedores ambulantes de cal recuerdo especialmente a uno de pequeña envergadura física que llevaba una gorra negra y tenía los ojos vivos y oscuros. Su asno no era gris como el de los otros, sino negro desvaído, y miraba tristemente desde el fondo de sus ojos orlados de un color marrón parecido al de las hojas del otoño. El nombre de aquel calero era Canito o algo parecido, ya no lo recuerdo porque hace muchos años que dejó de aparecer por este lugar y la memoria de las personas no es infinita.

Después de haber vendido la carga, los caleros llenaban los serones con la carbonilla de las vías para sus hornos y se marchaban luego, carretera abajo, tirando del ronzal de sus asnos, uno tras otro, entre el dulce sonido de las esquilas o el chirriar de infinitas cigarras que frotaban incansables sus élitros bajo los cielos cálidos y azules de la primavera o del verano.

Con aquellas piedras blancas disueltas en agua las mujeres de la Romera conseguían una pasta que les obraba el milagro de tener sus casas blancas como palomas, como si en su interior no existieran las ausencias y las penas y como si no hubiera estallado nunca aquella guerra fratricida que llenó de luto y tristeza a la aldea durante muchos años.

Sin embargo, los niños no teníamos consciencia de tales cosas y éramos plenamente felices hasta el punto, de que, si se pudiera regresar en el tiempo, me instalaría de nuevo en aquellos inolvidables años en los que, a través de las ventanas de la escuela oía el pregón de los caleros mientras mi amiga María, sentada a mi lado en el pupitre, engolaba la voz y lo reproducía en casi todos sus matices.

En mis viajes por el mundo he visto muchas veces paisajes fantásticos pero ninguno me ha conmovido tanto como los campos de olivos de mi tierra tal vez porque allí están juntos muchos recuerdos de mi familia: los de mis padres, los que guardaba mi abuela y gran parte de los míos.

LA ROMERA

En la Romera los niños éramos felices aunque no teníamos ni cine, ni televisión ni nada por el estilo. Pero teníamos la imaginación, los trenes que pasaban puntualmente como incansables viajeros, dejando tras de si, una tenue estela de humo sobre las vías, los campos de trigo con su oleaje de espigas en los días de viento, el canto de los pájaros, los arroyos con sus charcas donde croaban las ranas, las fuentes de agua fresca y caños cristalinos que borboteaban al caer en los cántaros hasta desbordarlos, la canción de los grillos al anochecer, el ruido que hacía la lluvia al caer sobre el empedrado de los patios o sobre la tierra abierta en surcos. Teníamos muchas cosas. Una de ellas era el viejo molino de aceite, solitario casi todo el año pero que cobraba vida al llegar la época de la molienda, animada con recuas y gañanes, durante meses, y cuyo trasiego distraía a los niños. Y en la misma época de la molienda tenían lugar las "matanzas", que se podían intuir desde días antes por las cargas de leña amontonadas en los patios, anunciando el trajín que se avecinaba y convocando a toda la familia a reunirse en torno a una robusta mesa rectangular para elaborar los embutidos mientras los niños corrían a sus anchas por las eras y las huertas o escuchaban las historias que les contaba la abuela junto a la chimenea, donde los leños chisporroteaban ajenos al frío del exterior. Todo menos acercarse a la caldera del patio con su inconfundible olor a "matanza".

Si era verano había otros alicientes como el de la trilla, entrañable y divertida para los niños, y que originaba en las eras una larga espera atenuada por el afán de turnarse para disfrutar del asiento del trillo que daba vueltas y vueltas tirado por dos mulos y, de vez en cuando, un giro alocado hacía rodar a los niños sobre la paja entre las risas de los demás, y el silencio del campo interrumpido en alguna ocasión por un cencerro o por el canto de era que entonaba algún gañán. En las calurosas noches de julio las eras les servían a algunos hasta para dormir bajo las estrellas, al fresco de la madrugada, cuando el calor se hacía insoportable en las alcobas. Pero este placer les estaba vetado a las niñas y a las mujeres por lo que, en este sentido, de aquellos años me quedó una pequeña frustración.

Para comprar teníamos las tiendas de Antonia Pozo y de Joaquina, amables y serviciales tras su mostrador, donde vendían desde botones y agujas hasta legumbres y chorizos. Todo el año lo mismo excepto en Navidad que llenaban sus establecimientos de juguetes colgados del techo para que los recogieran los Reyes Magos.

Incluso los mayores y los adolescentes tenían sus pasatiempos, como eran las bodas y las fiestas de corro. Las primeras animadas por Pepe el "De la Jefa" que tocaba hasta bien entrada la noche un acordeón rojo y descolorido cuyo son melodioso se hacía irresistible para todos los que bailaban entusiasmados, una y otra vez, describiendo grandes círculos, con un brazo enlazado al talle de su pareja y el otro desplegado y mano con mano. *Campanera*, *El vals de las olas*, *Paquito el chocolatero*, *El gato montés*, etc…

En cambio las fiestas de corro eran casi exclusivas de los adolescentes y con ellas celebraban festividades como el Carnaval, la Candelaria o el día de San Juan. Consistían en un corro en cuyo interior bailaba una pareja, al borde de cualquier camino o entre campos primorosamente labrados, al tiempo que los miembros del corro cantaban canciones populares, interrumpidas a veces por el húmedo silbido del tren. Aquellas canciones tenían infinidad de letras entonadas con varias melodías y ahora, en la lejanía del tiempo, tienen un sabor inconfundible a campo antiguo, a paisaje incontaminado y a dulce melancolía. Los viejos llamaban a esas fiestas el "Baile del pacá y pallá", por la forma de danzar de las parejas. Aún recuerdo algunas letras:

Esos dos que van bailando
lo parejillos que son,
si la vista no me engaña

el novio y la novia son.

Si quieres que te quiera
cómprame un burro
y verás con qué gracia
me apeo y me subo.

Sácalo niña a bailar,
sácalo que es mu salao
que mira como se pone
la gorrilla echá pal lao.
La gorrilla echá pal lao
y pantalón de chanchullo
sácalo niña a bailar
aunque después no sea tuyo.
Antonio si vas al monte,
al monte de la alamea
tápame con tu chaqueta
que mi mantón se clarea.

Definitivamente, a pesar del tiempo y de las circunstancias, los niños y los adolescentes de la Romera fuimos felices.

RECUERDOS DE LA CÁRCEL

Miguel García Peña

Algunas veces a Francisco, cuando escuchaba esas historias se le caían dos lagrimones recordando su paso por la cárcel y se abrazaba a su mujer agradeciéndole las veces que ella le visitó en los seis meses que estuvo preso. Él no entendía como podía llevarle comida y ropa limpia si en Málaga casi nadie tenía jabón y ella le explicaba que con una solución de ceniza le lavaba las ropas y que para la comida pedía limosna a las casas donde antes trabajaba y que entre caridad y trucos iban mal saliendo. Francisco incluso alguna vez llegó a pensar mal de su esposa, pero inmediatamente desechaba los malos pensamientos. Cuando al cabo del tiempo le confesó lo que había pensado, se excusó aludiendo la debilidad mental que solían sufrir los presos en la cárcel.

Fue entonces cuando le contó que de vez en cuando le conducían a una habitación de interrogatorios donde les decían autenticas barbaridades, y los presos se morían de miedo, no solo por el sitio donde estaban, sino por la situación que estaban viviendo. Era un habitáculo de unos cuatro metros cuadrados y a él siempre le interrogaba un oficial que se apellidaba Vega y que más tarde murió aquejado de un cáncer en la garganta. La primera vez, después de meterle una tremenda patada en sus partes, le cogió del cuello y le gritó: «Mira a tu alrededor, si ves algún clarillo de la pared o del techo, que no tenga sangre o trocitos de piel y carne, dímelo porque de otra patada lo cubro con lo que quede de tus asquerosos huevos.»

Victoria, al escucharlo comprendió que su marido, después de haber vivido tan terribles acontecimientos, hubiese dudado del amor que ella le tenía y para tratar de animarlo le cantaba coplillas graciosas y picaronas que aprendió de sus hermanos mayores cuando estos las cantaban, durante su niñez, en Alfarnate. Con la voz que tenía era una gloria oírla cantar.

EL REGALO DE LOS COFRADES

Miguel García Peña

Francisco, cayó enfermo con tuberculosis, según los especialistas consecuencia de las dos pulmonías mal curadas que había tenido durante la defensa de Teruel, donde estuvo en las tres entradas y salidas. El matrimonio tuvo nueve embarazos y les vivieron siete hijos, dos de ellos varones. Todos se podían tapar con una boina y con la pensión ridícula que le había quedado a Francisco, Victoria se vio obligada a pedir en la iglesia por caridad y les daban, queso y mantequilla americanos y la famosa leche en polvo. Paradójicamente en un momento determinado un militar que según Victoria se portaba como un santo y que estaba encargado de las obras de caridad de la parroquia de San Pablo, aunque equivocaba sus funciones poniendo a los pobres a rezar de rodillas y con los brazos en cruz en medio de la calle y luego les daba alguna limosna, como vales por un pan, o un litro de aceite y cosas así. Según contaba Victoria, un día este personaje los visitó ya tarde y vio como los varones y las hembras dormían todos juntos y siendo ya los hermanos mayores, en el día de reyes apareció con cuatro "Caballeros de las cofradías de Archidona" según ellos mismos se presentaron a Victoria y a Francisco y les trajeron una cama niquelada nueva de Lopera, para que los varones pudieran dormir separados de las cinco hembras.

RECUERDO DE LA NIÑEZ DE VICTORIA

Miguel García Peña

Cuando Victoria contaba a sus nietos el asunto de la cama y los cuatro "Caballeros de Archidona", lo hacía con gran congoja, pues les contaba a continuación los pasos de la Semana Santa de Archidona uno a uno, y la feria, con la romería a la capilla de la Virgen de Gracia. La verdad era que aunque conocía la Semana Santa y las ferias de Málaga, sobre todo la estupenda feria del barrio de la Trinidad, cuando pensaba en las de Archidona tal y como las había vivido cuando era pequeña, las recordaba magnificadas y el no haber vuelto a verlas en toda su vida hacía que relatase esta historia de los cuatro "Caballeros Cofrades" y la cama niquelada, como un volver a su fantasía de la niñez, ya que para ella Archidona era como ese lugar maravilloso de "cuento de hadas", del que habían salido aquellos cuatro caballeros para ayudarla. Muy orgullosa decía a sus "cachorrillos": «...y la montaron ellos mismos, sin quitarse ni la corbata», luego hacía una pausa y decía: «Que bonita es Archidona, si algún día podéis, id a conocerla, es mágica.»

Con los años uno de aquellos "cachorrillos" se casó con una archidonesa y en otro libro seguro que alguien quiere hablar de eso.

LA VIDA EN LA POSGUERRA

María Córdoba Gil

Tras la guerra las personas del pueblo que antes convivían en armonía se volvieron feroces enemigos. A las mujeres que demostraron sus simpatías por el bando republicano fueron psicológicamente humilladas. Les afeitaban la cabeza y las paseaban por el pueblo montadas en un burro. Muchas de ellas no podían soportar esta situación, pero ese no fue el caso de Ana.

Ella elevó la cabeza y con la mirada erguida despreció a todos los que la observaban. Era luchadora y vengativa. Acumuló en su memoria todos esos rostros que vio a su paso por las calles del pueblo con su pelo negro afeitado. Sus hermosos ojos no se inundaron ni un solo momento de lágrimas. Al pasar por una cuesta vio a su madre. Era una mujer menuda que, temblorosa, la miraba con desesperación. Ella le sonrió y con esa sonrisa trató de que comprendiera que nadie podría con ella.

Ana a lo largo de su vida siempre estuvo en contra de esa represión franquista que se había instalado como una lacra que mataba la libertad.

Se había agudizado la persecución a sindicalistas y políticos republicanos.

Ella, a pesar de que sabía que era espiada, logró tomar contacto con alguien que la fue metiendo en la lucha clandestina que había contra el franquismo. Como era una mujer analfabeta le pusieron un maestro rural para que evolucionara en sus conocimientos.

El maestro de Ana era un hombre inteligente y anticipado a su tiempo. A pesar de no haber pisado una escuela tenía unos conocimientos extraordinarios de matemáticas. También hacia unas predicciones sobre el futuro.

El más espectacular de los pronósticos que hizo fue el de anunciar su propia muerte. Dijo el día y la hora en la que iba a morir. Se despidió de todos sus amigos y familiares y a la puesta del sol, como él mismo había anunciado, sentado en su butaca le llegó su momento final. Murió el día y a la hora que había previsto con anterioridad.

Pasados muchos años su nieta que era profesora encontró en unos viejos papeles de su abuelo unos apuntes de matemáticas en donde desarrollaba operaciones de derivadas e integrales. Esto era algo totalmente increíble puesto que este hombre era totalmente autodidacta.

Pasado algún tiempo ella emigró a Málaga donde formó parte de un movimiento sindicalista clandestino, allí siguió estudiando y con el tiempo formó parte de los componentes de la emisora la "Pirenaica" que emitía noticias sobre lo que estaba ocurriendo en España.

En ese mundo de la posguerra el miedo y el hambre eran fieles seguidoras de los vencidos en esa guerra sin sentido.

Esta era la semblanza de estos seres peculiares que sobrevivían en esta dura posguerra donde tenían que trabajar sin límite para criar a tanto huérfano que llenaba las casas. Ese era el caso de Juliana, una gran mujer que crió a sus hijos y a sus sobrinos con valentía gallardía y honradez. Jamás se humilló para beneficiarse de ninguna de las ayudas que algunas asociaciones católicas solían dar (como la leche en polvo que daban en la Escuela de Cristo).

Despreció todo tipo de ayuda y sobrevivió gracias a su esfuerzo. Trabajó y murió con la dignidad de una gran luchadora. No entendió nunca de política pero odió a Franco con todas sus fuerzas. Lo maldijo una y mil veces ya que a consecuencia de la guerra su marido murió en la cárcel de Málaga víctima de un disparo. Murió sin tener ninguna atención médica. Ella se enteró de su muerte una Nochebuena. Se fue andando hasta Málaga pero no pudo averiguar donde estaba enterrado su marido. Cuando volvió a Archidona, despreció a todos los franquistas con valentía y murió con la dignidad que da el no haber agachado la cabeza ante nadie. Fue una extraordinaria mujer.

TRABAJO EN CATALUÑA

Miguel García Peña

Justo en plena posguerra una familia de una pedanía de Archidona acudió a un cura para pedirle auxilio, ya que tenían muchos hijos y nada que llevarse a la boca, el sacerdote con familia en Cataluña habló con su gente y estos con unos señores influyentes de la ciudad de Barcelona que conocían a su vez los de una casa donde trabajaban muchas personas para el servicio de la misma. Al cabo de unas semanas recibió el clérigo una carta donde decía que la hija mayor de aquella familia necesitada comprase un pasaje de tren y que la recogerían en la estación para comenzar a trabajar en casa de estos señores.

La inocente jovencita archidonesa llegó a esa casa en tierras catalanas justo al tiempo en que los señores daban una fiesta de alto copete y al anochecer, la señora le dijo en catalán que si sabía lo que era un "freile" (ella entendió un fraile, aunque en realidad era la marca de un calentador de cama con forma de sartén de cobre con tapa herméticamente cerrada y lleno de ascuas encendidas), la chica deseando caer bien inmediatamente le contestó: «Pos claro señora» y ésta le dijo: «Llévelo a la cama de la señorita Encarnita.» A la chica le extrañó que le mandara acostar a los comensales, pero era su primer día y… mirando a los invitados vio a un señor con unos hábitos que era lo más parecido a un fraile, efectivamente, era el prior de una orden religiosa y amigo de la familia, se acercó al fraile y le dijo: «Padre, la señora me ha mandado que le lleve a usted a la cama de la señorita Encarnita.» Al prior le sorprendió el requerimiento pero su prudencia le aconsejó acompañar a la doncella no fuesen a tener la intención los señores de organizar algo que no debiera presenciar él.

Al cabo de un buen rato la señora se acerca a la joven archidonesa y le pregunta:

–¿Dónde tienes el "freile"?

–Donde usted me ordenó señora, en la cama de la señorita.

–Muy bien, ya puedes pasarlo a la cama del señorito Ricardo.

La chica ante tales órdenes se descompuso. *«¿Cómo iba a entrar en la habitación de la señorita y decirle al fraile que se levantara y pasara a la cama del señorito?.»* Se animó como pudo y llamó a la puerta donde dormía en la gloria el sacerdote, invitándole a su traslado a la cama del señorito, argumentando que probablemente ella se había equivocado al ser su primer día de trabajo en la casa, rogándole que así lo hiciera evitando un despido inminente, tras lo que el fraile a regañadientes aunque muy prudente asintió, acostándose en la cama de Ricardo.

Nuevamente pasado un cierto tiempo le vuelve a preguntar la señora de la casa:

–Chica, ¿dónde se encuentra el "freile"?.

–Señora, en el dormitorio del señorito.

–Pues páselo a mi dormitorio y póngalo en el lado izquierdo, que es donde duerme mi marido.

–¿Señora me puede usted decir para que ha traído al fraile? –le preguntó la jovencita a punto de llorar.

–Pues para calentar las camas –le respondió la señora pues como era de prever entendió "freile".

La chica subió otra vez las escaleras y llamó a la puerta donde dormía el prior a pierna suelta.

–Bueno padre, ahora es deseo de la señora que lo pase

a la cama de matrimonio, pero debe de acostarse en el lado donde duerme el señor de la casa –le dijo ya esta vez sin temor alguno.

El fraile explotó y no aguantando más la situación se negó a este nuevo traslado.

–¿Cómo que no?, si usted ha venido aquí para calentar las camas, vamos a la de matrimonio ahora mismo –le contestó la chica.

La chica volvió a su casa justo a la semana siguiente, pues aunque ella no tuvo culpa de nada, los señores catalanes no fueron comprensivos con ella.

UNA PAREJA EN LOS CUATRO CANTILLOS

Miguel García Peña

En los Cuatro Cantillos de Archidona hace ya más de un otoño ocurrió un percance del que se hablaba en toda la comarca.

Era habitual por aquellos entonces, que los habitantes de otros pueblos vinieran a comprar a Archidona, algunos de ellos hacían trueque con los productos del campo que traían consigo y los cambiaban por otras mercancías.

Se cuenta que una pareja de muy buen aspecto y buena cuna llegaron a los Cuatro Cantillos subidos en una mula muy bien enjaezada. El hombre se bajó de la misma con la mala suerte que al bajarse su querida esposa, la falda de ésta debido al movimiento y al viento que corría aquel desafortunado día, se quedó enganchada en la montura del jamelgo. El cortés y educado esposo ayudó a ésta a bajarse de la mula sin percatarse ninguno de los dos de la circunstancia anterior, con la mala suerte que la falda quedó prendida en la montura y dejó a ésta al completo desnudo pues no llevaba ni ropa interior, ante decenas de archidoneses que se encontraban en el lugar esperando a algún manijero que pasara por el lugar para contratarles ante la escasez de trabajo que existía en aquella fecha. Ante esta humillante e inesperada situación al buen hombre tan solo se le ocurrió quitarse el sombrero y tapar rápidamente a su esposa sus partes íntimas, ante las miradas atentas de todos los presentes, quedando en el recuerdo de cuantos merodeaban por el lugar una imagen digna de haberla pintado el mismísimo Goya.

VENTA DE GRILLOS

Miguel García Peña

Los momentos de largo ocio, daban para hacer e inventar muchas anécdotas "graciosas" y pongo entre comillas lo de graciosas, porque visto con la sensibilidad de hoy pueden parecer más una gamberrada y un engaño a personas necesitadas, pero quiero contarlo como a mí me lo contaron, porque las personas que a mí me lo narraron lo hacían con muchísima naturalidad, y así fue como se vivió y se divulgó en Archidona.

En una prestigiosa tienda del centro de la localidad, se encontraban su propietario y varios dependientes. De repente el dueño dijo en voz alta, supuestamente dirigiéndose al aprendiz pero en realidad gritaba para que se enterasen todos los clientes, los empleados conociendo la guasa del dueño, de forma disimulada empezaron a reír, pues sabían que era alguna de sus bromas: «Fíjate, Antonio, la nota de este Laboratorio de Barcelona, dicen que compremos la docena de grillos a tantos reales. ¡Qué barbaridad!. A este precio no va a quedar ni un grillo en Archidona.» Los empleados, viendo las caras de los clientes, se mondaban y alguno siguiendo la broma le decía al aprendiz: «Antonio, más te vale ir a buscar grillos que seguir aquí, pues con lo que te paga don Rafael no te llega.» Aquello pasó esa tarde y ya en la tienda no se volvió a hablar más de los grillos, pero al lunes de la semana siguiente cuando nadie se acordaba de los grillos, aparece un parroquiano con el sombrero puesto, se lo quita y suelta en el mostrador un montón de grillos, los empleados miran al cliente y no salen de su asombro. Éste dice con orgullo: «Cuatro docenas he podido recabar durante el fin de semana. Cuatro docenas de grillos y traigo la cabeza con tanto grillo que me va a explotar.» Los empleados se van a la trastienda y dicen, don Rafael que hay un incauto que ha traído cuatro docenas de grillos, ahora se los tendrá usted que pagar, el dueño con toda la cachaza que se le reconocía dijo: «Volved a vuestros puestos, claro que a este señor se le pagará cada docena de grillos que ha traído, Antonio, tráeme una caja de cartón y con una aguja fina agujeréala para que respiren los grillos.» Dirigiéndose al cliente, le dijo: «Bueno, vamos a contar los grillos que trae. Veamos éste… ¡A no, éste es grilla, ésta no vale!.» Y apartando a la grilla la devolvió al sombrero, así a uno por uno de los grillos o mejor dicho "grillas". Le fue mirando por debajo para ver de que sexo era y (todos resultaron grillas), por lo que a más que el parroquiano rogaba y enardecía el trabajo que le había costado encontrarlos y sobre todo traerlos desde un cortijo lejano, andando y en el sombrero, que le habían nunca mejor dicho "llenado la cabeza de grillos", el implacable don Rafael no pagó ni un grillo y esta anécdota se contó por toda la comarca como algo muy gracioso.

EL TRIDUO DE LOS PADRES ESCOLAPIOS

María Córdoba Gil

Era el día ocho de mayo y se iba a celebrar un solemne Triduo con motivo de la Beatificación del venerable P. Pompilio, que tendría lugar en la iglesia parroquial y que estaba organizado por los Reverendos Padres Escolapios. Con este objeto vino a Loja uno de los Padres para acompañar a S.E.I. hasta Archidona, a donde llegó mientras una copiosa lluvia caía. En la estación lo recibieron los Padres Escolapios y las autoridades; y a la entrada de la población el Ayuntamiento precedido de maceros y una banda de música, dirigiéndose S.E.I. directamente al insigne colegio, donde encontró a los alumnos que le esperaban en correcta formación. Pasó a la capilla y después de orar y con los ojos bañados en lágrimas decía: «Salí de esta casa todavía niño y vuelvo ya anciano y como un indigno Prelado.» Señaló el sitio en donde hizo su primera comunión. Luego poco después se retiró a sus habitaciones.

El día nueve dio la comunión general a los alumnos del colegio. Por la tarde asistió a los actos del Triduo y visitó a las autoridades y personas notables.

El día diez con tiempo lluvioso y frío llegó el virtuoso Obispo de Málaga. Estos dos Prelados visitaron el ayuntamiento y se les recibió en el salón de sesiones de las Casas Capitulares, decorado con la mayor elegancia. El Teniente de Alcalde les dio la bienvenida con un cariñoso discurso al cual le contestaron con otro de gran importancia, ocupándose en él del gran problema de la cuestión social.

El domingo, día 11, tuvo lugar la gran función, la

grandiosa fiesta que nunca se borrará de la memoria de los hijos de Archidona; porque ha sido de aquellas que muy rara vez se presencian fuera de las catedrales. El templo de Santa Ana hallábase desde muy temprano literalmente lleno de fieles. Maravillosamente adornado ostentaba millares de luces, lo mismo desde el fondo de los retablos, que de las costosas lámparas de plata. A las diez y media llegaron sus Excelencias precedidos del Clero, miembros del ayuntamiento y personas invitadas. Nuestro Excmo. e Ilmo. Prelado ofició de Pontifical, asistido por los Arciprestes de Loja y Caudatario del Seminario de Málaga, asistiendo con cruz, mitra y báculo.

La capilla de nuestra Santa Iglesia Catedral ejecutó una misa del maestro Vila, que resultó magnífica, siendo dirigidos los coros por el Sochantre de esta Catedral.

Cuando concluyó la misa se celebró una comida oficial en el colegio donde en sendos discursos se encareció el respeto y consideración que merecían de la sociedad, por el bien que a la misma dispensaban felicitando a cada uno de sus miembros y especialmente al dignísimo P. Rector.

El magnífico cáliz que sirvió en la Misa de Pontifical, que es una obra de arte y propiedad del arzobispo, lo ha donado a su querido Colegio de los Escolapios de Archidona como recuerdo de esta visita.

LOS MISIONEROS

Antonia María Rodríguez Rogel

Siempre que venían los misioneros, doña Basilisa, nuestra maestra, nos llevaba al sermón y nos colocaba en los primeros bancos de la iglesia, muy cerca del púlpito donde se fraguaban mis insomnios. Como llegábamos con bastante antelación, teníamos ocasión de ver todos los preparativos de la ceremonia, los cuales se repetían año tras año en una lenta liturgia. Primero salía un fraile que parecía menos importante vestido con una especie de blusón blanco rematado de encajes que le caían holgadamente sobre el hábito. Este fraile se ocupaba de encender las velas y de rezar el rosario que terminaba con una letanía tan ininteligible para nosotros, como una flor que no conservara el aroma. Sólo nos habían enseñado que al final de cada invocación debíamos contestar "*ora pro nobis*" y lo hacíamos con el entusiasmo y el fervor religioso que nos había contagiado doña Basilisa. Luego venían las preces por el obispo, por el Papa y por el generalísimo a los que imaginaba como una especie de semidioses, según la persistencia y el renombre que tenían en todas las celebraciones litúrgicas. Al final de estas preces el fraile se retiraba tras hacer una genuflexión ante el sagrario, breve momento que aprovechábamos para carraspear o desahogar con presura la tos contenida, pues en seguida llegaba otra vez una larga estela de silencio, al tiempo que, entre el olor de las flores y el resplandor de las velas, por la puerta de la sacristía aparecía el que debía de ser el misionero principal, a juzgar por sus vestiduras y su prestancia. Éste era el encargado de decir la misa y por ello vestía una casulla morada o verde con adornos dorados y a veces, una capa pluvial, que al parecer, era el no va más de los ornamentos sacerdotales. Llegado el momento, nos leía el evangelio del que tampoco comprendíamos una sola palabra porque ninguno de nosotros conocía el sentido de aquellos latinajos. Y una vez terminada la lectura subía al púlpito solemnemente y nos ofrecía un largo sermón, ahora en un castellano rotundo, que nos llenaba de temor. Muchos misioneros solían adornar sus sermones con algunos latinajos que hubieran tenido para nosotros el oscuro sentido de una noche vagabunda si no nos hubieran dado también su traducción.

Es verdad que pensando en aquellos misioneros el recuerdo se me estrella contra las murallas del tiempo y de la mayoría de ellos sólo conservo el olvido de su rostro pero, por esos caprichos de la memoria, hay uno que se salvó de los estragos de los años y ahora puedo recrearlo con cierta exactitud desde la atalaya de mi recuerdo. En las lentas horas de aquellas mañanas de infancia, las palabras de ese fraile resonaban como negros emisarios de la noche. Nos hablaba mucho de la ira de Dios, del pecado de la desobediencia por el que, decía, fue condenado el hombre ya en el Paraíso Terrenal y, sobre todo, nos recordaba la existencia del infierno donde, entre enormes llamas, el demonio esperaba, tridente en mano, a los que desobedecían a sus maestros o no iban a misa. Una circulación de inquietudes en forma de desnudas sombras se cruzaba por mi cabeza cuando oía nombrar aquel lugar de tormento para los niños malos.

Este fraile siempre predicaba desde el púlpito y unas veces, abría los brazos y otras sacaba el pecho de la barandilla como movido por una frenética devoción mientras nos miraba con tanta severidad que yo me veía ya de cabeza en el infierno, si no por faltar a misa, que era imposible por temor a los castigos de doña Basilisa, sí por desobediente.

Cuando el miedo se unía al presentimiento, mis cinco sentidos se volcaban en aquellas palabras del misionero que se referían a cómo debíamos proceder para evitar el infierno y ganar la gloria y cómo convertirnos en soldados de Cristo que, según doña Basilisa, eran los que luchaban contra el demonio y sabían caminar sin miedo y con ritmo marcial por el sendero del cielo. Este camino, según el predicador, era estrecho y difícil pero al final la recompensa era inimaginable, en tanto que el camino del infierno era bello y placentero porque el mal se disfrazaba de belleza para atraer a los hombres al abismo. Insistía mucho en que había que huir de ese camino porque la vida era *velut umbra.* Otra vez con los dichosos latinajos, aunque ahora sólo de trecho en trecho y, además, en el sermón siempre daba la equivalencia de los mismos y gracias a ello entendíamos perfectamente que la vida era una sombra fugitiva. También hablaba mucho de los pobres y recuerdo perfectamente aquello que decía: «Bienaventurados los que tienen hambre y sed "*quoniam et ipsi saturabuntur*", o sea, porque serán hartos.»

En aquellos momentos de los sermones yo deseaba con afán tener hambre, sed y todas las penalidades del mundo juntas, como una anhelada posibilidad de salvación y, además, sentía el miedo de estar cerca del infierno por desobediente y porque me gustaban los caminos bellos del campo en primavera, por donde borboteaba la naturaleza en plenitud, y me quedaba absorta contemplando la belleza de los almendros rosados que flanqueaban las vías. Temía ser una firme candidata al infierno, así que me iba corriendo hacia el confesionario donde otro fraile absolvía nuestros pecados mientras el más importante decía la misa.

A juzgar por la larga cola de niños y niñas que esperaban confesión eran muchos los que debían de estar tan asustados como yo y tal vez por ello estaban arrodillados en fila, junto a doña Basilisa, que desgranaba las cuentas de un rosario con su mano derecha mientras hacía de maestra de ceremonias, pendiente de todo, para que no se perturbara ni el orden ni el silencio en torno al confesionario. Doña Basilisa siempre sabía quien miraba hacia atrás, quien hablaba o quien se distraía. Por este último motivo, un día en que yo andaba obnubilada en el momento de la Consagración, me sacó de la iglesia cogida de una oreja en cuanto el sacerdote terminó de dar la comunión y me dijo que a la iglesia se iba a atender lo que hacía o decía el sacerdote. Ya me había sacado de esta guisa unos días antes por reírme junto al confesionario y tal cosa no me resultó nada caritativa porque la culpa de aquella risa inevitable la tuvo Paquillo el "De Juana" que se acusaba ante el cura, a media voz, de que un día cogió a su abuela por el moño mientras ella llenaba un plato de garbanzos de una tinaja que tenía sobre el poyo de la escalera y cómo del susto, la abuela cayó por la escalera junto con los garbanzos, el plato y la tinaja. O sea, algo parecido a lo que me hizo Gregoria el día en que fuimos a la casa abandonada. Sólo que con peores consecuencias.

Cuando acababan las confesiones y concluía el sermón, todos nos preparábamos para la comunión, embelesados con los cánticos que entonaba un coro de beatas dirigido por doña Pía, la mejor amiga de doña Basilisa y su mano derecha en las ceremonias religiosas. Adormilada por el olor aromático del incienso que impregnaba el ambiente de un humillo ligero como una polvareda lenta, alguna vez volví la cabeza para observar a la mujeres del coro y vi que cantaban ensimismadas en un éxtasis parecido al de *Santa Teresa*, según la estatua de Bernini, que yo tenía reproducida en una estampa que me había regalado doña Pía un día en la Catequesis porque recité, sin titubear lo más mínimo, los siete pecados capitales y las siete virtudes.

Una vez que acababa la misa y se cantaba el *Salve Regina* salíamos de la iglesia en rigurosa fila y junto a la puerta de entrada el misionero ayudante, como un faro perdido en la noche, nos exhortaba a ser buenos y obedientes y nos daba a besar un crucifijo que yo besaba con absoluta devoción. Sólo así me reintegraba al cielo. Después de esta ceremonia, la iglesia con su torre de espadaña se quedaba solitaria y triste en su rincón mustio y recoleto mientras los niños y las niñas emprendíamos el regreso a la escuela con nuestro abrigo de paño y nuestros calcetines hasta las rodillas porque todavía no habían cesado los fríos invernales. Los misioneros solían visitarnos hacia finales del invierno o principios de la primavera. Al menos es la impresión que tengo al recordar aquella lejanía fría y azul.

Todas estas anécdotas ocurrían cada tres o cuatro años cuando llegaban las misiones y nos modificaban el fluir de la vida cotidiana de la aldea, tal vez descuidada en asuntos de Iglesia y, desde luego, poco fervorosa al menos en lo que se refería a los mayores que habían vivido la guerra civil y sabían muchas cosas que ignorábamos los niños. Sin duda, el Dios de aquellos mayores era muy distinto del que nos describía el misionero y era un Dios que no inspiraba temor sino confianza. «Dios está escondido en el corazón de las personas y allí debemos ir a buscarlo», me enseñó algún tiempo después mi tía Lola, hermana de mi madre. Y allí sigue para mí después de tanto tiempo y allí está, sin duda, asomado a la mirada de los que padecen persecución por buscar la justicia o arriban en vano a cualquier playa buscando un mundo mejor. ¡Qué lejos estaba el Dios bondadoso y protector de aquella gente sencilla del Dios iracundo y vengativo del Nacional catolicismo!.

Pero será mejor que en lugar de perderme en disquisiciones teológicas termine de contar esta historia afirmando que las mañanas de aquellos lejanos días, los misioneros las dedicaban siempre para los niños de la escuela. Las tardes y las noches, para mujeres y hombres. En algunas ocasiones, además de los frailes, en las misiones iban unas monjitas que a ayudaban a organizar las ceremonias y nos enseñaban canciones como:

Anda y dile a tu madre
que se prepare
que esta noche a las nueve
hablan las madres.
A misiones tocarán
no hay que faltar.

Cuando los misioneros terminaban su visita, en la iglesia quedaba como recuerdo una cruz de madera con una inscripción que aludía a la efeméride. No tengo constancia de haberla visto en la iglesia de la Romera pero en la parroquia de Archidona, al menos hasta no hace mucho tiempo, aún permanecía el recuerdo de la que debió de ser la última misión. Está colocada en la pared de la derecha y la inscripción de la cruz dice: «*Santas Misiones Padres Redentoristas 1959*»

EL FUTURO DE LA MANO DE OBRA

Miguel García Peña

D. Ramón, oficial de marina y esposo de Eloísa (la señorita donde trabajó Victoria en Málaga), informó semanas antes a Francisco Pineda y a José el "Cachorro", esposo y hermano de Victoria respectivamente, de los contactos que se estaban produciendo desde las más altas esferas para llevar trabajo a las comarcas del Norte de Málaga. A Victoria se le iluminó el rostro pensando que a su familia, y sobre todo a su marido, les podían dar algún trabajo cerca de Alfarnate, y si fuese en Archidona, sería cumplir su gran ilusión de vivir en el pueblo donde ella acudía, con siete u ocho años, para ayudar a vender roscos "Carreros" con su buena amiga Monsalud, y que tantos buenos recuerdos le traían a la mente, sobre todo, de la Semana Santa de Archidona, donde en muchas ocasiones lloró de emoción viendo las procesiones.

Mirando a su hija Cecilia pensó: «*Si algún día pudiesen vivir en Archidona, hablaría con quien tuviese que hablar para que su hija pudiese llevar, aunque fuese un ratito, el tronito del "Niño de la Bola"*», pues ya, al vivir en Archidona y con su marido ganando un sueldo fijo en una de las empresas nuevas que tenían que ubicar allí, con alguna ayuda que ella aportara haciendo labores en la calle, "ya podía su hija llevar el trono", pues ella no pudo hacerlo porque "era de otro pueblo, pobre y mujer", y las personas que acumulaban en sí esas condiciones, en aquellos tiempos, eran reos de discriminación *per se*. En ese momento, los rumores de aperturas políticas y de romper con el antiguo régimen, se estaban afianzando en España. Algunos hablaban de república y de igualdad entre hombres y mujeres. También se comentaba la supresión de las clases sociales, incluso, se decía que los que se reunían para jugar las partidas en las reboticas de los pueblos (el alcalde, algún concejal, el cura, el médico y algún cacique o terrateniente), donde se decidía sobre el bien o el mal (incluso sobre la muerte o la vida) de las personas del pueblo, sentían, por primera vez, miedo, pues aquel círculo se veía amenazado por las nuevas tendencias sociales. Parecía que entraba en España un hálito de aire fresco con olor a democracia.

LOS DESCENDIENTES DE MANUEL

María Córdoba Gil

Mientras, la vida de los descendientes de los protagonistas de la historia también estuvo salpicada por los horrores de la guerra.

A Luis Palomero, el nieto de Dolores, la guerra lo sorprendió mientras estaba acabando sus estudios de medicina. En la facultad todo estaba muy revuelto. Se pararon las clases y hasta transcurrido algún tiempo no logró acabar la carrera.

Formó parte del personal sanitario de las brigadas internacionales cuya causa idealista del momento era salvar la república. Su hermana Carmen murió durante un bombardeo.

Él conoció a la que sería su mujer, una enfermera, en un hospital de campaña. Era una mujer de sólidos principios e ideas claras. Su aspecto frágil pero a la vez fuerte le dio a Luis Palomero fuerzas para seguir luchando y ayudando en ese caos que era la guerra.

Ella procedía de la ciudad de Toledo pero cuando terminó la contienda se trasladó a Madrid. Allí comenzaron su vida en común.

Él terminó medicina y se puso a trabajar en un gran hospital donde ella también trabajaba como enfermera. Se casaron en una mañana de primavera y al principio fueron un matrimonio modelo, pero luego su amor se fue debilitando. Ella se enamoró de un industrial francés y se trasladó a vivir a París dejándole a él la custodia de sus hijos.

Pasado el tiempo él tuvo la necesidad de volver al pueblo de sus antepasados. Se trasladó a Archidona cuando corría el verano de 1958 y se encontró un pueblo retrógrado, sumergido todavía en la miserias de la posguerra.

Se instalaron en la casa de los bisabuelos, mientras un calor tórrido lo envolvía todo. Al principio les costó adaptarse a la forma de vida pero poco a poco Archidona los fue envolviendo como una amante zalamera .

Cuando llegó septiembre y el tren los alejó del pueblo sintieron una profunda tristeza. Sus raíces andaluzas habían despertado y añoraban los campos de olivos mientras la llanura los acogía de nuevo.

Manuel, el hijo de Luis, siguió la trayectoria familiar y empezó a estudiar medicina. Eran los años sesenta, una época llena de inquietudes y luchas en contra del poder establecido. La rebeldía se había adueñado de nuevo de las facultades.

LOS DESCENDIENTES DE RICARDO PERIS

María Córdoba Gil

A los nietos de Ricardo Peris, Román y Mercedes la guerra les sorprendió en Valencia. Él estaba en la Universidad estudiando derecho como sus abuelos y ella había logrado entrar en la facultad.

Cuando la universidad cerró sus puertas se trasladaron a un pequeño pueblo cerca de Valencia donde estuvieron mientras la guerra se desarrollaba ya que él había contraído tuberculosis y no pudo luchar en ningún frente.

Cuando finalizó la guerra y pasado algún tiempo él conoció en su despacho a una valenciana de mirada inquieta. Se casó con ella y tuvieron un hijo al que también le pusieron de nombre Román. Su matrimonio fracasó, pues ella era víctima de una esquizofrenia que llenó de desazón y angustia la vida de toda su familia.

Mientras tanto Mercedes Peris se había casado con un capitán con el que tuvo dos hijos. Se dedicó a la enseñanza y al contrario de su hermano tuvo un hogar feliz.

En cambio, en el Sahara, el nieto de Ricardo Peris había tenido un hijo al que le puso de nombre Hamed Ricard.

Corrían los años sesenta y pequeñas y grandes cosas estaban ocurriendo en Archidona. La gente seguía luchando por salir de la miseria y poco a poco se comenzaba a ver un poco de luz en el camino. Los hombres comenzaron a emigrar hacia varios países europeos.

Algo de aire fresco comenzó a circular ya que la enseñanza de los niños y niñas se iba imponiendo y entre la gente joven comenzó a desaparecer el analfabetismo.

El franquismo estaba en todo su apogeo pero a los institutos y universidades llegaban profesores con mensajes nuevos. Se comenzó a escuchar hablar de García Lorca, de Miguel Hernández, de la "Pasionaria", de Santiago Carrillo y de un tal Felipe González. Eran años de grandes cambios culturales y dentro de las limitaciones que había se notaba un cierto aire de libertad y creatividad. La juventud estaba desechando la larga sombra de la posguerra.

En la década de los setenta, el poder político establecido se iba debilitando y en las universidades había grandes revueltas.

En 1975 nació el último descendiente de Manuel Palomero y de Dolores y que se llamó Manuel. En 1976 también nació el último descendiente de Ricardo Peris y de Mercedes y que se llamó Román. Y ya en 1985, Hamed Ricard también tuvo un hijo al que le puso su mismo nombre.

La vida del Sahara cambió cuando los españoles comenzaron a explotar los yacimientos de Bu Craa y a consecuencia de esto la sociedad nómada sufrió un gran cambio.

Los saharauis valoraban mucho su libertad y cuando hubo una ola de independentismo en varios países como Mauritania o Marruecos ellos también intentaron ser un pueblo independiente. El gobierno español organizó un referéndum en el que se intentó que formaran parte de las provincias españolas.

Hamed Ricard participó en una revuelta que había creado un grupo nacionalista. El 19 de julio de 1970 hubo una reunión pacifica en el barrio Zemla del Aium pero un tercio de la legión española no lo permitió quedando de este enfrentamiento varios muertos y muchos detenidos.

Hamed Ricard fue enviado a la cárcel donde conoció

el sabor amargo de perder su libertad. Cuando salió de allí juró que nunca sería vasallo de un pueblo que no fuera el suyo. Formó parte activa en la creación del Frente Popular de Liberación de Saguía el Hamra y Río de Oro, conocido más comúnmente como Frente Polisario.

El gobierno español se estaba debilitando. La enfermedad de Franco hacía que España estuviera viviendo un momento de gran vulnerabilidad, así que en 1975 la ONU visitó el Sahara y la población los recibió con banderas del Frente Polisario. Poco tiempo después la Organización Internacional declaraba que el pueblo saharaui tenía derecho a la independencia. Mientras tanto Marruecos trataba de anexionárselo haciendo caso omiso de lo que dijera el Tribunal Internacional de Justicia.

España acabó fallando al pueblo saharaui, pues no cumplió con lo que había prometido en la ONU. Lo que hizo fue firmar los Acuerdos Tripartitos mediante los cuales entregaba el Sahara a Marruecos y Mauritania. El pueblo saharaui nunca comprendió esa traición.

Comenzó la ocupación militar y la expulsión de este pueblo de su territorio.

Los argelinos les dejaron instalarse en la parte más occidental de Argelia en una tierra desolada e inhóspita.

Casi todo el mundo conoce el problema del pueblo saharaui y cuya solución está en manos de las Naciones Unidas.

Han transcurrido los años, es la primavera del 2013 y en Archidona se va a celebrar una reunión internacional donde la ONU tratará de resolver este problema que viene de lejos.

En la plaza Ochavada el presidente de la Comunidad Autónoma de Andalucía espera en la puerta del Consistorio a tres delegaciones importantes. Van apareciendo varios coches oficiales. Descienden de ellos los altos mandatarios que la ONU ha designado para solucionar el problema. Son las siguientes personalidades:

Manuel Palomero Cebrián, médico oncólogo, una celebridad en su materia. Participa activamente con los campamentos saharauis. Forma parte de la Delegación que la Asociación Médica de Málaga dedica a estos refugiados. Román Peris, abogado y magistrado. Forma parte del Alto Comisionado designado por la ONU y finalmente Hamed Ricard, alto mandatario del Frente Polisario que viene en representación del pueblo saharaui.

La vida, el destino, o la casualidad han hecho posible que los descendientes de esta tragedia ocurrida hace mucho más de un siglo se unan para luchar por una causa común.

Archidona volverá a acoger de nuevo a esta estirpe que la abandonó hace mucho tiempo mientras que los olores primaverales lo envuelven todo.

MANUEL TORRES APARECIÓ EN SUEÑOS

Antonia María Rodríguez Rogel

Jamás hasta hace unos meses se me había dado el caso de que un personaje de mis historias saliera de las páginas para agradecerme el haberlo tratado bien.

Fue después de referirme a la muerte del soldado Manuel Torres cuando una madrugada, a principios del verano, vi en sueños al soldado instalado en la penumbra de mi dormitorio. Su presencia no estaba difuminada ni resultaba etérea, como suele suceder en los sueños, sino que aunque la imagen era diáfana, también era tan real como la de los seres de la vida. Estaba vestido de soldado y me miraba con sus ojos serenos y tristes.

–Quiero darle las gracias –me dijo–, por presentarme, no como a un héroe, sino como a un hombre derrotado en una guerra que hacía de la sangre su cosecha más fértil. Aún era casi un adolescente, y por eso no quería ir. No me había separado nunca de mis padres, pues incluso los acompañaba hasta en su duro trabajo en los campos de Archidona. Pero ellos no tenían dinero para impedir que me llevaran a la guerra como lo tenían los que impidieron que se llevaran a sus hijos. Así que me llevaron, y dejaron mustio el corazón succionado por el miedo de mi madre y hundido su ánimo en un profundo adiós hecho de llanto. Tiene usted razón. La causa no era mía. Yo no quería ser un héroe arrastrado por la batalla hacia las playas muertas, ni quedar tan pronto dormido definitivamente bajo la tierra estéril donde no existe ni siquiera el eco. No fue fácil el tránsito a ese lugar donde el tiempo se presenta como un círculo eterno y las estrellas se derraman ebrias en las noches sin nubes. Yo quería ser héroe de la vida y seguir regando con mi sudor los campos de Archidona hasta transformarlos en fértiles cosechas. Quería sustentar algún día la vejez de mis padres como ellos sustentaban a los suyos. Ver cada tarde de verano pasar a las muchachas perfumadas de albahaca por la calle Carrera mientras mi pensamiento era un rumor de besos que desnudaban mis sentidos. Pensaba casarme, tener hijos y construir para ellos el firme paraíso que no pudo forjar la columna de cristal de mi vida, una vez que ultrajaron mis sueños. Por eso no tuve oportunidad de ser yo mismo aunque haya perdurado mi nombre. Me robaron la sucesión de ser en cada instante y mi muerte es ahora más verdad que yo mismo.

Hablaba pausadamente con unas palabras moduladas por sus labios rojos. Era joven y apuesto pero en un momento de su monólogo su cara me pareció como amanecida de un sueño y pensé que se iba a diluir en la penumbra.

–Espera, soldado –le dije–. No te vayas sin decirme antes quién te mató.

–¿Quién me mató? ¿Cómo me pregunta usted eso, si lo sabe? Fue la guerra.

–Pero ¿quién disparó el arma que te quitó la vida? Necesito saberlo para contárselo a tus paisanos algún día.

–No lo sé. Yo sólo vi una ráfaga de luz que me cerró los ojos y me impedía el paso del aire en la garganta. Luego vino una niebla oscura y una gota de sudor frío bajando por mi espalda. En medio de aquel viento dormido sentí un vacío estéril y noté que el fuego me envolvía en lenta ceremonia. Todo lo demás fue silencio. Pero ¿qué importa quien manejara el arma? Fue la guerra la que me llevó a aquel terrible lugar donde la metralla me segó la vida. No me mató nadie más que la guerra. Malditas sean todas las guerras, que además de matar, enmascaran la tragedia con condecoraciones y discursos entre la *Marcha Fúnebre* de Chopin y el desfile de los compañeros. Luego nos llaman héroes para darle sentido al dolor de las madres e impedir la deserción del pueblo pues casi todos los que mueren luchando son hijos de pobres. No, no era mi causa aquella por la que perdí la vida. Era la causa de otros que no mandaron a luchar a sus hijos. Yo también quería vivir y me mató la guerra. ¡Malditas guerras y malditos quienes las fomentan llevándose lo mejor de los pueblos hacia una muerte horrible!

Al oír estas doloridas palabras del soldado, abrí los ojos. Su rostro se me desdibujó como una estrella rota sobre el amanecer del mar. En mi habitación solo quedó el silencio y la penumbra y cerré otra vez los ojos para seguir durmiendo. Pero no volví a soñar con el soldado ni aquella madrugada ni ninguna otra noche aunque sus palabras y su imagen me dejaron un sabor agridulce que no me abandonó en todo el verano.

EZEQUIEL, EL HIJO ILEGÍTIMO

Bienvenida Carranco Rodríguez

Habían pasado ya una cuantas primaveras desde que Belén había decidido volver con su familia, a esa familia que siempre le apoyó en su decisión de abandonar a su pasado, de dejar ese pueblo del sur para regresar a su Granada natal.

Ese pasado que nunca la hizo feliz, ese pasado que nunca pudo olvidar a un amor imposible, un pasado que tenía un nombre "Ricardo Peris".

Pero nunca lo podría olvidar ya que en su vientre joven y decepcionado llevaba una pequeña semilla, que tarde y temprano saldría a la luz, pero que ella con el apoyo de toda la gente que la rodeaba la sacaría adelante sin que el padre de la criatura se entera de nada.

Belén dio a luz a un varón, en un precioso mes de agosto, donde el sol se pierde en el horizonte dando unas pinceladas doradas a la arena de la playa donde iba todos los días, a pasear para olvidar, mientras que su tripa iba aumentando de tamaño. A esa criatura le puso Ezequiel, en recuerdo de su abuelo materno y así pasaron los días, sin noticias de Ricardo, el cual seguía en el sur obsesionado con ese sueño imposible, obsesionado con Dolores, con Manuel, con el amor que había entre ellos y que tendría que ser suyo.

Ella nunca tuvo noticias de Ricardo, tampoco las esperaba, pero nunca le ocultó a su hijo la existencia de su padre y el error que cometió creyendo en un hombre que llevaba toda la vida enamorado de otra mujer.

Ezequiel fue creciendo, nunca fue un niño fácil, tenía problemas en el colegio, más tarde en el trabajo, hasta con su propia familia fue perdiendo el contacto independizándose muy joven y marchándose a Madrid a vivir.

En éste conoció a mucha gente, se movió en muchos ambientes , trabajando en todos los trabajos posibles para poder mantener esa vida que llevaba de fiestas y bebidas, hasta que un día se cruzó en su camino una chica preciosa, joven y de familia acomodada que quedó prendada de él y lucho por su amor en contra de su familia.

Se casaron rápido, ¿para que esperar?, eran la pareja perfecta, ella dejó su trabajo para dedicarse solamente a él, un gran error. Ezequiel empezó a trabajar en la empresa familiar de tejidos, abandonó todo su pasado y se rehabilitó en todos los aspectos. Eva pronto se quedó embarazada, pero éste no llegaría a término, despertando en Ezequiel la bestia que llevaba dentro, escrita en unos genes heredados de su padre.

Empezó la pesadilla para Eva, no sabiendo que decir con miedo a las contestaciones de su marido, viéndolo bebido y llegando tarde a casa, con malas palabras que un día llegaron más lejos, tocando ese horizonte dorado y se hundieron en el corazón de Eva lleno de amor.

EZEQUIEL Y EVA

Rosa María Pastrana Núñez

Como todos los días, Eva yace dormida sobre la cama, en camisa de dormir y el pelo revuelto. Su marido, más arrepentido que nunca, duerme en la habitación contigua, en un improvisado catre junto al sofá biplaza de la sala de estar.

Ya ha clareado, y entra la luz del sol por la ventana del cuarto de ella, que empieza a desperezarse para comenzar un nuevo día, pero poco distinto a los vividos desde su boda.

Tiene los ojos enrojecidos, sobresaltando en ellos el color azulado y morado de los cardenales de la noche anterior, los últimos moretones.

Ezequiel, su esposo, no ha pegado ojo en toda la noche, llorando como un niño pequeño, encogido y acongojado en el catre, hasta ver los primeros despuntes del alba, cuando el sueño le ha rendido. Su mujer no se atreve a tocarle, ni siquiera a llamarle para que se levante, teme sus reacciones y tiene miedo a molestarle, así que le deja dormir hasta tarde. Ella prepara el café y el pan para el desayuno; mientras, va recogiendo y adecentando un poco la casa, tratando de guardarse las lágrimas al ver su casa destrozada, como tantas otras veces. A su vez se dice a sí misma, de hoy no pasa, lo prometo, no aguanto más, pero sabe de sobra que lo va a perdonar en cuanto él se disculpe. Porque en el fondo, no es malo, es muy bueno, pero cuando está ebrio mejor no le hables, ni le mires, puede ser lo último que hagas en tu vida.

El café ya está listo. Se sirve una taza y unta el pan con mantequilla, le encanta ver cómo se derrite sobre la tostada. Al olor del café se despierta Ezequiel, resacoso todavía. Tiene los ojos hinchados, enrojecidos, y la mirada triste, perdida. Fija sus ojos en Eva, que se dirige en ese momento a la cocina, y dos lágrimas le resbalan por las mejillas. Está arrepentido, quiere dejar la bebida, pero no puede, es muy débil y en seguida se deja llevar por la mala vida.

Se queda de pie, mirándola, y recordando el día que la vio por primera vez. Tan hermosa, elegante, tan señora. Iba contoneándose; sus andares le volvían loco, y todos sus amigos se la rifaban, a ver quien se la llevaba, y fue él. Se llevó el más preciado tesoro que le ha dado la vida y no ha sido capaz de mantenerlo.

Se dirige a la cocina, dándole los buenos días a su esposa, aunque no lo sean, la mira fijamente a los ojos, y murmura:

–Eva...

Ella no se atreve a contestarle, se queda quieta, inmóvil delante de él aterrada sin saber qué hacer.

–Eva... Contéstame, por favor.

Pero ella no quiere, se da cuenta que quiere hacer las paces y no está dispuesta, pues va a ser un vuelta a empezar. Ezequiel se queda apesadumbrado, no puede creer que no quiera dirigirle la palabra, insiste tenazmente:

–Eva... Dios mío, ¿En qué clase de monstruo me he convertido?

Él se echa a llorar. «Es solo teatro» piensa ella, pero es la primera vez que ve a su marido así, debe estar muy arrepentido para ello. Quiere abrazarle, consolarle y perdonarle, decirle que todo ha pasado y que no lo haga más. «Lo siento, Ezequiel, a mí me duele más que a ti, no puedo más, y si te seco las lágrimas volveré a tropezar de nuevo con la misma piedra. Una se cansa.» No dice nada, no hace nada, no le habla, ni siquiera le mira.

Una vez terminado el desayuno, empieza a vestirse y a maquillarse, para salir a comprar la comida de ese día, un sábado como otro cualquiera de su vida.

En el baño, se mira al espejo para observar la obra de arte que había conseguido. Estaba casi perfecta. Sólo esperaba que nadie se fijara en ella, que nadie se diera cuenta de sus golpes, para que no hablaran de ella.

A la vuelta del mercado, se encontró la casa vacía. ¿Dónde estará mi marido? Se preguntaba. Terminó de recoger la casa... vaya desastre, otra vez tendría que ir a la tienda de muebles a encargar la mesita de té de la esquina de la sala de estar, para que nadie la echase en falta. Y acto seguido, empezó a preparar el almuerzo.

Pasaban las cuatro de la tarde, y Eva, amodorrada en la silla, esperaba a que Ezequiel llegase para empezar a comer... se despertó sobresaltada... «¿Qué hora será? ¡Por Dios! ¡Las cuatro ya! ¿Dónde estará este hombre? Y encima, la comida fría...»

Tocan a la puerta. A Eva se le va a salir el corazón por la boca, "por favor, que no sea él... que no sea él... "

–¿Es usted la señora de Ezequiel?

Se quedó petrificada frente a la puerta, quién sería aquel hombre tan serio, y por qué preguntaba por ella...

–Mi marido no está, si quiere volver luego... Dijo mirando al suelo

–Su marido... posiblemente no esté tampoco aquí si vuelvo luego, le ruego que me deje pasar.

No sabía que hacer. Si Ezequiel se enteraba que había dejado pasar a un hombre a casa estando ella sola... Pero no le quedaba otra, la respuesta de ese señor le había dejado con la intriga. Miró hacia un lado de la calle, miró hacia el otro, bien! No había ni un alma, y tiró de él hacia dentro.

–Siéntese, por favor... ¿Quiere una taza de café? Perdone el desorden, pero estaba esperando a mi marido para comer.

–Señora, discúlpeme, ni siquiera me he presentado. Soy el Inspector de policía Alfredo Tortosa. No sé cómo decirle esto... es algo muy delicado... Su marido...

–¿Le ha pasado algo a mi marido, Sr. Inspector? ¿Está detenido? ¿Qué es lo que ha hecho? ¿Con quién se ha peleado en el bar?

–No, señora, nada de eso. Su marido... ha aparecido muerto en la Asa de su cuñado Manuel. Junto a su cuerpo, hemos hallado una escopeta de doble cañón, disparada hace algunas horas. Su marido... se ha suicidado.

Eva se quedó pálida. No sabía si sentir dolor o alivio. El calvario de dos años se había terminado. Solamente le quedaba enterrarlo.

CONTRATARON A SICARIOS

María Córdoba Gil

Hijo mío, te voy a contar un secreto de nuestra familia, que le contó tu abuelo a mi padre y éste a mi:

En una noche oscura ribeteada de sombras iban dos personajes esbozados en sus capas por la calle de las Ánimas camino de una reunión secreta. Eran el "Chato" y Antonio, el hijo de Gracia. Los dos no iban seguros de lo que iba a ocurrir y por eso llevaba cada uno su pistola y una gran navaja por si las cosas no salían como les habían dicho.

–Estos ricos nos dominarán siempre. Ellos mandan y nosotros obedecemos. Y no hay mas cera que arda. Esta es la realidad, nos tenemos que chupar el orgullo, agachar la cabeza y olvidar que somos hombres libres. Fuimos, somos y seremos sus vasallos. Esperemos que nos paguen espléndidamente –dijo el "Chato".

Antonio lo miró y dijo:

–¿Crees que realmente merece la pena todo? ¿De qué nos ha servido luchar para al final estar al servicio del dinero?. Tu sabes que mi interés por acompañarte es otro porque de forma indirecta voy a vengar la muerte de mi padre, de mi hermana y el dolor de todos los míos –dijo Antonio mirándolo a los ojos.

–Espero que cumplan lo prometido porque a mí no me termina de gustar el cabecilla de ese grupo.

Bajaron la empinada cuesta y subiendo varias calles, amparados en la oscuridad llegaron a la casa donde lo estaban esperando, dieron un golpe en un gran portón de madera que se abrió con un leve quejido y se adentraron en el interior de la casa. Una vez allí los condujeron a un salón donde había cinco personas sentadas en la semipenumbra de la habitación. Apenas si se le veían las caras.

–Veo que os habéis puesto las capas que os envié para que nadie os reconociera. Espero que hayáis llegado aquí con la mayor discreción. Como os mandé decir estamos interesados en hacer un trato con vosotros, si lleváis a cabo con buen fin un tema que nos interesa. Sabéis que se ha desplegado un gran efectivo para desarticular las bandas de las sierras, cuando llegue ese momento si cumplís con lo que os estamos encomendando podéis contar con el indulto para todos vosotros, da igual los delitos que hayáis cometido –dijo uno de ellos, era de gran estatura, con una gran barba negra y con modales muy bruscos.

–Al grano ¿qué es lo que hay que hacer? –le dijo el ”Chato” mirándolo de frente.

–Necesitamos que hagáis desaparecer a ese medicucho, ya sabes, Manuel Palomero, que lo que había tenido que hacer era dedicarse a su profesión y a su mujer y no meterse en faenas políticas ya que de todos es conocido que es uno de los dirigentes del partido republicano y eso no se lo vamos a permitir. Tenemos también al registrador de la propiedad que con sus ideas políticas de corte socialista está molestando bastante en las altas instancias y necesitamos eliminarlos. Tenemos que plantear como vamos a realizar esto de forma que caigan los dos. Hemos escuchado que en la cuadrilla hay uno que maneja bien los explosivos ¿es eso cierto? –respondió su interlocutor con una mirada que cortaba los espacios.

–Sí, es Antonio –fue la respuesta de el "Chato".

–Baldomero, no crees que debíamos plantearle lo que teníamos pensado? –le preguntó uno de los que había sentados en la penumbra.

–Efectivamente nuestro objetivo es quitar de en medio a estos dos que tanto molestan a nuestra causa, pero hay que afinar y hacerlo que parezca un crimen pasional porque si los matamos a los dos la cosa va a quedar muy al descubierto –contestó éste.

–Queremos que muera Palomero y parezca que Peris le ha matado por celos. Habíamos pensado en un atentado con pólvora. Vosotros me decís como es lo más conveniente –continuó Baldomero Carrera tras secarse la boca con un pañuelo.

–Antonio es especialista en preparar artefactos explosivos, apenas hay gente que sepa hacerlo, pero a él le ha enseñado otro que venía de la cuadrilla de José Mª el "Tempranillo" –afirmó el "Chato" tras meditarlo un momento–. Una cosa quiero aclarar, el interés de Antonio por esto es personal. El mío es exclusivamente el dinero, de forma que si pagáis bien lo haremos.

Llegaron a un acuerdo económico y salieron de la casa para volver con la cuadrilla que los esperaba en las inmediaciones del pueblo.

Para cometer el atentado consideraron que era más conveniente enviar el artefacto por correo, ya que era más creíble que Ricardo Peris lo había enviado que si se hacia explosionar la casa.

Después de varias ideas al final decidieron fabricar un artilugio de hoja de lata y dentro colocaron varios gramos de pólvora y lo rodearon de hilos impregnados de una capa resinosa. Entre las cuerdas había trozos de latón. Iban ajustados a otra caja de hojalata. En los extremos dos aparatos de madera atravesados por cerillas coincidiendo en el centro con dos limas movibles que rozando el fósforo tenían que incendiarlo y provocar la explosión.

La primera caja que mandaron falló pero la segunda fue certera y tres victimas cayeron a manos del rencor. Dos murieron y otra, Ricardo, tuvo que purgar el resto de sus días su error de haber hablado en voz alta de política y el uso que hicieron sus enemigos de su amor por Dolores.

Cuando la tragedia ocurrió los rumores que corrieron por el pueblo lo condenaron como culpable.

Después del veredicto comenzó la verdadera tragedia de Ricardo Peris.

Pues hijo mío; nuestro secreto es que tu bisabuelo era hermano de Belén y fue el que pagó a los sicarios la venganza de su deshonra.

NUNCA SE SUPO TODA LA VERDAD

María Córdoba Gil

El pueblo llano nunca supo lo que ocurrió con certeza con Ricardo Peris. Su nombre se vinculó con hechos sangrientos. Todos deseaban en su fuero interno que Peris fuera el asesino, de esa manera, se descargaban las conciencias, dejando así de sentir la responsabilidad de haber mandado a la cárcel a un hombre que durante su ajusticiamiento no se había demostrado totalmente su vinculación en los hechos. ¿Inocente o culpable?. Intentaban liberarse de esa duda y comenzaron los rumores a circular y a acusarle de matar al soldado Manuel Torres. Pero ¿de dónde salió ese rumor?.

Lo cierto es que la verdad de su vida solo la sabía Alejandro Sandoval, que en colaboración con el "Cojo" le habían ayudado a evadirse de la prisión y mantuvieron distintos contactos con él hasta que murió alejado de su tierra.

La gran pesadilla de Ricardo comenzó cuando lo embarcaron en las bodegas de un barco rumbo a esa ciudad de África y comprendió que la muerte es más dulce que la vida. La añoró mil veces en la desolación y la crueldad a la que le sometieron.

EL HIJO DE DOLORES

María Córdoba Gil

Al hijo de Manuel Palomero y de Dolores se lo llevó su tío a Madrid. Su origen se había cuestionado y de forma indirecta fue la víctima de las lenguas viperinas de la gente. Cuando se lo llevaron del pueblo era muy pequeño y no conservó el recuerdo de sus padres.

Sus abuelos en Archidona estaban inmersos en la lucha para restituir el honor de su hija. Cuando lograron su objetivo él llevaba tiempo fuera y consideraron conveniente no volverlo a trasladar al pueblo

Era un niño con la belleza de su madre. Siempre estuvo rodeado de cariño. Su tío le dio una educación esmerada. Venía muy poco a Archidona porque temían que los rumores le hicieran daño. Fue un adolescente muy aplicado. Comenzó a estudiar la carrera de medicina. En la hermosa ciudad de Madrid vivió sus primeros amores. Allí conocería a la que en el futuro sería su mujer.

Estaba saliendo de la facultad cuando tropezó con una joven que salía precipitadamente. Él se quedó prendado del azul mar de sus ojos. Ella era una joven que trabajaba en la limpieza de la universidad. El origen humilde le originó que al principio no fuera aceptada en la familia de él. Pero a pesar de los muchos inconvenientes que le pusieron a su relación la hizo su esposa. Tuvieron dos hijos: Luis y Dolores. Eran unos niños sanos y alegres.

Al contrario que a sus padres a Manuel Palomero le sonrió la vida. Se había especializado en oncología en donde era muy respetado.

Cuando sus hijos fueron adultos llegó el momento de elegir sus profesiones y su hija logró entrar en la universidad, en la misma facultad que su padre había estudiado. Luís se dedicó a la enseñanza.

Pero la guerra civil estaba planeando, extendiendo su sombra mortífera. Eran tiempos negros y en la universidades se creaban situaciones extremas.

En poco tiempo ríos de sangre correrían. Esa sangre que en ocasiones era de hermanos contra hermanos.

LOS HÉROES ANÓNIMOS

Antonia María Rodríguez Rogel

Tardé algunos años en darme cuenta de que en la Romera aún quedaban héroes. Fue una mañana durante la clase de literatura, cuando el profesor nos explicaba el concepto de intrahistoria en Unamuno y nos decía que la historia más interesante no es la de los grandes hechos y batallas con sus respectivos héroes sino la intrahistoria, o sea, la crónica de la vida cotidiana. Añadía luego, que los verdaderos héroes son esos seres anónimos que con su trabajo y su esfuerzo hacen posible la vida diaria en los pueblos y ciudades. Tanto me interesó aquel concepto que consulté las obras de Unamuno, donde lo encontré desarrollado y expuesto con genial maestría, y entonces comprendí que en la Romera habían existido y aún existían héroes de la intrahistoria, una disciplina, efectivamente, más interesante que la propia historia.

La primera heroína que conocí en mi vida fue mi tía Lola, hermana de mi madre, que tenía un corazón más grande que su menudo cuerpo. Fue la que cuidó de toda la familia en sus enfermedades y en sus problemas. La que les pintaba la casa, les cosía la ropa o les acarreaba el agua. Nunca se casó, creo que para poder seguir dedicándose plenamente a todos los miembros de su familia, que eran muchos. En aquellos tiempos difíciles Lola compartía lo poco que tenía con las vecinas más necesitadas y cuando llegaba la Navidad o alguna fiesta memorable preparaba una cestita con las viandas imprescindibles para preparar una comida y se las llevaba a quienes tenían menos que ella, en total secreto, siguiendo aquel precepto evangélico de "no sepa tu mano izquierda lo que hace tu derecha". Nada del otro mundo pues ella tenía bien poco: unos bollos de pan, unos huevos de sus gallinas, un puñado de garbanzos y unos huesos para preparar un caldo, unos mantecados que ella misma hacía y, si había podido hacer matanza, unos chorizos o morcillas.

También solía visitar a todos los que enfermaban e incluso llegó a cuidar a algunos enfermos que no eran de la familia pero que necesitaban ayuda. De ella recuerdo también su espíritu franciscano cuando, debajo del delantal, les llevaba trozos de pan a los perros abandonados que llegaban a la Romera o deshacía migajas en su patio para que comieran los pájaros. Nunca habló mal de nadie y siempre encontraba palabras de disculpa para quienes cometían alguna falta. Guardó siempre eterna gratitud a todos los que le hicieron algún bien y por ello en su corazón tenían un lugar destacado las familias Aguilera y Romero porque dieron informes favorables de su padre, encarcelado durante la guerra de 1936. Eso no se le olvidó nunca y se lo oí decir infinidad de veces, con lágrimas de emoción y gratitud. Era muy creyente pero a su manera. «Dios está escondido en el corazón de cada persona y allí hay que ir a buscarlo», me dijo en muchas ocasiones y sus palabras y su ejemplo fueron para mí la más fehaciente lección de altruismo y generosidad que recibí nunca. Frasquita la Charra me contó varias veces una anécdota sobre mi tía que creo debo referir aquí. Frasquita fue una mujer muy conocida en la Romera por su simpatía por el Partido Comunista y por haber estado varios años en las cárceles del franquismo, allá por los tiempos de la guerra civil. Pues bien, según me contó ella, un tórrido mediodía de agosto del 36, pasaron por la Romera, camino de Algaidas, dos mujeres de esa localidad, conocidas de Frasquita y a quienes las nuevas autoridades, para humillarlas, les habían rapado la cabeza y les habían dado un purgante de tal manera que iban en un estado lamentable, con las ropas manchadas de excrementos y sus calvas cabezas bajo un sol infernal. Hace bastantes años que Frasquita me contaba tal ignominia y no recuerdo ya si es que ella venía también en el mismo estado o si fue sólo testigo del triste espectáculo. Por lo visto las mujeres habían pasado en tan lamentable situación por calle Carrera y por toda la calle San Juan sin que nadie se atreviera a ayudarles, sin duda por miedo a la represión tan brutal que existía por aquellos días. El caso es que estas pobres mujeres, al pasar por la Romera junto a un corrillo de vecinas que las contemplaban con lástima, pidieron un vaso de agua y Lola las invitó a pasar su casa. Allí les ayudó a lavarse, les limpió la ropa, les hizo manzanilla y, cuando sus ropas se secaron, se las entregó junto con unos pañuelos para que se cubrieran la cabeza. Todo ello ante el miedo de su madre, pues justamente por aquellos días, el padre de familia estaba en la cárcel de Granada por motivos políticos que nadie aclaró nunca. Dicen que, cuando ciertas personas le advirtieron a Lola de que podrían hacerle lo mismo que a las otras mujeres por haberles ayudado, ella les respondió sin inmutarse: «Más le hicieron al Señor.» Tenía entonces sólo diecinueve años, era totalmente apolítica y ni siquiera conocía a las mujeres pero ya apuntaba maneras de una bondad infinita. Las mismas maneras que mostró luego, durante toda su vida. Murió hace unos años, dejando escrita una historia de ausencias en los atardeceres de la Romera. Así fue Santa Lola Rogel, que estará en los cielos.

Había también otros muchos héroes anónimos que nos hicieron más llevadera nuestra existencia en aquel pequeño rincón del mundo, abandonado a su suerte, en medio de la megalomanía de una cruel dictadura que mantuvo los rincones más pobres de España en la miseria y la desgracia. Entre ellos no quiero olvidarme de Juanillo el "Pescadero" que en su carro tirado por un mulo grisáceo recogía cada madrugada el pescado de un mercancías llamado por los estacioneros el "Raspa" para llevarlo a Archidona y luego, de regreso, llevaba todos los encargos que le hacían en la aldea desde un medicamento hasta inscribir en el registro a algún recién nacido cuyos datos le daba el padre en un pequeña esquela metida en el libro de familia.

Ni de Carmela la del "Guarda" que curaba las "culebrillas", o lo que hoy los médicos llaman *herpes zoster*, impregnando las erupciones con pólvora y limón al tiempo que decía una plegaria. En aquella época en la que muy pocos tenían seguro médico o dinero para comprar medicinas, ella supo atender estas dolencias con eficacia y generosidad y en este sentido desempañó un papel fundamental en la Romera. El mismo que desempeñó Mercedes la del "Rubio" que arreglaba las fracturas de los huesos y las inmovilizaba luego con vendas impregnadas de clara de huevo y sal. A ella le tuve siempre una especial gratitud porque me curó una difícil fractura que sufrí en el antebrazo, a consecuencia de una de mis travesuras y me calmó con rapidez aquel dolor horrible que parecía que me arrancaban el brazo, en un trance en que ni siquiera había coche en la Romera para llevarme al médico. También hay que guardarle eterna gratitud a su madre, Frasquita la del "Rubio" que atendía a las parturientas junto con Encarnación la de "Calendario" y Frasquita la "Celestina". Todos los niños que nacimos en la Romera durante la posguerra le debemos la vida y la salud a alguna de estas tres matronas aficionadas.

Tampoco quiero olvidarme de Ascensión la "Capataza" que arreglaba las "quebrasías" o las hernias de los niños que no habían sanado después de que el herniado era "pasado por la mimbre", la noche de San Juan, en una zona llamada el "Bebedero", sostenido por un Juan y una María que pronunciaban unas palabras rituales. Ni de la madre de Gracia la "Dionisia", una viejita cuyo nombre no recuerdo, que curaba "el mal del padrón", "de los sobresaltos" o "de la temblaera" colocando un vaso de cristal sobre el ombligo con el que hacía el vacío formando una especie de pellizco, y luego masajeaba alrededor del ombligo y en la espalda con aceite macerado de pétalos de azahar. Ni tampoco quiero olvidarme de una mujer llamada Frasquita que curaba la erisipela de los ojos.

En la Romera hubo otros muchos seres altruistas que nos ayudaron a vivir pero el recuerdo se me quiebra al retroceder más allá de un determinado punto en el tiempo y sé que, por este motivo, dejaré sin mencionar a algunos de ellos. No obstante, aún puedo vislumbrar el recuerdo de algún otro, a pesar de los años transcurridos. Por ejemplo, Pepe el "De la Jefa", que amenizaba las bodas con su acordeón, borrando, al menos por un rato, las penas de las parejas que bailaban llevadas por su melodía.

Carmen la del "Mozo" que nos ponía las inyecciones y nos curaba los descalabros de las pedradas, las picaduras de avispa y todas las heridas.

Lola la del "Molino" que, cuando llegaban las riadas y nos dejaban en cruz y en cuadro, solía mandar pan y otros alimentos básicos a los vecinos más damnificados. También repartía brasas de su chimenea para que calentáramos las casas. De ella solía decir mi madre: «Lola es una santa.»

Candelario el "Guardagujas" y Manuel el "Charro" que miraban para otro lado cuando alguna pobre mujer iba a la pila de carbón para coger unos trozos con los que hacer la comida.

Emilia, Encarnación, Elvira, Antonio el "Mozo", Lorenzo el "Capataz" y Asunción la "Palomina" que, por ser de familia ferroviaria, vivían en las casas de la RENFE, donde había agua corriente, y les permitían entrar a llenar sus cántaros a todas las mujeres de la Romera, a la hora que fuese, lloviera o hiciera sol, soportando con generosidad las evidentes molestias de este trasiego interminable, para que la gente pudiera disponer de agua con la que vivir con dignidad.

Antonia Pozo, Joaquina Peláez, Teresa Reina e Isabelita Rodríguez que, en su interminable libreta de tapas viejas y hojas con las puntas sobadas por el uso, anotaban el importe de la compra que les hacían las que no tenían dinero para pagarle en el momento, fiándoles a largo plazo, hasta cuando pudieran pagar, y así contribuyeron a mitigar la necesidad de mucha gente.

Paca la "Carbonera" que le daba pan a los perros y gatos abandonados y un día que iba para Archidona con Lola Rogel, al subir la Cuesta de los Moriscos, un guarda de la veda les mató de un tiro a uno de aquellos perros callejeros y agradecidos que se había ido tras ellas para acompañarlas. A pesar de las súplicas de las dos, aquel guarda despiadado mató al pobre animal simplemente, porque no llevaba en el cuello un collar con la chapa de estar legalizado. Sé de primera mano que aquel día lloraron las dos buenas mujeres, camino de Archidona.

Quiero resaltar también, con un emocionado recuerdo, la escuela de Manolo, mi buen padre, que con paciencia de santo enseñó a leer por las noches a todos los niños que no podían ir durante el día a la escuela por estar ayudando a sus padres en el trabajo del campo o guardando animales. También les leía y escribía las cartas a las madres que tenían a sus hijos en el servicio militar o trabajando en Alemania, en Francia o en Cataluña. Fue así como se ganó el cielo.

Gracias a todos ellos sobrevivimos al abandono, al aislamiento y a la miseria de aquella difícil etapa. Y sobrevivimos, además, fuertes, sanos y con ganas de vivir.

Éstos y no los que figuraban como tales en la enciclopedia Álvarez son los auténticos héroes que conocí de niña. Pensando en ellos, quiero afirmar, como aprendí en los libros de Unamuno, que los verdaderos héroes son los seres sencillos y anónimos que hacen posible la vida cotidiana de los demás. Honor a esos héroes y mi reconocimiento y afecto hacia ellos o hacia su memoria en esta breve reseña con la que quisiera rendirles homenaje, incluyéndola en este libro escrito en Archidona, un pueblo que ahora parece despertar de su letargo y recordar a sus hijos olvidados.

RECUERDOS

José Santiago González Aguilera

Han pasado los años, Jaime vive en una casa de la calle Soldado Manuel Torres, y casi todas las tardes, después del trabajo; dedica un tiempo a husmear en los archivos familiares. Hoy, junto a María, su esposa, observa las fotos que guardan en su álbum favorito. Lo cierto es que disfrutan comparando los rostros que aparecen en esos papeles tan antiguos, caras olvidadas por el tiempo pero no por sus corazones. Historia trazada en boca de padres a hijos. Recuerdos y nostalgia.

Les viene a la memoria aquella tarde de verano en Tamil Nadu, un estado federal de la India en la que la casualidad vino al encuentro de ambos. Él era médico y trabajaba en una ONG, ella en un proyecto sobre educación sin barreras con Manos Unidas. Conservan aquellas fotos que se hicieron con niños necesitados, y otras de cuando a su regreso a España visitaron Archidona, el pueblo que luego se convertiría en su hogar.

De entre unas cartas de Frederick Lamport, Jaime ha entresacado una fotografía al azar. Le da la vuelta y lee en voz alta unas palabras manuscritas con delicados trazos que dibujaban sentimientos profundos. Se trataba de una dedicatoria enviada por Mercedes a Ricardo. En el silencio de la noche, dejan volar su imaginación para establecer cómo pudo ser la vida de aquel reo, entre rejas, tinieblas y sombras. Una mezcla de tiempos, espacios y momentos. Un retrato poco definido había en otra, un ámbar descolorido de un personaje con gran bigote sobre un caballo blanco y un perro a los pies. Un nombre al dorso, Felipe.

En el fondo del cajón hay otras fotografías de hijos y nietos de los que protagonizaron la guerra. Eran de uno y otro bando, hoy día de uno sólo: el de sus lazos de unión. Saben que la vida es demasiado corta y hermosa, como para tenerla que envenenar con rencor y discrepancias ideológicas de ningún color. Saben que el respeto y la libertad es el secreto de la felicidad. Son el vivo ejemplo de que el amor y la amistad triunfan en los corazones limpios.

María siente en su interior el estremecer de una voz profunda y perdida, un temor que circula por sus venas, algo que no sabe cómo expresar pero que quizás provenga de sus raíces valencianas, o de su apellido Peris.

Jaime, eleva su mirada al cielo y la detiene en la ermita que está sobre el cerro. Comienza a ver cual hologramas desvanecidos con centelleantes estrellas un recorrido fugaz de su vida y la de otros que reconoce como sus ancestros madrileños que sin duda proceden del apellido Palomero. Ambos se cruzan una mirada perdida y sin palabras hablan. Los ojos de cada uno se clavaron en los ojos del otro. El silencio grita sobre las lágrimas de la felicidad plena bajo el manto de la Virgen de Gracia.

Cerrada la parte novelada de la historia, a partir de aquí se incorporan los datos que el siguiente autor, ha podido reunir tras la investigación que él mismo ha realizado durante más de 14 años.

EL CRIMEN DE ARCHIDONA: LA INVESTIGACIÓN

Antonio Gozálvez Escobar

LA EXPLOSIÓN Y LOS PRIMEROS QUE ENTRARON

Al medio día del 30 de diciembre de 1886, se produjo una tremenda detonación, seguida de una intensa humareda negra, en el núm. 81 de la calle Carrera, en Archidona (Málaga). Dicha vivienda constituía el domicilio del médico D. Manuel Palomero Moreno, y de su esposa Dª. María Dolores González Sánchez-Lafuente, que resultaron muertos, en el acto, como consecuencia de la explosión.

En el momento de producirse los hechos, se encontraban en la casa, además de los fallecidos, Dª. Josefa Aguilera Cano, cocinera, así como Dª. Antonia Genmar Caro, que atendía al hijo de los fallecidos como "ama de leche", y quien huye de la casa con el niño en brazos, en unión de su compañera de servicio, refugiándose en la casa de unos vecinos, sin ver a los fallecidos.

Las primeras personas que entraron en la casa, para tratar de socorrer a sus moradores, fueron D. Francisco de Paula Luque, Dª. Adela Moreno Navas y su hija Dª. Adela Palomero Moreno, y posiblemente la mujer del primero Dª. Francisca Moyano Almohalla, todos vecinos (además de madre y hermana de uno de los fallecidos). No obstante, no pudieron penetrar en la habitación, donde se produjo la explosión, tanto por el humo y fuerte olor, como por el hecho de que la puerta estaba sumamente encajada, por efecto de la explosión "...y haber quedado atascada por un portier u otra tela semejante..."

Pocos minutos después, sobre las 12:30 se persona el Juzgado, sin necesidad de requerimiento previo, y tan sólo por haber tenido conocimiento de la explosión y la posible existencia de víctimas, en el domicilio. Dicho Juzgado penetra por la fuerza, siendo por las razones antes dichas, los primeros que presencian lo ocurrido, y encuentran los cadáveres de los dueños de la casa, cuya muerte certifican los médicos D. José Cano Luque y D. José Luís Sánchez Pastrana, que acompañan al Juez (el hospital estaba frente la casa de los fallecidos). Lo que la comisión judicial contempla, no puede calificarse sino de dantesco, pues en la sala baja del piso bajo se vio el cadáver de doña María Dolores González Sánchez-Lafuente, en decúbito supino, bañada en sangre y con una herida negruzca en la horquilla externa; desgarrada la piel del antebrazo derecho, por encima de la muñeca, en una extensión de seis centímetros, y con otros arrollamientos de aspecto negruzco en la piel del brazo y antebrazo izquierdo. Frente a dicha señora había un piano con la tapa abierta y con porciones de conchas de cal, libros en desorden, pedazos de restos orgánicos humanos y trozos pequeños e irregulares de latón. La atmósfera de la habitación estaba enrarecida y representada por una masa tan densa de humo y de gases con aspecto de productos químicos difíciles de determinar, por no haberlos apreciado en ninguna ocasión los presentes. En el centro y demás puntos de la habitación se veían ocupados por libros, instrumentos quirúrgicos y restos de tablas de madera, fracturadas algunas, quemadas otras, negruzcas y gran porción de estos objetos, así como las paredes y techos, manchados de sangre y depositados en las porción de pelos, masa cerebral y otros diversos tejidos orgánicos humanos imposibles de determinar.

En uno de los frentes de dicha habitación, se observa un sillón de bufete, en el que se encontraba parte de un cuerpo humano en actitud de estar sentado y recostado sobre la pared, cuyo cuerpo, al parecer, era el cadáver de don Manuel Palomero, que sólo puede reconocerse por estar en su casa y por los pantalones que vestía, pues el resto del cuerpo estaba horriblemente destrozado, hasta el extremo que el vientre y pecho estaban desorganizados, y la cabeza había volado, del mismo modo que los brazos, que se encontraban amputados y reducidos a dos muñones deformes, cuyo límite era la parte ancha de dichos miembros.

La masa cerebral, así como los dedos y restos de manos y antebrazos, se encontraban en diversos puntos de la habitación, divididos en multitud de fragmentos ennegrecidos. Las ropas del mencionado cadáver, lo mismo que el cuerpo, se hallaban ardiendo en el momento en que se practicaba esta diligencia, por cuyo motivo fue necesario echarles dos cántaros de agua. En cuyo estado mandó el Sr. Juez trasladar los cadáveres a otra habitación, lo que así se hizo, para que después de desinfectada se procediera al reconocimiento minucioso de lo que en ella hubiera, así como en las demás habitaciones de la casa.

PRIMERAS HIPÓTESIS

Nada más producirse los hechos, el pueblo de Archidona era un hervidero de pábulos y rumores, tratando de dar explicación a lo sucedido, destacando.

Uno de los rumores decía que se trataba de un suicidio. Manuel Palomero Moreno, había hecho estallar un cartucho de dinamita, matando, de paso a su esposa. El motivo de este acto podía ser tanto por celos, al sospechar que su esposa le era infiel, como por cuestiones económicas, al no tener dinero para hacer frente a unos pagos.

Otros rumores decían que se trataba de un homicidio, aunque diferían en los autores materiales del mismo, pues unos comentaban que habían sido miembros de una "sociedad secreta" a la que Palomero había pertenecido anteriormente. Otros aseguraban que el ejecutor era D. Luís Frías Segovia, como venganza por la forma en que Manuel Palomero dejó a su hermana. Aunque los más opinaban que el posible autor era D. Ricardo Peris Mercier, Registrador de la Propiedad en Archidona, y antiguo novio de Dolores González.

LAS CAJAS ASESINAS

A estas alturas, la comisión judicial ya ha adquirido el conocimiento irrefutable de que lo que ha explosionado estaba contenido en una caja de madera, en cuyo interior había otra de lata, y esta a su vez contenía un determinado explosivo y metralla. Esto se conoce por lo que han dicho algunas de las personas presentes, además se han encontrado restos de la indicada caja, con signos inequívocos de ser el origen de la explosión y por que existe otra, idéntica a la que ha explotado, abierta pero intacta.

En efecto, el Juzgado, al inspeccionar la habitación donde se han producido las muertes encuentra: "....una caja explosiva que describimos a continuación, por haber sido su existencia la causa de las sospechas que han motivado este proceso.

En la habitación donde tuvo lugar el suceso se encontró, en una papelera que tenía el difunto en el lado izquierdo de su asiento, una caja de latón que mide una altura de nueve centímetros y medio, 19 y medio de largo y nueve de ancho; la tapadera de dicha caja se encuentra revestida de papel, y cubriendo su parte superior hay una etiqueta en que se lee en caracteres de imprenta "*Electro-Magnetisme perfeccioné. R. Parnell....secteurs. París. Breveté S.G.L.*" Sobre esta etiqueta y en su parte superior, hay otra etiqueta, que mide 35 milímetros de ancho por 57 de largo, en la que se lee: "*Farmacia Molinero. Mesones 102. Granada*".

Rodeando el cierre de la caja hay una faja, en que se lee, con gruesos caracteres, también de imprenta y cortados casi por su mitad "*Electro-Magnetisme perfeccioné*".

Abierta dicha caja, con las precauciones convenientes, resultó contener, al parecer, una materia explosiva. También se encontró un pedazo de lacre encarnado, uniendo cuatro extremos de una cuerda, que parece ser el precinto de la caja, y el cual no contiene sello ni marca alguna.

En el mismo cajón del bufete, que quedó algo entero, se encontró una caja de madera exactamente igual a la descrita anteriormente, a la que habiéndole probado la tapa encontrada se le adaptaba perfectamente. En uno de sus frentes se ve otra etiqueta, de las mismas dimensiones de la que se encontró en primer lugar, con iguales caracteres de imprenta, aunque es esta estaba escrito "Manuel Palomero, Archidona" hechas, al parecer, por una misma mano.

En uno de los costados se encuentra la etiqueta del ferrocarril, que dice: "*Ferrocarril de Córdoba a Málaga. D.*" Hay un sello , en que además de otras palabras ininteligibles, se lee "*Granada-Archidona- Expedición número 2.222- Tren número 24, del 10 de agosto de 1886*".

Hechas las oportunas averiguaciones, se viene en conocimiento de que la segunda caja (es decir, la que ha explotado, fue recogida en la estación de Archidona, por Manuel Pabón Gil, el pasado 23 de diciembre, quien la reconoce cuando, ya destrozada, le es mostrada. En el mismo día, y por tren, llegó otra caja, está última para Dª. Cristina Arnau, por lo que se envían las dos a su casa, con el ruego de que haga llegar a Manuel Palomero la suya, cosa que efectuó la criada de aquella, Tomasa Aguilera Cobos. Es de importancia hacer constar, que Manuel Pabón tiene un mozo, de 13 años, que le ayuda en el trasiego de bultos, procedentes de la estación, llamado Juan Bautista Roda. Igualmente es importante hacer constar ahora, que esta segunda caja fue facturada en Sevilla, en la Estación de Córdoba el día 20 de diciembre

Respecto a las cajas, surgieron dudas como ¿Qué contenían? ¿Cómo funcionaban? ¿Quién las fabricó? o ¿Quién las envió?.

Para dar respuesta al primer enigma, se recurre a quienes, por su profesión, pueden ser expertos y dar respuesta adecuada: D. José Cano Luque, doctor en medicina y cirugía, y que ya auxilió al Juzgado, cuando se entró por vez primera en el domicilio de las víctimas; D. José Astorga Astorga, reputado farmacéutico de la localidad, y sobre todo, y como principal perito el sacerdote D. Ricardo Ruíz Vega, profesor de Física y Química en las Escuelas Pías, quien además de sus conocimientos, aporta un laboratorio, de dichas escuelas, y que resulta poseer lo que cualquier laboratorio de primera línea, pudiera requerir.

Entre otras curiosas y valiosas conclusiones determinan que "...la materia amorfa, negruzca, con consistencia de barro, resulta claramente ser pólvora y además presenta todos los caracteres de la que se emplea en las minas". Por cierto que un empleado de Ricardo, llamado Esteban Guerrero, declarará: «Que desde principio del año anterior, y sin que pueda precisar fecha, ha estado varias veces trabajando en el cortijo que, próximo a la estación de Salinas, tiene D. Ricardo Peris Mercier. El trabajo consistía en echar barrenos con pólvora que el declarante compraba en una tienda de este pueblo; que echaba los barrenos: primero para abrir un túnel, y después para abrir zanjas para sanear el terreno y desecar una laguna; que nunca compró la pólvora en latas, sino en cartuchos y que D. Ricardo nunca le dio pólvora en lata ni la ha visto en el cortijo».

La solución a la segunda pregunta, es decir, el funcionamiento del ingenio, es el Juez quien, comparando la caja intacta con la que explosiona, y con el debido asesoramiento, llega a la conclusión de que la caja de madera contenía otra en su interior, que constituía la auténtica bomba y que "...estaba hecha con latón, y conteniendo unos ochocientos gramos de pólvora de minas, estaba atada fuertemente con cuerdas embadurnadas en resina, para que fuesen más resistentes; entre las cuerdas puso diferentes trozos de metal, quizás para hacer más daño en la explosión, y todo esto lo introdujo en otra caja de latón, fijando a los extremos de la misma dos trozos de madera atravesados por cerillas fosfóricas, haciendo coincidir en el centro de ellas dos pequeñas limas móviles que se desplazarían al mover el mecanismo, cosa que sucedería al abrir la tapa, ya que, por debajo del precinto de la misma corría un hilo metálico que al desplazarse causaría indirectamente la explosión...".

Respecto a la fabricación de la caja, fue quizás el único misterio que no pudo resolverse de forma satisfactoria, si bien deberíamos hablar de la fabricación de las cajas, en plural, pues había dos de madera y dos de chapa, que encajaban en las primeras, y que contenían la pólvora y los trozos de latón a modo de metralla. Respecto de dichas cajas de latón, D. Ricardo Ramírez Pandes y D. Juan Moyano, hojalateros de Archidona, declaran: «Que no han construido dicha caja, cuyo trabajo se ha verificado por una persona perita en el oficio; pues tanto la caja encontrada en la casa del Sr. Palomero, como el material son de primera, cosa que aquí no se acostumbra a trabajar a no ser por un encargo, en cuyo caso se manda a por esa clase de material a Málaga, pues en esta población no hay más que de tercera". Más curioso es lo que afecta a las cajas de madera, sobre las que obtenemos información de D. Antonio Díaz León, maestro carpintero que vive en la casa inmediata a la de D. Ricardo Peris Mercier, y que ha tenido con este señor relaciones amistosas y trato frecuente, sirviéndole en cuantas obras ha necesitado de su oficio de carpintero, que sabe y le consta que el antedicho D. Ricardo es hombre industrioso y muy aficionado a dedicarse a trabajos de carpintería, teniendo herramientas adecuadas para tales trabajos; que en algunas ocasiones le ha preparado el que declara las herramientas cuando se le inutilizaban por efecto del trabajo que hacía; que el declarante no le ha construido cajitas pequeñas de madera, ni sabe que las haya construido ningún otro artesano de su oficio. Será Antonio Díaz León quien nos diga donde vivía D. Ricardo Peris en Archidona, ya que como se ha dicho ya él lo hace en la casa inmediata siendo, "de toda la vida", el domicilio de Antonio en la calle Colegio número 84.

En lo referente a la última cuestión, basta decir que constituye lo que se denominaría el "meollo" de la historia, y por ello, solo se puede, de momento, esbozar que la primera de las cajas, la que no explosionó, y sirvió de fuente primaria de información sobre su mecanismo y contenido, llegó a Archidona procedente de Granada, hecho que ya conocemos, puesto que había una etiqueta donde se leía

"*Granada-Archidona- Expedición número 2.222- Tren número 24, del 10 de Agosto de 1886*". En cambio la segunda caja, causante de las dos muertes, procedía de Sevilla, en cuya Estación de Córdoba, se facturó para Archidona el 20 de diciembre de 1886.

LAS FIGURAS DE LA HISTORIA

Hagamos un paréntesis en nuestra historia. Tiempo tendremos de volver sobre los hechos acaecidos, pero quizás sea el momento de hablar, siquiera sea sucintamente sobre quienes figuran en esta historia, para comprender mejor la misma:

Manuel Palomero Moreno, nacido en 1985 en Archidona, aunque educado en Granada, hijo del médico José Palomero Cea, -quien tendría un importante papel en una epidemia de cólera, habida en Archidona y su Comarca, siendo director del hospital, hasta su muerte- y de Adela Moreno Navas, de acomodada familia archidonesa. De él se nos cuenta que tenía "carácter alegre y jovial, franqueza, generosidad sin límites y buenos sentimientos, pues jamás el necesitado llegaba a él sin que fuera socorrido, eran causa de que gozara de grandes simpatías, no solamente en su pueblo natal, sino también en Granada, donde siguió sus estudios de medicina...". Pero también hay que decir, en honor a la verdad, que cuando bebía, y aunque no lo hacia habitualmente, le cambiaba radicalmente el carácter, volviéndolo violento (se cuenta una anécdota de haber matado, a tiros, a un burro, cuando estando ebrio, debió hacer algo incorrecto, ganándose una coz del mismo.)

Su familia fue muy singular, hasta el extremo de que aún hay quien recuerda a un hermano del médico, sacerdote en Archidona, que solventó a tiros, un pleito que tenía con un familiar, por cuestión de riegos de tierras; el mismo sacerdote, al que el Iltre. Ayuntamiento de Archidona, acordó felicitar, al haber cobrado "sólo la mitad de sus estipendios", con motivo del sepelio de unos pobre soldados muertos en Cuba –a los que por cierto trajeron en cajones de madera llenos de sal-, eso si, sin tener ni una mísera palabra para la pobres víctimas o sus familias.

María Dolores Gonzalez Sánchez-Lafuente era una hermosa joven de veinte años; hija de una familia de las más distinguidas de Archidona, donde gozaba de grandes simpatías, y era tenida por modelo de laboriosidad, virtud y honradez. Aunque en esta historia fue condenada.

Ricardo Peris, que sumido en un mar de celos, se caso 48 horas antes que ella, sin que por esta causa dejara de acosarla en cuanta ocasión tuvo y que no accedió a las varias oportunidades que, de palabra y por escrito, intentó Dolores, para justificar su matrimonio, y que la ponían al borde de la deshonra, o cuando, por tirar su nombre por los suelos, alardeó de ser su amante, o cuando, en un no va más, envió dos paquetes explosivos, con la intención de acabar con su rival, llevándose, de pasada, a la mujer, que, sin duda alguna, amaba.

Su propio marido, al descubrir que, el mismo día de su boda, había escrito una carta a Ricardo, y que costo una corta separación de los cónyuges, que no llevaban más que unos meses de casados, estando, además ella embarazada.

Su suegra, que conocedora de muchos, muchísimos detalles íntimos de Dolores la juzgo y condenó, sin valorar debidamente los datos que poseía

Y quizás lo más sorprendente, el propio Tribunal que condenó a Ricardo Peris escupió para siempre en la memoria de Dolores, ninguneándola y despreciándola hasta el extremo.

Sólo su padre, tuvo alguna misericordia con la pobre Dolores, y contra el parecer de todos, y sobre poniéndose a la pena y la angustia de la pérdida de su única hija, mandó a sus criados que la sacaran de la que fuera su casa, y sin más trámites ni ceremonias, depositada en el panteón familiar, construido ex profeso por Antonio González, y donde ya reposaban los restos de su madre.

Ricardo Peris Mercier, nacido en Alcira (Valencia) el 6 de julio 1844, hijo de Máximo Peris Ferrer, cirujano, y aficionado al dibujo y la acuarela, alguna de cuyas obras se conservan en el Museo Municipal de Alcira), y Pascuala. Ricardo estudió abogacía y acabó como Registrador de la Propiedad, primero en Herrera del Duque (Badajoz) y posteriormente en Archidona, previamente ejerció, durante catorce años, como Procurador Fiscal. Hemos de considerarle como un buen jurista (aún existe constancia de su colegiación en Valencia) y experto en Derecho Penal, no sólo por su experiencia como Procurador Fiscal (una especie de Fiscal, que actuaba en Juzgados Municipales y de Instrucción y como ayudante Fiscal en las Audiencias) sino por sus conocimientos en la materia, de las que existen algunos ejemplos, como el trabajo "*De la voluntad y sus modificaciones como elementos constitutivos del delito*" que aún se conserva en la Universidad Complutense de Madrid.

Resulta evidente que, a su llegada a Archidona, decide "sentar la cabeza" definitivamente, y para ello, adquiere casa y cortijo, y además entabla una relación de noviazgo con una joven, muy joven, y acaudalada archidonesa, que destaca por su belleza, y con la que mantiene una relación de noviazgo durante cuatro años, y con la que tiene prevista boda el 6 octubre de 1885. Será su futuro suegro, Manuel González Moyano quien a menos de un mes de la boda, le comunicara que todo había terminado, que su hija se casaba, a dos meses vista, con el médico Manuel Palomero Moreno. A partir de ahí, su vida fue un torbellino, una locura, que le llevaría a extremos que nadie habría ni soñado.

De entrada, Ricardo mantuvo siempre que "era él quien había roto las relaciones con Dolores, al tener conocimiento de que se casaba con Manuel". En un ataque de celos, decide casarse a toda costa, y antes que su antigua novia, buscándose una, a prisa y corriendo, en Torrente (Valencia) donde, durante catorce años trabajo como Fiscal, y tanta prisa se dio por contraer matrimonio antes que Manuel y Dolores, que ni si quiera fue a por su novia, casándose por poderes, dos días antes que los anteriores. Para colmo, Ricardo no cesaba de acosar a Dolores, allí donde la encontraba, dando lugar a un grave incidente, del que luego hablaremos, y en un ataque de locura, manifiesta a un amigo «que la mujer de Palomero le dispensaba favores, y que le producía satisfacción hacer querida suya a la mujer del señor Palomero», y ese "amigo" no era cualquiera, era nada menos que don Indalecio Villaverde, Juez de Instrucción de Archidona, quien así lo manifestaría en el juicio.

Para terminar de completar los sentimientos de Ricardo hacia la familia Palomero, hay que señalar varios incidentes acaecidos con los mismos:

El primero de ellos hace referencia a don José Palomero Cea, el cual le reclama, como médico, los gastos de asistencia a un criado de Ricardo, y como este no atienda dicha reclamación, éste se formula por la vía judicial, momento en que dejan de dirigirse la palabra.

Otro de estos incidentes se produjo ya a la muerte de don José Palomero Cea, que deja una inmensa fortuna, tanto en tierras, casas, dinero en efectivo y unos censos enfitéuticos, que habían pertenecido al Duque de Osuna. Dichos censos debían inscribirse en el Registro de la Propiedad, y establecerse un interés del 5%, a lo que Ricardo Peris se opone tangencialmente, estableciendo que dicho interés sea del 3% (la diferencia superaba las 5000 ptas anuales de la época). No estando conformes con tan arbitrario parecer, José Palomero Moreno se traslada a Málaga, formulando la correspondiente queja ante la Delegación de Hacienda, que le dan la razón y una orden escrita para el Registrado de la Propiedad de Archidona, con la orden de que la inscripción sea al 5% y no al 3%. Recibida por Ricardo la orden no la acata, pretextando que la misma puede ser una falsificación, dando lugar a un procedimiento que se resolverá favorablemente para la familia Palomero, pero estando ya preso y destituido Ricardo Peris, y por supuesto muertos Manuel y Dolores.

El día 1 de noviembre de 1886, Ricardo Peris trata de abordar a Dolores González, cuando esta se encuentra en el Paseo de Archidona, Dolores iba acompañada de su suegra Adela Moreno, quien no entiende, para nada, ni el descaro de Ricardo, ni la actitud de su nuera. Manuel lo presencia y abofetea a Ricardo, tirándole al suelo, y profiriéndole toda clase de insultos (aunque Ricardo no lo reconoce, parece posible que, además, le amenazase con un revolver que portaba); cuando estos hechos ocurren ya se ha enviado el primer paquete bomba -¿trataba Ricardo de prevenir a Dolores?- (hay una teoría, según la cual, el primer paquete se envía con ocasión de que Dolores dio a luz a su hijo, y el segundo, con ocasión de este incidente).

Adela Moreno Navas, viuda del médico José Palomero Cea y madre de Manuel Palomero Moreno. Es posiblemente la figura más difícil de encuadrar, dentro de esta historia. Para poder comprenderla, hemos de situarnos en la mentalidad del s. XIX, y en determinados extremos, que hoy venimos en conocimiento que ella poseía, en el momento de la muerte de su hijo y de su nuera:

Sabía que su nuera, Dolores, había sido, durante los últimos cuatro años, novia de Ricardo Peris, y que la boda de estos, estaba prevista para el día 6 de Octubre de 1885 (si hacemos números, Dolores tenía entre 15 y 16 años, cuando empezó de novia "formal" con Ricardo, que debía tener entre 38 y 39). Que las relaciones se cortaron un mes antes, y que el 25 de noviembre de 1885, habían contraído matrimonio Ricardo Peris y Mª Ángeles Belmonte, una novia de Torrente (Valencia) que aquel se había buscado, de prisa y corriendo, tan corriendo que ni siquiera fue a Torrente a casarse, haciéndolo "por poderes". Sabía que su hijo y su nuera se habían casado sólo dos días después que Ricardo, es decir, el 27 de noviembre.

Sabía que Dolores no había hablado, para nada, con Ricardo –lo hizo Manuel González Moyano, que lo citó a su casa y lo informó de todo-, no obstante lo cual, envió una carta al mismo, e incluso trató de verle el mismo día de su boda con Manuel.

Sabía que su nuera Dolores, estaba embarazada, cuando contrajo nupcias con su hijo, y por si había dudas, Manolito nacía prácticamente a los ocho meses de contraerse el matrimonio. Sabia, por haber estado presente cuando se produjeron los hechos, que Ricardo Peris había intentado abordar a Dolores en el Paseo de Archidona, el día 1 de noviembre de 1886, siendo sorprendido por Manuel, que reaccionó violentamente, tirando al suelo a Ricardo, (y posiblemente lo amenazó con un revolver), recibiendo a su vez, amenazas de muerte. Sabía, por amigos de Ricardo, que este alardeaba de ser amante de Dolores. Sabía que, sólo unos días antes de la explosión que se acababa de producir Dolores se había citado con Ricardo en la casa de una criada, ignorando el contenido de la entrevista, pero que para ella no podía ser más nefasto. Sabía, y ya no cabía más amargura en su pecho, por estárselo contando en aquel momento el ama de leche, Antonia Genmar Claro que... "la noche anterior al fracaso, y cuando sus señores iban a comer, abrió su "amo" una carta, que leyeron, oyendo decir a su señora, dirigiéndose a su esposo: «Te preguntan si has abierto la caja y aún no la has abierto».

No necesitó más, y su nuera, Dolores, fue condenada en el acto. Tenida por adultera, y posible cómplice en la muerte de su marido, poniéndose en duda la paternidad del hijo de ambos, negándosele cristiana sepultura (no hubo para ella ni una mala misa, ni una oración mal y rápidamente pronunciada por sacerdote alguno) y si recibió sepultura en lugar digno fue gracias a su padre, que en modo alguno consintió otra cosa, llevándose el cadáver de su hija, poco menos que por las bravas, y por supuesto haciéndolo en horas distintas y lugares absolutamente separados.

Manuel González Moyano, se trata del padre de Dolores, uno de los hombre más adinerados de la comarca de Archidona, y alcalde que fue de la misma. A pesar de las muchas sombras que se cernían sobre su hija, no consintió que la misma fuera enterrada en el Cementerio Civil llevándola, casi por la fuerza, a la capilla, que para él y los suyos mando construir anexa al cementerio de "San Antonio". Tampoco su vida estuvo exenta de escándalos y habladurías, pues a poco de la boda de su hija, el también celebraría nuevas nupcias, y no sólo por el hecho de la que su nueva esposa fuera mucho más joven que su hija (que tenía entonces 19 años) sino por la humilde condición de la misma, ya que era costurera.

Bernardo Hernández Tenorio, guardia civil del puesto de Archidona, y a quien, de hecho, se debe el esclarecimiento de lo sucedido, aportando los testigos, que resultarían cruciales para la sentencia condenatoria. Hay que reiterar que fue él sólo, quien viajó, primero a Sevilla, y posteriormente a Granada y Málaga, obteniendo rápidos y contundentes resultados. Después, como tantas veces ocurre en la vida, serán otros oficiales, los que, dada la trascendencia del caso, se subirán al carro de los vencedores, llevándose los laureles que a otros corresponden.

LAS PESQUISAS Y LAS PRUEBAS

En un principio las primeras hipótesis señalaban los hechos como suicidio, pero esto quedó descartado en el acto, pues nada más entrar en la casa el Juzgado, con los técnicos que le acompañaban, recogiéndose, como ya queda dicho, la caja, semidestrozada, que causó la muerte del matrimonio, y otra, abierta, pero intacta, gracias a la cual, se pudo reconstruir el mecanismo que contenía y su mortífero efecto.

Ante esto quedaba claro de que se trataba de un homicidio, lo que había que descubrir era quien o quienes eran los responsables. Llegados aquí había tres posibles sospechosos, los primeros eran los miembros de una sociedad secreta a la que Palomero había pertenecido anteriormente. Dicha sociedad secreta, era el Partido Republicano, que aunque alegal, no tenía nada de secreto. Tras una investigación más a fondo se llegó a la conclusión de que ni tenían motivos para mandar bombas, ni por supuesto, tuvieron participación alguna en los hechos.

El segundo posible autor era D. Luís Frías Segovia Conique, como venganza por la forma en que Manuel Palomero dejó a su hermana. Se interrogó y comprobó que Luís Frías Segovia, a la sazón Vista de Aduanas en Isla Cristina (Huelva), absolutamente nada tenía que ver con este doble crimen, comprobándose, minuto a minutos, todos y cada uno de los movimientos dados por este caballero.

Ante lo cual todas las sospechas recayeron sobre D. Ricardo Peris Mercier, Registrador de la Propiedad en Archidona, y antiguo novio de Dolores González.

Desde un primer momento, fueron múltiples los dedos que le señalaron, y eso que se encontraba ausente de Archidona, igual que cuando se recibió el primer paquete. Pero hay que decir, en honor a la verdad, que sólo se le detuvo cuando las pruebas contra él eran abrumadoras, tanto que el mismo mintió descaradamente, en determinados extremos, que hoy, a más de 120 años, se han podido constatar, y que entonces, la Justicia, ante la certeza total de su autoridad, ni se digno en consignar.

Lo único que, de entrada, se tenía como cierto es que un paquete, de madera, remitido desde Sevilla, Estación de Córdoba, con fecha 20 de diciembre de 1886, con un peso de unos 2 kg, y dirigido a D. Manuel Palomero Moreno, fingiendo contener material médico y remitido por la Farmacia Molinero de Granada, era la que había producido la explosión y con ella la muerte del médico y su mujer.

El 14 de enero de 1887, nombrado ya Juez Especial el Magistrado de la Audiencia de Antequera D. Eusebio Martín Ruíz, toma como una de sus primeras determinaciones el ordenar al guardia civil D. Bernardo Hernández Tenorio, que se traslade a Sevilla y realice las investigaciones pertinentes para determinar quien envió dicho paquete. Sin más, el Guardia, se traslada a Sevilla, a la Estación de Córdoba, donde realiza las gestiones encomendadas, teniendo la suerte de que el Factor recuerda la facturación del paquete por el que se le pregunta, que recuerda que dicha facturación la hizo el mozo de una pensión, pues llevaba una gorra con el nombre de la pensión, la cual no recuerda y que dicho mozo hablaba con acento "gallego".

Con estos indicios, se localiza al mozo de la pensión "El Cisne" de calle Tetuán número 11, de Sevilla, llamado Francisco Ignacio Álvarez Martínez, de 43 años y natural de Amorín (Pontevedra), quien ratifica haber sido él quien facturó el paquete, por encargo de un señor alojado en la habitación número 7 de dicha fonda, a la que había llegado en la tarde noche del día 18, y marchándose el mismo día 20, llevando por todo equipaje "un saco de noche, con poca ropa y muy poco peso", una vez dicho mozo había facturado el paquete, "por lo que le regaló un duro en una pieza"; rogándole que no dijera nada a nadie, si alguna vez se le preguntaba, por el paquete que acababa de facturar; ignora, no obstante el nombre y cualquier dato de dicho caballero, a quien describe como «...un caballero vestido de negro, traje de americana, sombrero también negro, alto, de copa; de color moreno, de buena estatura, cara alargada, delgado sin barba y bigote, de aspecto serio y grave, como de unos 40 años; no sabe cómo se llama ni de donde era...». A la vista de ello, el Guardia Hernández Tenorio, y sin más, lo monta en el tren, lo trae a Archidona, y lo deja en la prisión del pueblo.

Dada cuenta a juez de las indagaciones de Sevilla, se comprueba que la descripción que está haciendo Francisco Ignacio Álvarez, se corresponden fielmente con Ricardo Peris Mercier, por lo que se le manda llamar, realizándose tres ruedas de reconocimiento en la cárcel de

Archidona, y procediéndose de la siguiente forma: "..... en una habitación de esta cárcel, en cuya puerta hay una mira o ventanillo pequeño, en el que fue puesto un pliego de papel, agujereado en el centro, para que desde el exterior no se viera al antedicho Francisco Ignacio Álvarez Martínez, se introdujo en dicha pieza y dio orden al alcalde para que en la contigua, y frente a la mira, formase una rueda de hombres...". Por tres veces se formó la rueda, cambiando de lugar y ropas, a quienes la componían, y por tres veces, y sin género de dudas, reconoció Francisco Ignacio Álvarez a Ricardo Peris, como la persona que le entregó el paquete para facturarlo en Sevilla.

Por cierto, que en dicha pensión había un "mozo de comedor" que servia la comida a los huéspedes, llamado Eusebio Domínguez González, y que atendió a la persona que se hospedo en tal pensión y ordenó facturar el paquete, para Archidona. Se le manda llamar, se efectúa rueda de presos, en la forma que ya conocemos y reconoce por tres veces y sin genero de dudas a Ricardo Peris, como la persona que, bajo otro nombre, se alojó en la pensión "El Cisne".

Hay que hacer constar: que Ricardo Peris abandonó Archidona el 14 de diciembre, no pudiendo acreditar donde estuvo hasta el 21 o 22 del mismo mes, en que aparece en Torrente (Valencia). Que Ricardo Peris manifiesta haber estado dos veces en Granada; una para tomar posesión de la plaza de Registrador de Archidona, y otra por asuntos profesionales y que nunca "ha visto Sevilla", aunque de igual forma es allí donde tomó posesión del Registro de Herrera del Duque.

A partir de ese momento, se dirige la acción penal contra Ricardo, a quien se le mantiene preso y procesado igual que al pobre Francisco Ignacio Álvarez Martínez, por entender que su acción fue necesaria para la consecución del crimen (más tarde, y antes del Juicio se levantará su procesamiento). Se da, de momento, por aclarado el envió del segundo paquete, remitido desde Sevilla.

También ha comparecido en el Juzgado el menor de 13 años Juan Bautista Roda, "que sirve a Manuel Pabón para acompañarlo en el coche que va diariamente a la estación del ferrocarril y que en el mes de agosto le dio una cajita que había recogido del tren, para entregarla a D. Manuel Palomero; que el que declara la llevó a la casa de éste y se la entregó a su señora; que a los dos o tres días, pasando por la puerta del Registrador D. Ricardo Peris, se encontró a este señor en la calle y le preguntó si había llevado una caja pequeña a la casa del Sr. Palomero; que le contestó afirmativamente, pero sin asegurarlo, porque no recordaba por de pronto si la caja era grande o pequeña; que cuando el Registrador le hacía esta pregunta, vieron venir por la calle a D. Manuel Palomero, y entonces aquél le dijo al declarante que se marchara y que no dijese nada a Pabón; que recuerda que sucedió esto en el mes de agosto, porque por aquellos días había títeres en la plaza...". Ricardo desmiente, en un principio este extremo, si bien más tarde, lo confirma, pero con la variante de que la caja, por la que preguntaba, estaba dirigida a él por su suegro, y debía contener semillas, claro que D. José Belmonte Duarte, jamás envió semilla alguna.

Se inician las pesquisas para determinar quien y como envió el primer de los paquetes, el enviado desde Granada. Y cuya etiqueta decía "*Granada-Archidona- Expedición número 2.222- Tren número 24, del 10 de agosto de 1886*". Y no fue nada fácil el determinar el recorrido del paquete hasta que la suerte vino en auxilio de la Justicia. El Sr. Capitán de la Guardia Civil, que recuerda haber viajado con Ricardo Peris a Málaga y haberse alojado en la Pensión "La Perla", cosa que hacía tantas veces como viajaba a Málaga. No deja de ser curioso que, cuando se le pregunta, por ese viaje concreto a Málaga, no lo recuerda, para, más tarde, cuando se le demuestra lo contrario, dar todo lujo de detalles, salvo, naturalmente, negar lo relativo al primer paquete.

Los hechos se concretaron en la siguiente forma: había un mozo en la Pensión "La Perla", de Málaga, llamado Salvador Martín García, que conocía a Ricardo Peris, por haberse alojado en otras ocasiones y por haberse inscrito, en esa concreta del mes de agosto de 1886, con su nombre autentico. Ricardo le propuso a Salvador «... si quería llevar un encargo a Granada para facturarlo en aquella estación, sin designar entonces el punto a donde había de remitirse; que, por de pronto, le dijo que no podía contestarle mientras no contara con el permiso de la dueña de la fonda, pero esta se negó, y así se lo dijo al D. Ricardo; que entonces le intereso que buscara a una persona que hiciera el encargo, y entonces buscó a José Peña, mozo de la estación, haciendo que dicho sujeto se viera con D. Ricardo, para lo cual lo llevó a la fonda y le dijo el número del cuarto que ocupaba, ignorando lo que convinieran...»

José Peña Herrera, mozo de la estación, ratifica punto por punto lo dicho por Salvador Martín, declarando además que aceptó hacer el encargo, por el que percibió, en el acto quince duros y diez, más tarde, en Salinas, cuando se volvió a reunir con el caballero, que le entrego el paquete que facturó en Granada, todo ello con las consabidas advertencias de guardar silencio absoluto, si alguien le preguntaba, sobre el envío del paquete. Recuérdese que Ricardo era propietario del Cortijo de los Llanos, distante de la estación de Salinas tres cuartos de legua, lo que se traducía en un paseo de treinta minutos a pie, o de quince si se hacía a caballo, como comprobó el Juzgado.

Unos veinte días más tarde, Salvador Martín recibió una carta de Ricardo, en la que se quejaba de haber sido engañado por José Peña, quien no había enviado el paquete, motivo por el cual "le pegaría un tiro". Ni que decir tiene que tanto Salvador Martín como José Peña, reconocieron, por tres veces, a Ricardo Peris, como la persona que hizo el encargo y entregó el paquete a ambos, y eso que en cada uno de los reconocimientos se alteró la composición de las ruedas, ropas y lugar que ocupaba Ricardo.

En un registro realizado en el domicilio de Ricardo Peris, se interviene una bolsa de viaje, de las conocidas como "saco de dormir", igual o muy parecida a la que portaba el caballero que mandó facturar el segundo paquete, en Sevilla, además se realizó un estudio grafológico, comparando la escritura de las etiquetas de las cajas, y unas letras manuscritas por Ricardo en los lomos de unos Legajos del Registro, que dieron como resultado el determinare que la similitud era enorme, y se concretaba en muchos rasgos de muchas letras, pero que no fue concluyente. En un momento dado, el Instructor está tomando declaración a Ricardo, y la interrumpe, facilitándole "recado de escribir", y pidiéndole que escriba las mismas palabras que figuraban en las etiquetas, respondiendo aquel alterando, ostensiblemente la forma de escritura que habitualmente utilizaba.

EL JUICIO

Lo más significativo del juicio, que tuvo lugar en la Audiencia de Antequera, entre el 16 y 18 de mayo de 1887, y al que Ricardo asistió custodiado por la Guardia Civil y vistiendo un traje negro de chaqué, y guantes también negros. Al entrar en la sala saluda respetuosamente al tribunal antes de tomar asiento. Se sonrió al oír atribuirle en los escritos de calificaciones conocimientos en física y química, y oía con impasibilidad la petición de pena de muerte por las acusaciones, era sin duda alguna, la extraña defensa de Ricardo, cuando afirma nada mas y nada menos que: «En ningún concepto, ni caso, puede sostenerse que los hechos sean constitutivos de los delitos de asesinato consumado y asesinato frustrado, ni otro alguno». No se entiende, de ninguna de la maneras, que una persona, abogado y experto en derecho penal, que ha ejercido durante catorce años de Fiscal, y un abogado, tenido por eminente, como lo era el Decano del Colegio de Abogados de Antequera, su defensor, puedan sostener ante un Tribunal que el envió de dos paquetes explosivos, uno de los cuales produce la muerte de dos personas, independientemente de su autor “no sea constitutivo de delito de asesinato, ni otro alguno”.

Además, prácticamente no hubo pruebas de descargo, y de los testigos propuestos y presentados por la defensa, alguno hubo que perjudicó, pues ratificaba extremos contra Ricardo.

Pero la autentica bomba estaba por venir. Ya se había puesto en tela de juicio, en varias declaraciones, la honradez de Dolores y más de un testigo no habló en buenos términos de su posible honorabilidad, ya se ha hablado D. Indalecio Villaverde, Juez de Instrucción de Archidona, por eso, el Fiscal Emilio de Castro y Almendro, quien al finalizar su acusación prácticamente pide perdón a Ricardo, por considerarlo como su compañero, y alabar su “actitud digna durante el juicio” termina diciendo que «*Ha estimado en 12.000 pesetas los perjuicios que a este huérfano le han irrogado por el delito; 10.000 por la muerte de su padre Y 2.000 por la de su madre...*» O sea, que considera el Sr. Fiscal que la vida de Dolores, vale sólo una quinta parte que la de su marido, pero esto, siendo muy grave, no es más que el anticipo, pues el tribunal dicta: «...condenamos a don Ricardo Peris Mercier, como autor de dos delitos de asesinato consumados, ejecutados en un solo acto, con la circunstancia modificativa de alevosía, y las agravantes genéricas de premeditación conocida, uso de artificio ocasionando grandes estragos y haberse cometido el delito en la morada del ofendido, y sin ninguna otra eximente o atenuante, a la pena de muerta, accesorias de inhabilitación absoluta perpetua, si no se hubiera remitido expresamente, caso de indulto de la pena principal, debiendo entregar al hijo de los interfectos la cantidad de diez mil pesetas y el pago de todas las costas, desde que se abrió el Juicio Oral y la tercera parte de las anteriores, declarando de oficio las restantes....» es decir, la vida de Dolores no valía nada.

INDULTO Y EXPULSIÓN DEL CUERPO DE REGISTRADORES DE LA PROPIEDAD

Ya hemos entrado de lleno en la leyenda, cada vez es más y más difícil encontrar documentos que corroboren que ocurrió con Ricardo Peris. Así, cuenta la voz popular que, José Belmonte Duarte, ya viejo, enfermo y cansado, aun tenga arrestos para viajar a Madrid, llevando una cartera llena de onzas de oro, con la que pagó la vida de su yerno y padre de su nieta (nacida en Torrente el 4 de agosto de 1886). Verdad o mentira, la Gaceta de Madrid núm. 91 de 31 de marzo de 1888 publica lo siguiente:

> *"Visto el testimonio de la sentencia dictada por la Sala Segunda del Tribuna Supremo declarando no haber lugar al recurso de casación admitido de derecho contra la que pronunció la Audiencia de Antequera, en la cual se condena a D. Ricardo Peris Mercier a la pena de muerte por delito de doble asesinato:*
>
> *Considerando que los Reyes de España han solemnizado siempre el día de hoy, en el que la Iglesia conmemora el "Augusto Misterio de la Redención del Género Humano" con el perdón de algunos reos condenados a la última pena, piadosa costumbre que es muy grato a mi corazón seguir observando*
>
> *Teniendo presente lo dispuesto en la Ley Provisional de 18 de julio de 1870, que reguló el ejercicio de la gracia de indulto. Oídos la sala sentenciadora y el Consejo de Estado, de acuerdo con el parecer de mi Consejo de Ministros y en nombre de mi augusto hijo, el Rey D Alfonso XIII, y como Reina Regente del Reino vengo en conmutar la pena de muerte impuesta a D. Ricardo Peris Mercier por la de cadena perpetua.*
>
> *Dado en Palacio a 30 de marzo de 1888.*
>
> *MARÍA CRISTINA*
>
> *Manuel Alonso Martínez, Ministro de Gracia y Justicia"*

Poco antes, y también en la Gaceta de Madrid, concretamente la núm. 338 de 4 de diciembre de 1887 y con efectos del 30 de noviembre, se le expulsaba de la Dirección General de Registros Civil, de la Propiedad y del Notariado, dejando de ser, para siempre Registrador de la Propiedad.

DOLORES ERA INOCENTE

La gran víctima de toda esta historia fue Dolores, a la que no se le permitió ni vivir, pues con sólo veinte años se le segó la vida, negándosele el derecho de disfrutar y ver crecer a su hijo, al que dejaron sin padres con sólo cuatro meses, al tiempo que su honor y su memoria se arrastraban por el fango. Pero el tiempo, que dicen que todo lo cura, parece que también hizo algo de justicia a esta mujer.

Algo grave, tremendamente grave, debió ocurrir para que Adela Moreno Navas, su suegra, y la cabeza de su familia (las mujeres, en el s. XIX, perdían, de alguna manera, a su familia biológica, adoptando la de sus maridos, y aún hoy, en los países anglosajones, pierden su propio apellidos, adoptando el de sus maridos), que la había condenado, con todas las consecuencias antes descritas, hubo de rectificar, intentando, de alguna forma rehabilitar el nombre y la honra de su nuera.

Quizás fueran las declaraciones de la criada, en cuya casa se reunieron, a escondidas Ricardo y Dolores, quien reveló que dicha entrevista no tuvo otro objeto que la suplica de Dolores a Ricardo de que la dejara tranquila y la olvidara para siempre, que fuera feliz con su propia esposa, igual que ella lo era con Manuel, y que jamás accedería a sus demandas

Sea como fuere, lo cierto y verdad es que hoy por hoy poco queda de esta historia en Archidona, y de lo poco que queda está la tumba de María Dolores González Sánchez-Lafuente, sepultada, junto a los suyos en la capilla del cementerio de San Antonio, y el cuadro de San Juan

Nepomuceno, abogado de la buena fama en la mujer, que durante muchos años, estuvo expuesta en el Hospital de Archidona, y hoy podemos observar en la Iglesia del Colegio, y que de forma extractada cuenta esta misma historia, y que Adela Moreno mando pintar, a sus expensas, y como remordimiento a cuanto se había imputado a su nuera.

AUTORES POR ORDEN ALFABÉTICO

Antonia María Rodríguez Rogel. Nací el 1 de octubre de 1947 en Archidona, donde estudié bachillerato y después la licenciatura de Pedagogía en Málaga y Filosofía y Letras en Granada. Mi hobby son los libros, la música y la naturaleza y me paso las horas muertas arreglando mi jardín. He colaborado en revistas literarias como "Caracol" y "Otras voces" y tengo publicados dos libros: *Canciones de corro* y *Los días de Bórmigos*.

Antonio Gozálvez Escobar. En 1973 ingresé como Inspector del Cuerpo General de Policía, más tarde Cuerpo Superior de Policía y hoy de Policía Nacional, donde he cosechado más de ochenta felicitaciones públicas, con anotación en mi historial profesional, y varias cruces y condecoraciones tanto de la Policía Nacional como de otras instituciones, teniendo acreditadas más de once mil detenciones. Tras 36 años de servicio, aún me quedaba la investigación más importante de mi vida, de la que a través de estas líneas, y después de muchos años de investigación, quiero desquitarme.

Bienvenida Carranco Rodríguez. Nací en Sevilla el 19 de junio de 1972. Soy fisioterapeuta y el destino del amor me trajo hace unos años a Archidona, donde vivo actualmente. Me encanta leer, vicio que estoy contagiando a mis hijos, pasear por el campo observando todo lo que ocurre en la naturaleza y sobre todo vivir cada segundo de la vida e intentar ser feliz. Es la primera que escribo en una novela y me alegra el poder aportar un pequeño granito de arena en este proyecto literario.

Dolores Espinar Ruíz. Nací en el año 1941 en Archidona. Siempre me ha gustado pintar, he expuesto varias veces en colectivo y estoy pendiente de exponer en solitario. Mi otra gran pasión es escribir y lo hago desde que era adolescente. Lo que mejor se me da es la poesía pero también escribo relato corto. Tengo seis premios de poesía y uno de relato. Soy aficionada a la música y al canto. Amante de la naturaleza, las plantas y las flores son mi delirio.

José Astorga Perdiguero. Nací en Archidona el 30 de diciembre de 1980. Soy Licenciado en Economía por la Universidad de Málaga, empleado en una caja de ahorros de profesión y soñador por vocación. Además de aficionado a la novela histórica en los ratos libres y es mi primera incursión en el panorama literario.

José Luis Conde Ayala. Nací en agosto 1952. Tuve una infancia con muchos hermanos y hermanas, feliz dentro lo que cabe, muchos libros de la biblioteca de mi padre y de la que había en el ayuntamiento, y correrías por los campos de Archidona donde nos escapábamos en primavera y verano. Después estudios, en Málaga y Granada, aprendizajes, aciertos y frustraciones, y vivir intensamente. Por último el sosiego, ver, seguir aprendiendo, y por fin dar formas a las fantasías y sueños.

José Santiago González Aguilera. Nací el 25 de julio de 1966 en Archidona. Soy empleado de caja de ahorros e impulsor de Archinoticias.com. Es la primera vez que escribo en un proyecto de este tipo.

María Córdoba Gil. Nací el 4 de septiembre de 1952. Hice el bachillerato laboral en el instituto de Archidona. Hice un módulo de biblioteconomía y archivística colaborando como alumna de prácticas en el libro sobre el inventario del archivo municipal. Estoy en activo y trabajo en una librería. Me encanta la vida y pienso que nunca es tarde para aprender y hacer cosas nuevas.

Miguel García Peña. Nací el día 10 de noviembre de 1948 en Málaga, soy Auxiliar de Enfermería y estoy casado con una archidonesa. Trabajé en el Hospital del Torax de Málaga (el antiguo y extinto Sanatorio de Campanillas). Luego, una vez cerrado dicho hospital, nos trasladaron a casi toda la plantilla al Sanatorio Marítimo de Torremolinos. Es la primera vez que escribo algo y la verdad que por problemas en la visión puedo leer muy poco.

Miguel Garrido Herrera. Nací en Archidona, y soy un auténtico autodidacta. Además soy tricologista diplomado. Durante más de cincuenta años he sido un profesional muy comprometido y dedicado a mi oficio. Actualmente doy cursos de peluquería, y me encuentro jubilado.

Narciso Morales Luque. Nací el 21 de julio de 1963 y soy Licenciado en Historia Medieval y profesor de la Universidad Laboral de Málaga.

Rosa Pastrana Núñez. Nací en Málaga, el 20 de junio de 1979. Pasé mi infancia a caballo entre Archidona, de donde procede mi familia en su totalidad, y Coín, donde me encontraba por cuestiones laborales paternas, y finalmente Málaga, donde residí hasta los 24 años, cuando me trasladé a Madrid, donde he permanecido hasta hace dos años. Actualmente vivo en Archidona y una de mis grandes pasiones es la literatura.

Este libro se terminó
de imprimir el día
15 de abril de 2010
en Sevilla.